FUENTE OVEJUNA

DOS COMEDIAS

clásicos castalia

COLECCIÓN FUNDADA POR
DON ANTONIO RODRÍGUEZ-MOÑINO

DIRECTOR
DON FERNANDO LÁZARO CARRETER

LOPE DE VEGA
CRISTÓBAL DE MONROY

FUENTE OVEJUNA

DOS COMEDIAS

Edición,
introducción y notas
de

FRANCISCO LÓPEZ ESTRADA

---

clásicos castalia

Madrid

Zurbano, 39 - Madrid (10) - Tel. 419 89 40

—

Impreso en España. Printed in Spain
por Artes Gráficas Soler, S. A. Valencia
I.S.B.N.: 84-7039-083-X
Depósito Legal: V. 3.991 - 1973

Primera edición: 1969
Segunda edición revisada: 1973

SUMARIO

ESTUDIO SOBRE *Fuente Ovejuna* DE LOPE DE VEGA ... 9

1. *Fuente Ovejuna*, la última comedia de la *Dozena Parte* (1619) ... 9
2. *Fuente Ovejuna* y Lope de Vega ... 10
3. Las raíces cronísticas de la comedia ... 13
4. La realidad histórica del suceso principal ... 16
5. El argumento secundario: la guerra civil de Ciudad Real ... 17
6. Memoria del caso ... 19
7. Estilo de *Fuente Ovejuna* ... 20
8. Métrica de la comedia ... 23

NOTICIA BIBLIOGRÁFICA ... 29

BIBLIOGRAFÍA SELECTA ... 32

NOTA PREVIA ... 35

COMEDIA FAMOSA DE *Fuente Ovejuna* DE LOPE DE VEGA. 38

Acto Primero ... 39

Acto Segundo ... 87

Acto Tercero ... 133

ESTUDIO SOBRE *Fuente Ovejuna* DE CRISTÓBAL DE MONROY ... 181

1. Cristóbal de Monroy y su *Fuente Ovejuna*. 181
2. Sentido histórico de la obra de Monroy ... 182
3. Los personajes y el argumento de la comedia de Monroy ... 184
4. El estilo de Monroy ... 188
5. La versificación ... 191

NOTA PREVIA ... 195

Fuente Ovejuna, COMEDIA FAMOSA DE DON CRISTÓBAL DE MONROY ... 198

Jornada Primera ... 199

Jornada Segunda ... 245

Jornada Tercera ... 301

INTERPRETACIÓN CONJUNTA Y VARIEDAD DE LAS DOS VERSIONES DE *Fuente Ovejuna* 347

1. La entidad argumental 347
2. La condición de los personajes 348
3. El ritmo escénico 353
4. ¿Renacimiento, Manierismo, Barroco? 356

ÍNDICE DE LÁMINAS 361

Tirano es aquel príncipe que, siéndolo, quita la comodidad a la paz, y la gloria a la guerra, a sus vasallos las mujeres, y a los hombres las vidas; que obedece al apetito y no a la razón; que afecta con la crueldad ser aborrecido, y no amado.

Quevedo, *Marco Bruto*, en *Obras Completas*, Madrid, 1932, pág. 627.

ESTUDIO SOBRE
FUENTE OVEJUNA DE LOPE DE VEGA

1. *Fuente Ovejuna,* LA ÚLTIMA COMEDIA DE LA DOZENA PARTE (1619)

En la *Dozena parte* de las Comedias de Lope, impresa en 1619, la última de todas es la *Comedia famosa de Fuente Ovejuna.* Lo de famosa es un adjetivo común en los encabezamientos, y no tiene valor específico; más bien se diría que la obra es una más en la docena que forma esta parte (la última que se juntó), y de su difusión sólo hay una noticia suelta de que el mismo año pasó a América. [1] Después, hay que esperar a las consecuencias del Romanticismo para que la obra se traduzca al francés en 1822. Su estrella se alza sobre todo en 1845, cuando la vierte al alemán el conde de Schack en su *Spanisches Theater* (Frankfurt M., tomo II), y se ocupa de ella en la *Historia del Arte Dramático* considerándola "entre las más preciadas joyas" de Lope. [2] En 1857, Juan Eugenio Hartzenbusch la incluyó en el tomo XLI de la *Biblioteca de Autores Españoles,* y de esta manera se extendió su conocimiento, si bien

[1] Salomon, *Recherches,* pág. 862, nota 37. Se alude a ella en un documento de 9 de agosto de 1619, en Potosí; la fecha es, pues, inmediata a la publicación. (Para la bibliografía e indicación de las siglas utilizadas en este prólogo, véase la "Noticia bibliográfica", pág. 29-34).

[2] Adolfo Federico, Conde de Schack, *Historia de la Literatura y del Arte Dramático en España,* ed. alemana, Berlín, 1845-46, y versión española, Madrid, 1885-87, III, pág. 46.

no demasiado pues en 1899 Menéndez Pelayo indica con énfasis que, siendo una de las obras más admirables de Lope, "por raro capricho de la suerte no sea de las más conocidas de España". [3] El empuje de la crítica realista y después los comentarios que pusieron de relieve sobre todo el carácter social de la obra, radicado en la rebelión de la villa de Fuente Ovejuna frente al Comendador tirano, auparon esta obra de Lope por sobre otras muchas de su teatro convirtiéndola en el curso de este siglo en la que posiblemente es la obra más popular del gran escritor español. [4] Esta difusión va acompañada también de una creciente atención de la crítica hacia *Fuente Ovejuna,* y la comedia ha sido objeto de aquilatados exámenes que han reunido en torno de ella juicios de muy distinta orientación. [5]

2. *Fuente Ovejuna* y Lope de Vega

La aparición de *Fuente Ovejuna* en esta *Dozena Parte* sólo asegura la fecha de 1619 para su publicación. Sobre la fecha de su redacción no hay noticia segura. Se encuentra en la lista de obras de Lope que figura en la sexta edición de *El peregrino en su patria,* 1618; se han dado las fechas de 1615-8 (C. E. Aníbal), 1613 o antes (J. Robles), y Morley y Bruerton la sitúan entre 1611-8 (probablemente 1612-4). [6]

Lope tiene en 1619 cincuenta y siete años: una madurez granada. De la obra, por su carácter histórico, apenas puede desprenderse referencia o alusión hacia la vida del escritor, pero con todo algo se puede apuntar. Lo más importante sea acaso la paradoja de que el cortesano Lope, que hizo de la hidalguía el patrón espiritual de sus galanes, se embarcase en la aventura

3 Menéndez y Pelayo, *Obras de Lope* (RAE), en el prólogo, y *Estudios.*

4 Me ocupé de esto en L. Estrada, *Consideración Crítica,* en págs. 10-15.

5 Véase una selección en las págs. 32-33.

6 Morley y Bruerton, *Cronología,* en especial, págs. 330-1.

de escribir una obra de la condición de *Fuente Ovejuna,* en la que se exalta y justifica una rebelión contra el señor; y al mismo tiempo lograra entremeter en su curso el elogio de los Girones, a pesar del papel que toca en la obra a don Rodrigo Téllez. Salomon [7] cree que, en cuanto a lo primero, el motivo más importante fue el descrédito que entre 1610 y 1615 envolvía los títulos de Caballero y Comendador de las Órdenes (y en esto empareja a *Fuente Ovejuna* con *Peribáñez y el Comendador de Ocaña,* y relaciona estas obras con *La Santa Juana II* y la *Dama del Olivar* de Tirso de Molina). Las Órdenes Militares a comienzos del siglo XVII cumplen sólo una función de prestigio social, y las cruces se logran fácilmente, contando con medios políticos y económicos. El refranero recoge el parecer popular de que el caballero no es, por eso sólo, bueno: "La cruz en los pechos, y el diablo en los hechos"; [8] y esto podría servir muy bien para el caso del Comendador de *Fuente Ovejuna,* y justifica, en cierto modo, que Lope muestre en escena las malandanzas de Fernán Gómez. Por otra parte, hay indicios evidentes de que hacia 1600 los libros de teoría política, sobre todo de raíz aristotélica, recomiendan un trato más justo y liberal entre señor y vasallo. [9]

Lope cuida, con todo, de que en la obra se condene el mal Comendador y se salve al fin el que, reconocidos lealmente sus errores, será buen Maestre y servidor de Reyes. Los apellidos de Rodrigo Téllez Girón se asociaban en los oídos del público de los corrales con la gran casa de los Duques de Osuna. Lope había dedicado la edición de la *Arcadia* (Madrid, 1598) a don Pedro Téllez Girón (1574-1624), [10] y en el prólogo dice que la había dirigido antes a don Juan, padre de don

7 Salomon, *Recherches,* 862-3, etc.

8 Cor., 194.

9 Véase 975-6. En las notas del prólogo, la mención de estas cifras solas indica los números de los versos de la comedia de Lope o de Monroy, según se desprenda de lo que se va diciendo en el estudio.

10 Véase la nota de 139.

Pedro (1554-1600), sin haberla podido imprimir; y en *La Vega del Parnaso,* póstuma (Madrid, 1637) dedica una silva a don Pedro, a quien agradece sus beneficios y se le ofrece con "gran fe, lealtad igual, humilde pluma". En *Fuente Ovejuna,* Lope reune, por tanto, el relato cronístico de la muerte de un Comendador a manos de sus súbditos, y la devoción cortesana por los antepasados del gran señor al que sirvió; no encontró paradójica la fórmula, y expresó en una misma comedia la valoración positiva que sentía por el hombre del campo, digno y a la vez pintoresco y lírico (siguiendo los calificativos de Salomon), defensor de su honra hasta la exasperación, y el castigo del señor cruel e injusto, salvando de la mejor manera el caso histórico del joven y rebelde Maestre. Si hay violencia en las escenas de la muerte del Comendador, Lope sabe describir con minuciosidad propia de un gran cuadro de Velázquez la gallardía del Maestre y del Comendador en el asedio de Ciudad Real. [11] Lope pudo ser él mismo en vida una paradoja semejante, mezclando también los más diversos valores, y esta obra presenta esta característica en alto grado, hasta el punto de que su poca fortuna hasta el siglo XIX es posible que se deba a esta tensión interior, que se resolvería después, cuando el caso de justicia social que se plantea en la comedia, mostrase la obra desde una sola perspectiva olvidando en muchas ocasiones su real complejidad.

No es ajena tampoco la comedia a las preocupaciones que por aquellos años tenía Lope. Es muy posible que la intervención de Leonelo, que habla en la plaza del pueblo parece que a destiempo del arte de la imprenta y de los cuidados que traen los libros impresos, [12] reflejase los graves disgustos que ocasionarían a Lope la "guerra literaria" en que vivía; [13] la confusión

[11] 469-500.
[12] 900-923.
[13] Véase el estudio de Joaquín de Entrambasaguas, "Una guerra literaria del Siglo de Oro. Lope de Vega y los preceptistas aristotélicos", en *Estudios sobre Lope de Vega,* Madrid, 1946, en especial

que trajo la imprenta en la vida de un escritor tan apasionado, fue mucha, y de ahí su alusión en la escena, que así se convierte en lugar abierto no sólo a la imaginación creadora, sino a las inquietudes del propio poeta. No hay que descartar que este personaje y fragmento pudieran ser parte añadida para la publicación de la comedia que quizá no se encontrasen en los manuscritos dispuestos para la representación.

3. Las raíces cronísticas de la comedia

El argumento de *Fuente Ovejuna* se asegura sobre la trama de unas noticias históricas cuya fuente ha sido fácil identificar. Sabemos que Lope fue un gran lector de toda suerte de libros, pues para urdir sus comedias necesitaba de un gran número de gérmenes argumentales a los que su portentosa inventiva se cuidaba de dar desarrollo dramático; los libros de carácter histórico fueron un campo importante en el que encontró inspiración para seguir escribiendo las comedias que esperaban impacientes actores y público. Uno de estos libros fue la *Chrónica de las tres Órdenes y Caballerías de Santiago, Calatrava y Alcántara,* escrito por el Licenciado frey Francisco de Rades y Andrada e impreso en Toledo, 1572. Fue una obra muy del gusto de los hidalgos, y en sus páginas hay espacio para informaciones genealógicas, unidas al relato de viejas glorias de unas Órdenes que entonces eran ya sólo, como dijimos, ocasión de lucimiento cortesano. El ojo de águila de Lope, él también hidalgo, se fijó enseguida en unos folios (del 79v al 80v), que contaban el negro suceso del Comendador Fernán Pérez de Guzmán y la rebelión de Fuente Obejuna, [14] así como la violenta

---

el episodio de la *Spongia* y la *Expostulatio spongiae*, de los años 1617 y 1618, inmediatos a la aparición de la *Dozena Parte* (págs. 205-580), y en relación con esto, el Prólogo que Lope hizo que el Teatro escriba para esta Parte.

14 Observará el lector que las citas a la villa las hago con la ortografía Fuente O*b*ejuna. Los humanistas identificaron esta pobla-

venganza de los villanos. Para Lope fue eso: una noticia curiosa, acaso ya conocida por otras lecturas o por refranes, que podría convertirse en una trama, de naturaleza histórica, para una comedia más de las suyas.

En lo fundamental, todas las noticias en juego en la *Comedia de Fuente Ovejuna* se hallan en la *Chrónica*; sólo resulta necesario combinarlas y darles entidad dramática, aprovechando el aspecto que mejor convenga de los que allí se cuentan. Así el Comendador (reconoce la *Chrónica*) había hecho "tantos y tan grandes agravios" a los de la Villa, que resolvieron alzarse contra él y matarlo. Los delitos del Comendador habían sido alojar en Fuente Obejuna a muchos soldados del partido del Rey de Portugal, Alfonso V, que entonces pretendía la Corona de Castilla; a más de los agravios que los vecinos recibían de la soldadesca, el Comendador se les comía las haciendas para los gastos de los soldados "con título y color que el Maestre don Rodrigo Téllez Girón, su señor, lo mandaba"; entre las deshonras estaba que también les tomaba por fuerza hijas y mujeres. Y así en una noche de abril de 1476 los Alcaldes, Regidores, Justicia y Regimiento con los vecinos, y a mano armada, entraron por fuerza en las casas de la Encomienda al grito de: "¡Fuente Obejuna! y ¡Vivan los Reyes don Fernando y doña Isabel

---

ción con una *Fons Mellaria*; en efecto el lugar tuvo fama porque en él había mucha miel, y así lo registra un refrán: "Miel de Fuente Obejuna y Espiel, rica miel". Los eruditos locales defendieron que el nombre propio de la villa habría de ser Fuente Abejuna (así Francisco Caballero Villamediana, en una *Narración histórica de la villa de Fuente Obejuna*, manuscrito cuyo original se fecha en 1783, págs. 1-2), pero por una confusión *abeja/oveja*, frecuente en el habla popular, al himenóptero se le llama también o[ƀ]eja, y con el sufijo *—una*, resulta el Fuente Obejuna, que los de la villa defienden como nombre del lugar. Se documentan las siguientes grafías: Fuentevejuna, Fuente Abejuna, Fuente Obejuna y Fuenteovejuna (con u = v). En Lope el título es: COMEDIA | FAMOSA DE FVEN- | TE OBEIVNA. | (fol. 262 v.) en ambas impresiones; y la grafía sigue igual hasta el fol. 266, en que se cambia por Fuente Ouejuna, en que sigue así hasta el fin, y de esta manera se facilita la imprecación de Laurencia en 1758-9.

y mueran los traidores y malos cristianos!". Fernán Gómez se ofreció a desagraviarlos, pero ellos no quisieron admitir sus razones, "antes con un furor maldito y rabioso" lo atacaron hiriéndole hasta que cayó en tierra sin sentido. Entonces lo echaron por una ventana a la calle, donde aún vivo cayó ensartado en lanzas y espadas, con las puntas arriba, de los que allí aguardaban su cuerpo para ensañarse con él. Acudieron también "las mujeres de la villa, con panderos y sonajas, a regocijar la muerte de su señor, y habían hecho para esto una bandera y nombrado capitana y alférez"; también los muchachos hicieron su capitanía. Todos, hombres, mujeres y niños llevaron el cuerpo a la plaza y allí "le hicieron pedazos, arrastrándolo y haciendo en él grandes crueldades y escarnios". Los Reyes Católicos enviaron un juez pesquisidor a la villa, y ninguno quiso confesar quiénes habían sido los capitanes o promotores del delito ni los que se habían hallado en la violencia. "Preguntábales el juez: "¿Quién mató al Comendador Mayor?" Respondían ellos: "Fuente Obejuna". Preguntábales: "¿Quién es Fuente Obejuna?" Respondían: "Todos los vecinos de esta villa". Esta fue respuesta "muy notable", que mantuvieron, y que sostenían aun en los tormentos que les daban, y, "lo que más es de admirar" "mujeres y mancebos de poca edad, tuvieron la misma constancia y ánimo que los varones muy fuertes". El pesquisidor dio cuenta a los Reyes Católicos de su frustrado interrogatorio, y ellos, "siendo informados de las tiranías del Comendador Mayor, por las cuales había merecido la muerte, mandaron se quedase el negocio sin más averiguación". Los de la Villa, después de la muerte del Comendador, fueron a Córdoba y alzándose contra la Orden de Calatrava, se pusieron bajo la jurisdicción de esta ciudad como lo estaban antes. Rodrigo Téllez Girón, el Maestre que había estado en favor del Rey de Portugal, "más crecido en edad y entendimiento, conoció haberlo errado en tomar voz contra los Reyes

Católicos", y volvió a su favor y murió en el cerco de Loja.

Todo esto, pues, durante la lectura se desplegó ante Lope, y su imaginación intuyó en seguida el aprovechamiento dramático del caso, y tuvo un poderoso acicante en aquel inesperado relato, unas páginas negras, contrarias al prestigio de un Comendador, leídas precisamente en una *Chrónica* de las tres órdenes más brillantes de la vida social del tiempo: Santiago, Alcántara, Calatrava.

4. La realidad histórica del suceso principal

La información de la *Chrónica* del Licenciado Rades procede de fuentes documentales de la Orden. Los historiadores, después, se han cuidado de contrastar estas noticias, y el resultado ha sido enmarcar el hecho de Fuente Obejuna en la complicada política que acompañó a las guerras, en parte civiles, entre Alfonso V de Portugal y los reyes Isabel y Fernando. Así resulta que Fuente Obejuna, villa sujeta a Córdoba, había sido donada a la Orden de Calatrava por Enrique IV; en 1466 fijó allí su residencia el Comendador Mayor frey Fernán Gómez de Guzmán. Después de la muerte de Enrique IV, don Alonso de Aguilar logró para los cordobeses una cédula de Isabel y Fernando para rescatar la villa (20 de abril de 1476). En este forcejeo entre la Orden y Córdoba, los de Fuente Obejuna, tomando como motivo la desordenada conducta del Comendador, se alzaron el 23 de abril contra su autoridad en favor de la ciudad de Córdoba, que venía apoyando la vuelta de la villa a su jurisdicción. Triunfante la rebelión como hecho de violencia con la muerte de Fernán Gómez, después de un largo pleito, resuelto primero favorablemente para la Orden, la villa acabó por pasar a Córdoba [15] mediante un acuerdo económico con el Maestre.

[15] Rafael Ramírez de Arellano, "Rebelión de Fuente Obejuna contra el Comendador Mayor de Calatrava Fernán Gómez de Guz-

5. El argumento secundario: la guerra civil de Ciudad Real.

Pero hay que añadir otra cuestión. A Lope no bastaron para urdir la comedia estos desmanes del Comendador y la rebelión de Fuente Obejuna; quiso situar a Fernán Gómez en el marco de la Orden de Calatrava y sobre todo, en relación con el Maestre de ella, el adolescente don Rodrigo Téllez Girón, del que el Comendador se muestra consejero en la política contraria a los Reyes Católicos. Por esto hizo salir a escena sólo lo suficiente a don Rodrigo, y añadió, como en otras comedias, una acción secundaria que toma cuerpo en relación con los hechos acaecidos en Ciudad Real. [16] Lo mismo que para el argumento principal, Lope sacó las noticias de la misma *Chrónica* de Rades; en efecto, no tuvo más que leer los dos folios anteriores al hecho de Fuente Obejuna, [17] y allí encontró las noticias que tomó muy directamente, sin apenas trasmutarlas en forma dramática. Las notas de la edición muestran cuán de cerca sigue el texto cronístico, y sólo se permite una innovación necesaria para dar unidad a ambos argumentos: que Fernán Gómez sea el consejero de la rebeldía del joven Maestre y, al mismo tiempo, el Comendador tirano de la villa. Esto, que no se encuentra en la *Chrónica*, es un enlace necesario para dar unidad a la trama y convertir así a Fernán Gómez en el protagonista de la obra entera y responsable de las dos maldades: la rebeldía del Maestre y la injusticia tiránica para con un pueblo deseoso de paz. Y en el orden de una valoración estrictamente objetiva de la

---

mán", *Boletín de la Real Academia de la Historia*, XXXIX, 1901, 446-512. Claude E. Anibal, "The Historical Elements of Lope de Vega's *Fuente Ovejuna*", *Publications of the Modern Language Association of America*, XLIX, 1934, 657-718. *Historia de España*, dirigida por M. Pidal, XVII, vol. I, "La España de los Reyes Católicos", Luis Suárez Fernández, Madrid, 1969, pág. 170.

[16] Diego Marín, *La intriga secundaria en el teatro de Lope de Vega*, México, 1958, especialmente págs. 58-64.

[17] Fols. 78 y 79.

historia, fue más importante el episodio de Ciudad Real que la minúscula rebelión de la villa, hecho no insólito en el revuelto siglo XV.

El argumento artísticamente secundario encaja en la comedia con el principal por medio de una fragmentación del episodio de la *Chrónica*, que se sigue de cerca en estas varias partes. A través de ellas, Fernán Gómez es la voz contraria a los Reyes, que justifica la política de rebeldía ante los monarcas de Castilla y de Aragón, adoptada por los de Calatrava, y el apoyo a Alfonso V, esposo de doña Juana, hija de Enrique IV, pretendiente a la Corona castellana;[18] relata la toma de Ciudad Real;[19] la ayuda que los regidores de ella piden a Isabel y Fernando;[20] el ataque de los leales a los Reyes, anunciado primero[21] y realizado después con la derrota del Maestre;[22] la decisión de don Rodrigo de someterse justificándose en la poca edad y pidiendo justicia por la muerte violenta del Comendador;[23] y su presentación a los Reyes.[24] Por tanto, pues, hay una confluencia entre los hechos de Ciudad Real y los de Fuente Obejuna, que están juntos en la *Chrónica* y en la comedia, con la diferencia de que los de Ciudad Real se mantienen exclusivamente en el plano noticiero, siguiendo la pauta de la *Chrónica*, y los de Fuente Obejuna se trasladan a una dimensión literaria, en la que obtienen una organización poética, esto es creadora. El caso de la tiranía del Comendador con los vecinos de la villa obtiene su resonancia en la guerra civil que el Maestre mantiene con los Reyes; y así la toma de Ciudad Real, con el fin de la rebeldía de la Orden, augura y en cierto modo justifica el caso menudo de la rebelión de Fuente Obejuna contra su señor, y por tanto encauza el perdón

18 69-140.
19 457-524.
20 651-722.
21 1103-36.
22 1449-72.
23 2125-2160.
24 2310-45.

de la violencia no ya civil, sino social. Valerse del aparato militar de la Orden en una acción de guerra civil es apartarla de su fin básico: la Cruz calatraveña junta a seglares y a freiles "contra moros", como reconoce Flores, el mismo criado del Comendador;[25] los vecinos de la villa reciben jubilosamente al Comendador porque viene de Ciudad Real creen ellos que: "venciendo moricos,-fuertes como un roble".[26] Pero lo que no es de buena ley es luchar contra los Reyes; esto tiene su castigo, lo mismo que lo tendrá el Comendador por aprovecharse de las haciendas y de las mujeres de los vecinos de la villa. Ambas acciones están perfectamente concertadas, y ruedan cada una a un fin confluyente.

6. Memoria del caso

Me parece indudable que Lope no sintió escrúpulos de erudito historiador al valerse de las páginas de la *Chrónica* como origen argumental de la comedia. La fuente, como comprobará el lector, es indudable, y no pondré notas para aclarar lo que aquí indico, por innecesarias. No obstante, hay que contar con que la fama del hecho de Fuente Obejuna corrió también por otras vías.[27] Una de ellas, anterior a Rades, contenida en las *Gesta hispaniensia,* la Crónica de Enrique IV de Alfonso de Palencia (1423-1490), enteramente favorable al Comendador (al que llama Fernando Ramírez de Guzmán) y contraria al pueblo rebelde, no es de creer que fuese conocida, pues permaneció en latín hasta que la tradujo A. Paz y Meliá. Después de la versión de la *Chrónica* de Rades (ed. 1572), un relato del hecho aparece en la edición castellana de la *Historia de España* del P. Juan de Mariana (II, 1601), pero no estaba en la latina (1592); llama al Comendador Fernán Pérez de Guzmán. Sebastián de Covarrubias

25 468.
26 537-8.
27 Véase en L. Estrada, *Consideración crítica,* los apéndices con los textos aquí mencionados, págs. 83-98.

menciona el caso en su *Tesoro de la lengua castellana o española* (1611, s. v. *fuente*) con igual nombre que Mariana; también se menciona en los *Emblemas morales* (Madrid, 1610) del mismo Covarrubias, en uno de los cuales se trata de la confusión del juez que hubo de entender en el caso de la rebelión colectiva de Fuente Obejuna. [28] El comentario justifica la resolución de los Reyes en la comedia, pues en la cabeza del emblema se lee: *Quidquid multis peccatur, inultum est.* Observamos, pues, que el caso de Fuente Obejuna encontró eco en las obras históricas y también en los *Emblemas* y en el *Tesoro,* fuentes de curiosidades en la época. Covarrubias menciona que del hecho quedó el proverbio "Fuente Obejuna lo hizo", que se aplica cuando hay un delito notorio y los que lo cometieron, muchos, sin que se sepa quién lo haya hecho. Gonzalo Correas trae otro refrán: "¿Quién mató al Comendador? — Fuente Obejuna, señor". ¿Fue la comedia de Lope decisiva para la fama del caso? Pudiera ser que lo fuese para que la memoria tomase el tinte literario (incluso refranístico) que adoptó; para el caso de Covarrubias la cronología es muy apurada, pero, para Correas, Salomon insinúa si Lope fue el creador del refrán-estribillo, [29] y esto bien pudiera ser en esta relación constante entre literatura popular y culta, propia de España. [30]

7. Estilo de *Fuente Ovejuna*

Es difícil señalar la originalidad de una obra suelta por entre la variedad del teatro de Lope, sometido sin

[28] Duncan W. Moir, "Lope de Vega's *Fuente Ovejuna* and the *Emblemas Morales* of Sebastián de Covarrubias...", *Homenaje a W. L. Fichter*, Madrid, Castalia, 1971, págs. 537-546. Moir encuentra en el libro ideas y alusiones paralelas a las de Lope, que hacen pensar en un influjo.

[29] Salomon, *Recherches*, pág. 858.

[30] En una comedia impresa en 1642, un gracioso, Bitonto, refiere que callará una información: "...que diré, viendo el cuchillo, —Fuente Ovejuna me llamo.—" (comedia atribuida a Lope, *El buen vecino*, Obras de Lope, nueva edición, IV, 20). La alusión se refiere a callar lo que se sabe, y es difícil precisar si procede del refrán o encierra una alusión a la comedia.

embargo a las normas unitarias de la condición estilística propia de la comedia española. (En el estudio que precede, hay algunos elementos de juicio.) La predeterminación de los personajes ofrece en este caso influjo decisivo, y orienta el cauce que Lope da a su expresión. Los villanos se inclinan a un uso condicionado del habla rústica, pero la intención de ejemplaridad política balancea la comedia hacia el uso de formas cultas. La condición arcaizante de la obra, situada para el sentir histórico de Lope en una perspectiva del pasado, influye poco, y justifica algunos casos como el uso de las coplas, tan escaso en Lope, y no impide el anacronismo que pudiera apreciarse en algunas partes. Por lo demás, el arte de Lope modela la expresión dentro de la variedad métrica con el estilo apresurado de su teatro, en el que cabe la oración monstruo (como la llama Hoock) de 34 versos [31] o el restallante diálogo de la tragedia de la rebelión,[32] que rompe las estrofas en fragmentos de gritos. Hoock analizó algunos rasgos, como el hipérbaton, frecuente en la comedia, aunque no excesivo;[33] el uso de oraciones afectivas que rompen y eliden los enlaces lógicos [34] y favorecen las exclamaciones, propio de la tensión emocional de la obra. Más particular es la frecuencia con que se repiten términos semejantes en versos bastante cercanos; como en: Jacinta: *Míralo bien.* Com.: Para tu mal *lo he mirado.*[35] Lope lo había dicho en el *Arte Nuevo* "la figuras retóricas importan — como repetición o anadiplosis",[36] pero en esto se tiene la impresión de un apresuramiento o una falta de retoque que se echa de ver en algunos casos.[37] La marea ascendente de la valoración de *Fuente Ovejuna* ya no sigue alzando la

31 69-103.
32 1848-1919.
33 H. Hoock, *Lope*, pág. 120-2.
34 ídem., pág. 126-7.
35 Ídem., pág. 133-7.
36 V. 1267-8.
37 Así en la vacilante función de Juan Rojo en relación con Frondoso y Laurencia, y los versos que faltan.

obra, y hay comentarios contrarios, sobre todo en cuanto a su realización: Gonzalo Sobejano indica que la obra no se salva por su valor artístico, sino por lo que importa en la historia de las ideas y de los sentimientos.[38] Después de la valoración realista de Menéndez Pelayo, el análisis de signo idealista de la comedia ha conducido a una perspectiva muy diferente, y hasta paradójica. En este caso el estilo de Lope reviste de expresión un curso complejo, en el que historia y ficción, intención noticiera y apreciación utópica, se mezclan de manera que pueden confundir al espectador actual; para Lope todo era materia poética, y este fluir apasionado y desconcertante es su estilo. Con razón dice Guy Mercadier: "Una pieza de teatro no es un poema",[39] y le parece obra completa y acabada en lo que es la comedia española común, obra de entretenimiento y que no estaba destinada a permanecer mucho tiempo en la cartelera.

La comedia matiza el estilo según la situación de los personajes, como se ha visto, y en el fondo de este acondicionamiento encuentro dos tensiones diferentes que la caracterizan: una es la que impulsa la corriente que emergiendo de la pasión del argumento alcanza hasta los "apellidos" o gritos colectivos; y la otra es la que esparce por la obra un aire sentencioso, que cuadra con la condición del hombre del campo. El apasionamiento que va encendiéndose, elimina poco a poco la retórica inicial y favorece las formas más directas; así el proceso de los amores de Laurencia y Frondoso es bien poco lírico en sí mismo, y el desarrollo de la parte noticiera de la obra (hechos de Ciudad Real) adopta el tono verista que representa la fidelidad al texto que se tiene como fuente. Pero al mismo tiempo, el sustrato filosófico de *Fuente Ovejuna*, partícipe

[38] No encuentra "un solo tramo de conseguida hermosura poética", Gonzalo Sobejano, reseña, *Papeles de Son Armadans*, LXXXIII, 1963, pág. 205.

[39] Guy Mercadier, "*Fuente Ovejuna*, un mauvais drame?", *Les langues neo latines*, LVIII, 1964, pág. 13.

de la literatura pastoril, es esencial para orientar el carácter de la obra. Se apoya en una filosofía "natural", y de ella participan los villanos de la comedia como hombres de campo, y de esta condición sacan todos los apuntes rústicos, pero dignos, y las ideas sólo verosímiles en la escena. Este fondo y la lección política y moral que se desprende del mal ejemplo del gobierno injusto orientan la otra dirección del estilo de la comedia: su sentenciosidad,[40] que hace que en ella se formulen en el curso de la trama una teoría de deducciones que adoptan el aire de aforismos hasta el mismo límite del refrán, con una enunciación muchas veces impersonal y generalizadora. Los personajes participan en este goteo de una enseñanza que justifica en cierto modo que un caso de esta naturaleza se exhiba sobre las tablas.

Y ambas tensiones tienen su contrapunto en las canciones que son la expresión más alta de la fuerza armonizadora que Lope usa para dar entidad al conjunto. Estas tensiones van ordenando el curso de la comedia, y condicionan la complejidad de su estilo, cuyos aspectos más notables se desprenderán de la lectura de la pieza y de sus notas, que subrayan en donde lo estimo conveniente los aspectos claves de *Fuente Ovejuna*.

8. Métrica de la comedia

En cuanto a la métrica que usó Lope para la comedia, encontramos que en general es la común de que se valió para su teatro, y que sólo en algunos aspectos presenta particularidades notables. Dentro de los módulos generales que el autor estableció para la comedia española, el verso se acomoda al desarrollo de las situaciones dramáticas según él mismo indicó en su

40 R. D. F. Pring Mill, "Sententiousness in *Fuente Ovejuna*", *Tulane Drama Review*, VII, 1962, págs. 5-37, cuenta hasta 63.

teoría del teatro.[41] Los romances sirven para las relaciones;[42] el soneto se usa como monólogo lírico cuando Laurencia aguarda a Frondoso;[43] las octavas lucen al principio del acto II para recoger la conversación del pueblo en la plaza, primero referida a cuestiones generales y después al caso de la villa,[44] y luego para la expresión de la tragedia en la muerte del Comendador;[45] los tercetos valen tanto para el ofrecimiento ingenuo de los vecinos a su señor,[46] como para la gravedad de la conjura de los mismos contra él.[47] Las redondillas son de uso general, y sirven para todo, lo mismo que los romances. El prudente acomodo de las formas métricas al asunto que propugna Lope se verifica aquí, pero al lado de esto hay un conjunto de particularidades métricas que son peculiares de *Fuente Ovejuna*: a) el uso de las coplas,[48] único en las comedias de Lope;[49] estas coplas aparecen en relación con coplillas de estribillo, y presentan en algunos versos la fluctuación silábica de la poesía popular; b) el uso del esdrújulo en la rima en las octavas[50] y con matiz cómico,[51] bastante escaso.[52] También es poco el uso que se hace en la obra del verso suelto.

Las rimas de *Fuente Ovejuna* dan la impresión de que Lope escribía apresuradamente la comedia, aun contando con la fluidez del lenguaje escénico, que permite una libertad más acusada que en el caso de la

41 Véanse las normas del *Arte nuevo* en F. Sánchez Escribano y A. Porqueras, *Preceptiva dramática española*, Madrid, 1965, pág. 133-4, v. 305-12.

42 Acto I: 69-140, 457-528, 655-698; II: 1103-36; III: 1948-2027.

43 Acto III: 2161-74.

44 Acto II: 860-938.

45 Acto III: 1848-919.

46 Acto I: 545-78.

47 Acto III: 1652-711.

48 Acto II: 1503-9; III: 2035-42, 2047-53, 2061-7; con las coplillas de estribillo II, 1472-4; y III, 2054-6.

49 Morley y Bruerton, *Cronología*, pág. 184.

50 Acto II, ocho versos entre 861 y 878.

51 Acto III: 2066-7.

52 Morley y Bruerton, *Cronología*, pág. 187.

53 Acto II: 1449-71, con cuatro pareados intercalados.

lírica. Por esto se encuentran rimas consonantes mezcladas entre las asonancias de los romances, rimas asonantes entre las estrofas consonantes, abundancia de rimas con palabras iguales o modificadas con prefijos o con relación morfológica.[54] En la edición indico los fallos de las estrofas, sobre todo faltas de versos, que no cortan el sentido; dejando a un lado lo que puedan ser errores de transmisión, pues es muy probable que el texto no se reprodujese de un original de Lope, este aspecto confirma que no puso demasiado cuidado, al menos en la revisión de la obra.

El desarrollo de la comedia se verifica métricamente de la siguiente manera:

Acto I

Escena	N.° de orden de los versos [1]	N.° de estrofas	N.° de versos	Forma métrica
I	1-40	10	40	Redondillas abrazadas
II	41-68	7	28	Redondillas abrazadas
II	69-140	—	72	Romance de rima: á-o
II	141-172	8	32	Redondillas abrazadas
III	173-274	25,1/2	102	Redondillas abrazadas
IV	*275-444	42,1/2	170	Redondillas abrazadas
V	445-456	3	12	Redondillas abrazadas
V	457-528	—	72	Romance de rima: é-e
VI	529-544	—	16	Romance hexasílabo de rima ó-e
VI	545-578	10 1	30 4	Tercetos, más cuarteto de cierre
VI	579-590	3	12	Redondillas abrazadas

[54] Ejemplos son: En un romance riman juntos: guarece-parece (492-94). En una redondilla se encuentra esta rima: villanaje-ciudades-calidades-ataje (999-1003). En los versos 37 y 40 hay la rima con la misma palabra *él*, etc. Véase el pormenor de esto en H. Hoock, *Lope*, págs. 166-70; el lector tendrá ocasión de apreciarlo en la obra.

[1] La indicación del asterisco significa que la transición de una escena a otra rompe la unidad estrófica, y entonces la estrofa se reparte entre el fin de la escena anterior y el comienzo de la siguiente. En las rimas, la letra mayúscula indica la consonante, y la minúscula la asonante.

Escena	N.º de orden de los versos	N.º de estrofas	N.º de versos	Forma métrica
VI	591-594	—	4	Romance hexasílabo de rima ó-e
VII	595-634	10	40	Redondillas abrazadas
VIII	635-654	5	20	Redondillas abrazadas
IX	655-698	—	44	Romance de rima: é-o
IX	699-722	6	24	Redondillas abrazadas
X	723-778	—	56	Romance de rima: ó-o
XI	779-818	—	40	Sigue el romance de rima: (falta un verso)
XII	819-832	—	14	Sigue el romance de rima: ó-o
XIII	833-859	—	27	Sigue el romance de rima: ó-o

Acto II

Escena	N.º de orden de los versos	N.º de estrofas	N.º de versos	Forma métrica
I	860-891	4	32	Octavas reales
II	892-930	5	39	Octavas reales (falta un verso)
III	931-938	1	8	Octavas reales
IV	939-1022	21	84	Redondillas abrazadas
V	1023-1102	20	80	Redondillas abrazadas
VI	1103-1136	—	34	Romance con rima: é-a
VII	1137-1184	12	48	Redondillas abrazadas
VIII	1185-1204	5	20	Redondillas abrazadas
IX	1205-1216	3	12	Redondillas abrazadas
X	1217-1252	9	36	Redondillas abrazadas
XI	1253-1276	6	24	Redondillas abrazadas
XII	1277-1316	10	40	Redondillas abrazadas
XIII	1317-1448	33	132	Redondillas abrazadas
XIV	1449-1471	—	23	Versos sueltos con cuatro pareados intercalados
XV	1472-1474	1	3	Coplilla de estribillo (6a-5-6a)
XV	1475-1502	7	28	Redondillas abrazadas
XV	1503-1509	1	7	Copla (8A-8B-8B-8A-8A-8c-8c)
XV	1510-1545	9	36	Redondillas abrazadas

Escena	N.º de orden de los versos	N.º de estrofas	N.º de versos	Forma métrica
XV	1546-1569	—	24	Romance de rima: á-a, con dos seguidillas de estribillo (8-8a-8-8a-8-8a-8-8a + 7-5a-7-5a, y repetido otra vez)
XVI	1570-1651	—	82	Romance de rima: á-e.

Acto III

Escena	N.º de orden de los versos	N.º de estrofas	N.º de versos	Forma métrica
I	1652-1657	2	6	Tercetos
II	1658-1711	18	54	Tercetos (sin cierre)
III	1712-1814	—	103	Romance con rima: ó-e
IV	1815-1847	—	33	Sigue el romance con rima ó-e
V	1848-1879	4	32	Octavas reales
VI	1880-1887	1	8	Octavas reales
VII	1888-1919	4	32	Octavas reales
VIII	1920-1947	7	28	Redondillas abrazadas
IX	1948-2027	—	80	Romance de rima: é-e
X	2028-2030	1	3	Coplilla de estribillo: 6-6a-6a (en relación con 2035-2042 y 2047-2056)
X	2031-2034	1	4	Redondilla abrazada
X	2035-2042	1	8	Copla (8A-8B-8B-8A-8A-8C-6c-7C)
X	2043-2046	1	4	Redondilla abrazada
X	2047-2053	1	7	Copla (8A-8B-8B-8A-8A-8C-7C)
X	2054-2056	1	3	Coplilla de estribillo: (6-6a-6a) (en relación con 2061-2067)
X	2057-2060	1	4	Redondilla abrazada
X	2061-2067	1	7	Copla (8A-8B-8B-8A-8A-8C-7C)
X	2068		1	Verso de los músicos que en relación con las dos coplillas precedentes, pudiera cerrar la última.

Escena	N.° de orden de los versos	N.° de estrofas	N.° de versos	Forma métrica
X	2069-2112	11	44	Redondillas abrazadas
XI	2113-2124	3	12	Redondillas abrazadas
XII	2125-2160	9	36	Redondillas abrazadas
XIII	2161-2174	1	14	Soneto (tipo B:CDECDE)
XIV	2175-2257	21	83	Redondillas abrazadas (falta un verso)
XV	2258-2281	6	24	Redondillas abrazadas (el verso 2263 está incompleto)
XVI	2282-2289	2	8	Redondillas abrazadas
XVII	2290-2309	5	20	Redondillas abrazadas
XVIII	2310-2345	9	36	Redondillas abrazadas
XIX	2346-2357	3	12	Redondillas abrazadas
XX	2358-2385	7	28	Redondillas abrazadas
XXI	2386-2453	17	68	Redondillas abrazadas

Porcentaje en el uso de las formas métricas:

Redondillas	58,2 %
Romances octosílabos	27,5 %
Octavas reales	6,1 %
Tercetos	3,8 %
Coplas	1,2 %
Versos sueltos	0,9 %
Romance hexasílabo	0,8 %
Soneto	0,6 %
Coplillas	0,4 %
Seguidillas	0,3 %

NOTICIA BIBLIOGRÁFICA

A) LA *Fuente Ovejuna* DE LOPE DE VEGA

1.—*Las dos ediciones de 1619*

En 1619 apareció en Madrid, impresa por la viuda de Alonso Martín, la *Dozena Parte* de las comedias de Lope. De esta *Dozena Parte* se hicieron dos impresiones, que han planteado diversas dudas a los bibliógrafos. (Véase C. E. Anibal, "Lope de Vega's *Dozena Parte*", *Modern Language Notes,* XLVII, 1932, págs. 1-7.) Se distinguen sobre todo en la portada; en una de ellas figura el escudo de los Cárdenas, y en la otra, un emblema (el centauro Sagitario en ademán de lanzar una flecha de un arco tenso que sostiene en los brazos, y alrededor, la leyenda: *Salvbris sagitta a Deo missa,* usado por Lope en otras obras. Les doy como referencias las letras A (escudo de los Cárdenas) y B (emblema del Sagitario) siguiendo a Anibal sin implicar con esto un orden entre ambos. La diferencia más importante es que B trae el verso 1490 que falta en A.

Existen en B las siguientes variantes, que son evidentes erratas, y que por eso no indico en las notas: 260: *ver*; 938: *la*; 1138: *Pues ¿aquí tenéis temor aquí?*; 1737: *le*; 1773: *ecñís.* Ninguna de las dos impresiones resuelve los defectos más importantes del texto: el verso que falta en el romance entre los 815-816; el que falta entre el 928-929; y las seis primeras sílabas del verso 2263. No obstante, no son necesarios para la continuidad del sentido, al menos en apariencia, y puede pensarse en descuido del autor. No me resulta decisivo para estimar anterior el texto B el que tenga el verso 1490; pero se me ocurre que si las Partes XI y XIII tienen también en la portada el emblema del Sagitario, que Lope aprovechase que se vendió bien la primera impresión (que sería la común con su emblema) y verificase una segunda con el escudo de los Cárdenas, como en homenaje a don Lorenzo. No obstante, no es argumento decisivo.

Las variantes de las dos impresiones son, por tanto, escasas, y las aprovecho para el texto de esta edición. De esta *Dozena Parte* provienen las modernas ediciones de *Fuente Ovejuna*, de las que doy alguna variante en las notas cuando lo creo oportuno. Esta *Dozena Parte* contiene: *Ello dirá, La sortija del olvido, Los enemigos en casa, La cortesía de España, Al pasar del arroyo, Los hidalgos del aldea, El Marqués de Mantua, Las flores de don Juan y rico y pobre trocados, Lo que hay que fiar en el mundo, La firmeza en la desdicha, La desdichada Estefanía* y *Fuente Ovejuna.*

Por lo demás, ambas impresiones tienen igual contenido en los preliminares. La misma fe de erratas (Madrid, 14 de diciembre de 1618, firmado por el Licenciado Murcia de la Llana); igual tasa (Madrid, 22 de diciembre de 1618, por Diego González de Villarroel); igual aprobación (Madrid, 15 de agosto de 1618, por Vicente Espinel); la misma suma del privilegio (San Lorenzo del Escorial, 6 de octubre de 1618); igual dedicatoria y versos a don Lorenzo Cárdenas; y el prologuillo de "El Teatro" al lector.

2.—*Ediciones modernas de* Fuente Ovejuna

Frey Lope Félix de Vega Carpio, *Comedias escogidas de...*, juntas en colección y ordenadas por don Juan Eugenio Hartzenbusch, III, Madrid, 1857, págs. 633-650; tomo XLI de la *Biblioteca de Autores Españoles.*

Lope de Vega, *Obras de...*, publicadas por la Real Academia Española, X, "Crónicas y leyendas dramáticas de España", Madrid, 1899, págs. 531-561.

Lope de Vega, *Fuente Ovejuna. Comedia,* ed. revisada por Américo Castro, Madrid-Barcelona, 1919, 150 págs. Breve introducción y algunas notas.

Lope de Vega, *Fuente Ovejuna,* ed. Tomás García de la Santa, Zaragoza, 1951, 108 páginas. Edición escolar, con introducción y notas.

B) La *Fuente Ovejuna* de monroy

Christóval de Monroy, *Fuente Ovejuna. Comedia Famosa.* Sin lugar ni año de edición. Tampoco tiene indicación de imprenta; por la letrería parece que es obra de José Padrino, el padre (1748-1755), impresor de Sevilla.

Francisco López Estrada, "El drama de *Fuente Ovejuna* en las obras de Lope y de Monroy. (Consideración actual). Parte I: el texto de Monroy", *Anales de la Universidad Hispalense,* XXIII, 1963, págs. 61-153. Reproduce la anterior edición con una adaptación de las grafías que se explica en la pág. 195.

BIBLIOGRAFÍA SELECTA SOBRE *FUENTE OVEJUNA*

A) La *Fuente Ovejuna* de lope de vega

a) *Estudios sobre la obra*

Casalduero, Joaquín, *Fuenteovejuna,* publicado por vez primera en la *Revista de Filología Hispánica,* V, 1943, págs. 21-44; y en *Estudios sobre el teatro español,* Madrid, 1962, págs. 9-44.

Hoock, Helga, *Lope de Vegas* Fuente Ovejuna *als Kunstwerk,* Würzburg, 1963; citado: H. Hoock, *Lope.*

López Estrada, Francisco, "Fuente Ovejuna" *en el teatro de Lope y de Monroy (Consideración crítica de ambas obras).* Discurso de apertura del curso académico 1965-1966 en la Universidad de Sevilla, Sevilla, 1965; citado: L. Estrada, *Consideración crítica.*

Menéndez Pelayo, Marcelino, *Obras de Lope de Vega,* publicadas por la Real Academia Española, X, "Crónicas y leyendas dramáticas de España", Madrid, 1899, págs. CLIX-CLXVII; citado: M. Pelayo, *Obras Lope.* También publicado en *Estudios sobre el teatro de Lope de Vega, Obras Completas,* V, 1949, págs. 171-182; citado: M. Pelayo, *Estudios.*

McCrary, W. C., "*Fuente Ovejuna*: Its Platonic Vision and Execution", *Studies in Philology,* LVIII, 1961, págs. 179-192.

R. D. F. Pring-Mill, "Sententiousness in *Fuente Ovejuna*", *Tulane Drama Review,* VII, 1962, págs. 5-37.

Morley, S. Griswold, "*Fuente Ovejuna* and its Theme Parallels", *Hispanic Review,* IV, 1936, págs. 303-311.

Ribbans, Geoffrey, "The Meaning and Structure of Lope's *Fuenteovejuna*", *Bulletin of Hispanic Studies,* 1954, XXXI, págs. 150-170; recogido en versión española en el libro *El teatro de Lope de Vega. Artículos y Estudios.* Prólogo, selección y revisión técnica de José Francisco Gatti, Buenos Aires, 1962 *Significado y estructura de* "Fuente Ovejuna", págs. 91-123.

Rubens, Félix, "Fuente Ovejuna" *en Lope de Vega.* Estudios en conmemoración del IV Centenario de su nacimiento. La Plata (Argentina), págs. 135-148.

Soons, C. Alan, "Two Historical Comedias and the Question of Manierismo", *Romanische Forschungen,* LXXIII, 1961, págs. 339-346; Se refiere a las comedias de Tirso *Antona García* y *Fuente Ovejuna.*

Spitzer, Leo, "A Central Theme and Its Structural Equivalent in Lope's *Fuenteovejuna*", *Hispanic Review,* XXIII, 1955, págs. 274-292; lo mismo que el de Ribbans ha sido recogido en el libro: *Un tema central y su equivalente estructural en Fuenteovejuna,* págs. 124-147. Citado: Spitzer, *Un tema central...*

Wardropper, Bruce W., "*Fuente Ovejuna*": "el gusto" and "lo justo", *Studies in Philology,* LIII, 1956, págs. 159-171.

b) *Estudios sobre Lope de Vega y su obra donde hay noticias de* Fuente Ovejuna.

Salomon, Noël, *Recherches sur le theme paysan dans la "comedia" au temps de Lope de Vega,* Bordeaux, 1965; es el estudio más completo sobre el hombre de campo en el teatro de Lope de Vega, y se ocupa extensamente de *Fuente Ovejuna*; citado: Salomon, *Recherches.*

Morley, S. Griswold y Courtney Bruerton, *Cronología de las Comedias de Lope de Vega,* 2.ª edición, Madrid, 1968; citado Morley y Bruerton, *Cronología.*

c) *Otras obras y estudios de interés general utilizados en esta edición y en las notas.*

Corominas, J., *Diccionario crítico etimológico de la lengua castellana,* Madrid, 1954, 4 tomos; citado: Corominas, *Dic. Crít. Etim.*

Correas, Gonzalo, *Vocabulario de refranes y frases proverbiales (1627)*, ed. L. Combet, Bordeaux, 1967; citado: Cor.

Covarrubias, Sebastián de, *Tesoro de la Lengua Castellana o Española*, ed. Martín de Riquer, 1943. Contiene la edición de Madrid, 1611, y las adiciones de B. R. Noydens, Madrid, 1673; citado: Cov.

Rades y Andrada, Francisco de, *Chrónica de las tres Órdenes y Cauallerías de Sanctiago, Calatraua y Alcántara...*, Toledo, 1572. Citado: *Chrónica.*

B) La *Fuente Ovejuna* de MONROY

Estudios:

Bem Barroca, Manuel, *Vida y obra de Monroy*, tesis doctoral presentada en la Universidad de Sevilla, 1966, bajo la dirección del Prof. Francisco López Estrada, 2 tomos (texto inédito); sobre *Fuente Ovejuna*, págs. 468-511. Incorporo a este texto las menciones del examen de las rimas. Citado: Bem Barroca, *Monroy*.

Estrada, L., *Consideración Crítica*, págs. 57-81.

Los autores que menciono para la obra de Lope se utilizan en esta parte del estudio con las mismas abreviaturas.

Adiciones:

Complemento crítico a esta edición es mi estudio "Los villanos filósofos y políticos (La configuración de "Fuente Ovejuna" a través de nombres y "apellidos")", *Cuadernos Hispanoamericanos*, LXXX, 1969, págs. 518-542. Añádase también otro estudio mío: "La canción "Al val de Fuente Ovejuna" de la comedia "Fuente Ovejuna" de Lope", *Homenaje a W. L. Fichter*, Madrid, Castalia, 1971, págs. 453-468.

Agradezco las reseñas que de la primera edición hicieron V. Dixon (*Bulletin of Hispanic Studies*, XLVIII, 1971, págs. 354-6) y A. Soons (*Hispanic Review*, XLI, 1973, págs. 102-6), algunas de cuyas sugerencias he incorporado en la revisión de las notas de esta segunda edición.

NOTA PREVIA

SOBRE la base de las dos ediciones de la *Dozena Parte,* cuyo texto es casi todo común, con las variantes que indiqué y las que van señaladas en las notas, se imprime la comedia con la grafía modernizada; se han cambiado las consonantes antiguas por las actuales, conservando las vocales y los grupos (cultos) de consonantes interiores tal como se hallan en las ediciones de 1619. Si se hizo alguna rectificación, se justifica en nota, y sitúo [...] los trozos que añado, sobre todo en la numeración de las escenas y en las acotaciones, que extiendo y aclaro cuando me parece conveniente para guiar al lector en el movimiento de los personajes y situación de los actos. En el diálogo van en cursiva los trozos que se cantan en escena.

F. L. E.

DOZENA

PARTE DE LAS COMEDIAS DE LOPE DE VEGA CARPIO.

A DON LORENZO DE CARDENAS Conde de la Puebla, quarto nieto de don Alonso de Cardenas, Gran Maestre de Santiago.

Año 1619.

CON PRIVILEGIO.

EN MADRID. Por la viuda de Alonso Martin.

A costa de Alonso Perez, mercader de libros.

Madrid, 1619. (Edición A.)

COMEDIA FAMOSA DE
FUENTE OVEJUNA

Hablan en ella las personas siguientes:

FERNÁN GÓMEZ [*de Guzmán, Comendador Mayor de la Orden de Calatrava*].
ORTUÑO [*criado de Fernán Gómez*].
FLORES [*criado de Fernán Gómez*].
EL MAESTRE DE CALATRAVA [*Rodrigo Téllez Girón*].
PASCUALA [*labradora*].
LAURENCIA [*labradora*].
MENGO [*labrador*].
BARRILDO [*labrador*].
FRONDOSO [*labrador*].
JUAN ROJO [*labrador, tío de Laurencia*].
ESTEBAN Y ALONSO, *Alcaldes.*
REY DON FERNANDO.
REINA DOÑA ISABEL.
DON MANRIQUE.
[*Dos Regidores de Ciudad Real*].
UN REGIDOR [*de Fuente Ovejuna, llamado Cuadrado*].
CIMBRANOS, *soldado.*
JACINTA, *labradora.*
UN MUCHACHO.
Algunos labradores.
UN JUEZ [*pesquisidor*].
La música.
[*Leonelo, licenciado por Salamanca*].

ACTO PRIMERO

[ESCENA I]

[*Sala de la casa del Maestre de Calatrava*]

Salen el Comendador, Flores y Ortuño, criados.

COMENDADOR

¿Sabe el Maestre que estoy
en la villa?

FLORES

Ya lo sabe.

ORTUÑO

Está, con la edad, más grave.

COMENDADOR

¿Y sabe también que soy
Fernán Gómez de Guzmán?

FLORES

Es muchacho, no te asombre.

2 Se refiere a la villa de Almagro, donde tenía la Orden de Calatrava su casa, y habitaba en ella el Maestre.

3 La edad del Maestre es resorte sustancial de la comedia. Las noticias que Lope tuviera sobre esto, pueden proceder de la *Chrónica* de Rades: "Murió año de 1482, siendo de edad de veinte y cuatro años, y habiendo tenido el Maestrazgo diez y seis" (fol. 81). Según estos datos, don Rodrigo tendría diez y ocho años, y Lope inicia así su caracterización como un joven irreflexivo y sin experiencia, que emprende la errónea acción de Ciudad Real por consejo de Fernán Gómez.

COMENDADOR

Cuando no sepa mi nombre,
¿no le sobra el que me dan
de Comendador mayor?

ORTUÑO

No falta quien le aconseje
que de ser cortés se aleje.

COMENDADOR

Conquistará poco amor.
Es llave la cortesía
para abrir la voluntad;
y para la enemistad,
la necia descortesía.

ORTUÑO

Si supiese un descortés
cómo lo aborrecen todos,
y querrían de mil modos
poner la boca a sus pies,
antes que serlo ninguno,
se dejaría morir.

FLORES

¡Qué cansado es de sufrir!
¡Qué áspero y qué importuno!
Llaman la descortesía
necedad en los iguales,

7 Con sentido concesivo, como en el uso actual reforzado por aun: *aun cuando...*

8 A: *sabrá*. En el texto, como en B.

9 El Comendador mayor era la más alta dignidad después del Maestre, y le ayudaba en sus funciones, sobre todo en la organización militar.

12 Se inicia la polisemia de *amor*: aquí se refiere al social.

13-4 Expresión sentenciosa comparable a ésta: "Cortesía y bien hablar, cien puertas nos abrirán".

18 B: *le*. En el texto como en A.

porque es entre desiguales
linaje de tiranía.
Aquí no te toca nada:
que un muchacho aún no ha llegado
a saber qué es ser amado.

COMENDADOR

La obligación de la espada
que le ciñó el mismo día
que la Cruz de Calatrava
le cubrió el pecho, bastaba
para aprender cortesía.

FLORES

Si te han puesto mal con él,
presto le conocerás.

ORTUÑO

Vuélvete, si en duda estás.

COMENDADOR

Quiero ver lo que hay en él.

[ESCENA II]

Sale el Maestre de Calatrava y acompañamiento.

MAESTRE

Perdonad, por vida mía,
Fernán Gómez de Guzmán,
que agora nueva me dan
que en la villa estáis.

31 *Ser amado*: Recibir la consideración de los otros y él corresponder a cada uno como se merece; es el principio de la honra.

COMENDADOR

Tenía
muy justa queja de vos;
que el amor y la crianza
me daban más confianza,
por ser, cual somos los dos:
vos, Maestre en Calatrava;
yo, vuestro Comendador
y muy vuestro servidor.

MAESTRE

Seguro, Fernando, estaba
de vuestra buena venida.
Quiero volveros a dar
los brazos.

COMENDADOR

Debéisme honrar,
que he puesto por vos la vida
entre diferencias tantas,
hasta suplir vuestra edad
el Pontífice.

MAESTRE

Es verdad.
Y por las señales santas
que a los dos cruzan el pecho,
que os lo pago en estimaros
y, como a mi padre, honraros.

COMENDADOR

De vos estoy satisfecho.

52 *Seguro*: 'descuidado, ajeno de pensar en ello', de *securus* (<*se*, prefijo privativo y *curus* 'cuidado') (Corominas, *Dic. Crit. Etim.*, I, 987).

57 *diferencias*: 'banderías, partidos'.

60 La conducta del Comendador será más reprehensible por la condición religiosa de la Orden; tenía el título de Don Frey Fernán Gómez de Guzmán (*Chrónica*, fol. 81).

MAESTRE

¿Qué hay de guerra por allá?

COMENDADOR

Estad atento, y sabréis
la obligación que tenéis.

MAESTRE

Decid, que ya lo estoy, ya.

COMENDADOR

Gran Maestre, don Rodrigo
Téllez Girón, que a tan alto
lugar os trajo el valor
de aquel vuestro padre claro,
que, de ocho años, en vos
renunció su Maestrazgo,
que después por más seguro
juraron y confirmaron
Reyes y Comendadores,
dando el Pontífice santo
Pío segundo sus bulas,
y después las suyas Paulo,

69-83 El relato toma como base la *Chrónica* de Rades: "Era el Maestre al tiempo de su elección niño de ocho años, y por esto la Orden suplicó al Papa Pío II supliese de nuevo la falta de edad, y confirmase la elección o postulación que habían hecho. El Papa viendo que hombre de tan poca edad no podía tener el Maestrazgo en título, dióselo en encomienda; y después Paulo II le dio por coadjutor a don Juan Pacheco, su tío, Marqués de Villena" (fol. 78v).

72 Don Pedro Girón (1423?-1466), Gran Maestre de Calatrava, fue uno de los más inquietos cortesanos de los últimos tiempos de Juan II y del reinado de Enrique IV. Logró de este Rey que le prometiese la mano de Isabel, pero el Maestre murió en Villarrubia cuando iba a las bodas. Don Rodrigo era hijo ilegítimo.

79 Don Pedro Girón obtuvo del papa Pío II que reconociese a don Rodrigo como Maestre de la Orden (15 de febrero de 1464) por medio de su renuncia.

80 Pablo II.

para que don Juan Pacheco,
gran Maestre de Santiago,
fuese vuestro coadjutor;
ya que es muerto, y que os han dado
el gobierno sólo a vos,
aunque de tan pocos años,
advertid que es honra vuestra
seguir en aqueste caso
la parte de vuestros deudos;
porque muerto Enrique cuarto,
quieren que al rey don Alonso
de Portugal, que ha heredado,
por su mujer, a Castilla,
obedezcan sus vasallos;
que aunque pretende lo mismo
por Isabel, don Fernando,
gran Príncipe de Aragón,
no con derecho tan claro
a vuestros deudos; que, en fin,
no presumen que hay engaño
en la sucesión de Juana,

81 Don Juan Pacheco (1419-1474), Marqués de Villena, hermano de don Pedro Girón, llegó a ser Maestre de Santiago y de Calatrava, y tuvo una intervención muy activa en la política de banderías de la época.

84 Murió en 1474, y por tanto don Rodrigo tenía los diez y seis años. Obsérvese el ajuste aproximado de la cronología.

90-103 Otra vez sigue de cerca a Rades, quien cuenta en su *Chrónica* que a la muerte de Enrique IV en 1494 "se continuaron y aumentaron los bandos y parcialidades entre los grandes del Reino porque la mayoría de ellos obedecieron por su Reina y señora doña Isabel, hermana del Rey don Enrique, y por ella a don Fernando su marido Rey de Sicilia y Príncipe de Aragón [se habían casado en 1469]; y otros decían pertenecer el Reino a doña Juana, que afirmaba ser hija del Rey don Enrique [...]. Habíase desposado esta señora con don Alonso su tío, Rey de Portugal [Alfonso V, el Africano, 1432-1481] y con este título seguían su partido para hacerle Rey de Castilla todos los Girones, Pachecos y otros grandes del Reino" (fol. 79).

95 A y B: *pretenden*.

100 Alusión a que doña Juana fuese hija de don Beltrán de la Cueva y doña Juana de Portugal.

a quien vuestro primo hermano
tiene agora en su poder.
Y así, vengo a aconsejaros
que juntéis los caballeros
de Calatrava en Almagro,
y a Ciudad Real toméis,
que divide como paso
a Andalucía y Castilla,
para mirarlos a entrambos.
Poca gente es menester,
porque tienen por soldados
solamente sus vecinos
y algunos pocos hidalgos,
que defienden a Isabel
y llaman rey a Fernando.
Será bien que deis asombro,
Rodrigo, aunque niño, a cuantos
dicen que es grande esa Cruz

102 Don Diego López Pacheco, Marqués de Villena, en cuyo poder se hallaba en 1475, según las *Memorias* de A. Bernáldez.

107 *Ciudad Real*: La antigua Villa Real pasó a ser Ciudad Real en 1420 por merced de Juan II, y gozaba de fuero real desde 1428. Las rivalidades de la primero Villa y después Ciudad Real con los de Calatrava habían sido frecuentes, de manera que este episodio de 1477 fue uno más de entre los que ocasionó la sentencia en favor de los Reyes castellanos frente al poderío de la Orden. En 1494, los Reyes Católicos crearon una nueva Cancillería en Ciudad Real, y dispusieron que allí se resolviesen los pleitos "desde el río Tajo a mediodía... y órdenes de Santiago y Alcántara y Calatrava y San Juan..." (A. de Santa Cruz, *Crónica de los Reyes Católicos*, I, Sevilla, 1951, pág. 128).

110 El masculino *entrambos* referido a Andalucía y Castilla se entiende por alusión a *reinos*; la rima del romance lo pide así.

117-128 Estos versos siguen de cerca la *Chrónica* de Rades: "El Maestre, como mancebo que era de 16 años, siguió este partido de doña Juana y del Rey de Portugal, su esposo, por inducimiento del Marqués de Villena, su primo, y del Conde de Urueña, su hermano, y con esta voz hizo guerra en las tierras del Rey en La Mancha y Andalucía" (fol. 79). Como ya se dijo en el prólogo, Fernán Gómez aparece como inductor en la creación poética de Lope.

118 *niño*; hoy no se diría de un mozo de diez y seis o diez y ocho años, pero hay testimonios medievales (Corominas, *Dic. Crit. Etim.*, III, 514).

para vuestros hombros flacos.
Mirad los Condes de Urueña,
de quien venís, que mostrando
os están desde la fama
los laureles que ganaron;
los Marqueses de Villena,
y otros capitanes, tantos,
que las alas de la fama
apenas pueden llevarlos.
Sacad esa blanca espada;
que habéis de hacer, peleando,
tan roja como la Cruz;
porque no podré llamaros
Maestre de la Cruz roja
que tenéis al pecho, en tanto
que tenéis blanca la espada;
que una al pecho y otra al lado,
entrambas han de ser rojas;
y vos, Girón soberano,
capa del templo inmortal
de vuestros claros pasados.

MAESTRE

Fernán Gómez, estad cierto
que en esta parcialidad,
porque veo que es verdad,
con mis deudos me concierto.
Y si importa, como paso,
a Ciudad Real mi intento,

121 Condes de Urueña; se refiere a Alonso Téllez Girón (Véase A. Bernáldez, *Memorias*, pág. 28).
125 Marqueses de Villena; don Diego Pacheco (Ídem.).
129 *blanca*: 'inocente, aún no teñida en sangre'.
135 Corrección mía; A y B: que tenéis la blanca espada.
139 Juego de palabras: el *girón* 'trozo suelto y desgarrado de un tejido' será *capa* 'pieza entera, vestido que cubre y resguarda'. En la portada de la *Arcadia* (1598) dedicada al Girón, entonces Duque de Osuna, situó una leyenda: "Este Girón para el suelo, sacó de su capa el cielo".
142 *parcialidad*: 'campo o bando de sus parciales, que siguen su parte', frente al sentido de unidad que representan los reyes Isabel y Fernando.

veréis que, como violento
rayo, sus muros abraso.
No porque es muerto mi tío,
piensen de mis pocos años
los propios y los extraños
que murió con él mi brío.
Sacaré la blanca espada,
para que quede su luz
de la color de la Cruz,
de roja sangre bañada.
Vos, ¿adónde residís?
¿Tenéis algunos soldados?

COMENDADOR

Pocos, pero mis criados;
que si de ellos os servís,
pelearán como leones.
Ya veis que en Fuente Ovejuna
hay gente humilde y alguna,
no enseñada en escuadrones,
sino en campos y labranzas.

MAESTRE

¿Allí residís?

COMENDADOR

Allí
de mi Encomienda escogí
casa entre aquestas mudanzas.

163 *alguna* trae confusión a la frase; el que se refiera a parte de la gente humilde no hace buen sentido con el espíritu de la obra, pues todo Fuente Ovejuna es gente de paz. Más bien cabe pensar en que quiere decir: 'una poca gente', por tratarse de una villa; o en un valor negativo de *alguna*, forzada su posición por la rima, y con el refuerzo del *no* siguiente.
167 Fernán Gómez estaba en Fuente Obejuna desde 1466.
169-170 Faltan las indicaciones de los interlocutores en A y en B, que me parecen convenientes para el sentido.
169 *Registrarse*, inscribirse en un registro para saber con cuántos se puede contar.

[MAESTRE]

Vuestra gente se registre.

[COMENDADOR]

Que no quedará vasallo.

MAESTRE

Hoy me veréis a caballo,
poner la lanza en el ristre.

[ESCENA III]

[Plaza de Fuente Ovejuna]

Vanse, y salen Pascuala y Laurencia.

LAURENCIA

¡Mas que nunca acá volviera!

PASCUALA

Pues, a la he, que pensé
que cuando te lo conté,
más pesadumbre te diera.

LAURENCIA

¡Plega al cielo que jamás
le vea en Fuente Ovejuna!

PASCUALA

Yo, Laurencia, he visto alguna
tan brava, y pienso que más;
y tenía el corazón
brando como una manteca.

173 *Mas que*: con valor de conjunción concesiva 'aunque'.
174 *he*: fe. Exclamación ¡a la fe! La aspiración de *f-* es un rasgo muy extendido de la lengua pastoril del teatro; cuenta como consonante a efectos de métrica.
180 *tan brava* [como tú].
181 *brando*: blando. El trueque l/r es otro rasgo fonético del lenguaje villanesco en el teatro de pastores.

LAURENCIA

Pues ¿hay encina tan seca
como esta mi condición?

PASCUALA

¡Anda ya! Que nadie diga:
de esta agua no beberé.

LAURENCIA

¡Voto al sol que lo diré,
aunque el mundo me desdiga!
¿A qué efeto fuera bueno
querer a Fernando yo?
¿Casárame con él?

PASCUALA

No.

LAURENCIA

Luego la infamia condeno.
¡Cuántas mozas en la villa,
del Comendador fiadas,
andan ya descalabradas!

186 Es refrán.

187 *Voto al sol.* Juramento en que la fórmula inicial *voto a...* acaba en una palabra neutra, *sol* en este caso. El propio Lope indicó en *El valiente Céspedes* que era juramento propio de villanos, pues Céspedes dice a Beltrán:

> Lo que te quiero decir
> es que "¡voto al sol!" es llano
> que es juramento villano,
> y se puede presumir
> que te saqué del azada.
> (*Obras* de Lope, ed. RAE, XII, pág. 198).

Lo usó Sancho cuando contesta airado al doctor Pedro Recio (*Quijote*, II, cap. XLVII). Véanse 1169 y 1214, en donde Mengo usa la exclamación.

191 La relación fuera del matrimonio es infamia, y por tanto deshonra, y ésta es la única que ofrece el Comendador con las mujeres que no son de su clase social. Obsérvese que Laurencia accede a oir a Frondoso cuando éste habla de la Iglesia que bendeciría el amor (771).

PASCUALA

Tendré yo por maravilla
que te escapes de su mano.

LAURENCIA

Pues en vano es lo que ves,
porque ha que me sigue un mes,
y todo, Pascuala, en vano.
Aquel Flores, su alcahuete,
y Ortuño, aquel socarrón,
me mostraron un jubón,
una sarta y un copete.
Dijéronme tantas cosas
de Fernando, su señor,
que me pusieron temor;
mas no serán poderosas
para contrastar mi pecho.

PASCUALA

¿Dónde te hablaron?

LAURENCIA

Allá
en el arroyo, y habrá
seis días.

PASCUALA

Y yo sospecho
que te han de engañar, Laurencia.

LAURENCIA

¿A mí?

199 *ha [un mes] que me sigue*: es la construcción común en los Siglos de Oro del *haber* impersonal en el sentido de una acción que comenzó en el pasado y sigue en el presente.

203-4 *Jubón*: 'vestido justo y ceñido, que se pone sobre la camisa y se ataca con las calzas' (Cov.). *Sarta*: 'collar o gargantilla de piezas ensartadas y enhiladas unas con otras' (Cov.). *Copete*: 'el cabello que las damas traen levantado sobre la frente... Unas veces es del propio cabello, y otras, postizo' (Cov.). Aquí acaso sea un sombrerito.

PASCUALA

Que no, sino al cura.

LAURENCIA

Soy, aunque polla, muy dura
yo para su reverencia.
Pardiez, más precio poner,
Pascuala, de madrugada,
un pedazo de lunada
al huego para comer,
con tanto zalacatón
de una rosca que yo amaso,
y hurtar a mi madre un vaso
del pegado canjilón;
y más precio al mediodía
ver la vaca entre las coles,
haciendo mil caracoles
con espumosa armonía;
y concertar, si el camino
me ha llegado a causar pena,

214 Fórmula conversacional; tiene el sentido intensificado de: ‘¿A quién, si no es a ti?’ La referencia al *cura* (v. 439) sirve para dar un tono aldeano al ambiente de la comedia.

215 *polla*: ‘la gallina nueva’.

216 *Reverencia*: ‘Este título se debe a los sacerdotes y a los religiosos’ (Cor.). Al equivocar adrede el tratamiento, puede aludir irónicamente al carácter religioso de la Orden.

217-248 Pieza retórica habilitada sobre el tópico: ‘*Mas precio* la limpia vida del campo en soledad y abundante pasar, *que* el mal amor del señor’; establece la descripción de la vida de un día (madrugada, 218; mediodía, 225; tarde, 233; y noche). El polisíndeton de *y* mantiene la tensión de la parte primera o protética hasta 241, a la que sigue la apódosis, introducida por *que*, que acaba con la mención contraria en el tiempo: *anochecer* (247) y *amanecer* (248).

219 *lunada*: ‘es la media anca, y comúnmente la aplicamos al pernil del tocino, diciendo lunada de tocino (Cov.).

220 *huego*: ‘fuego’. Véase v. 174.

221 *zalacatón*. Acaso derivado de *zatico* cruzado con algún sinónimo. Lope lo empleó otra vez (en la forma *zalacatrón*), asociado también con *lunada*: “seis torreznos de lunada - y un zalacatrón de pan - de libra y media” (*El capellán de la Virgen*, Acto III, *Obras*, IV, ed. Acad. pág. 495). Véase Corominas, *Dic. crít. etim.*, IV, 857.

224 *canjilón*: ‘cierto género de vaso, y juntamente medida’ (Cov.), probablemente ancha de boca, usada para trasegar el vino.

casar una berenjena
con otro tanto tocino;
y después un pasatarde,
mientras la cena se aliña,
de una cuerda de mi viña,
que Dios de pedrisco guarde;
y cenar un salpicón
con su aceite y su pimienta,
y irme a la cama contenta,
y al "inducas tentación"
rezalle mis devociones;
que cuantas raposerías,
con su amor y sus porfías,
tienen estos bellacones,
porque todo su cuidado,
después de darnos disgusto,
es anochecer con gusto
y amanecer con enfado.

PASCUALA

Tienes, Laurencia, razón;
que en dejando de querer,
más ingratos suelen ser
que al villano el gorrión.
En el invierno, que el frío
tiene los campos helados,
decienden de los tejados,
diciéndole "tío, tío",
hasta llegar a comer
las migajas de la mesa;
mas luego que el frío cesa,
y el campo ven florecer,

235 *cuerda de la viña*: 'racimo de uva, colgado de una cuerda'.
237 *salpicón*: 'la carne picada y aderezada con sal' (Cov.).
240 *inducas tentación*: refiérese a las palabras finales del *Pater noster*: "Et ne nos inducas in tentationem", tomado con un sentido rústico como representación de Dios.
252 De la fama del gorrión, dice Covarrubias: "Esta avecilla es muy astuta y recatada, y con andar siempre entre gente, nunca se domestica".

no bajan diciendo "tío",
del beneficio olvidados,
mas saltando en los tejados
dicen: "judío, judío".
Pues tales los hombres son:
cuando nos han menester,
somos su vida, su ser,
su alma, su corazón;
pero pasadas las ascuas,
las tías somos judías,
y en vez de llamarnos tías,
anda el nombre de las Pascuas.

LAURENCIA

¡No fiarse de ninguno!

PASCUALA

Lo mismo digo, Laurencia.

[ESCENA IV]

Salen Mengo y Barrildo y Frondoso.

FRONDOSO

En aquesta diferencia
andas, Barrildo, importuno.

BARRILDO

A lo menos aquí está
quien nos dirá lo más cierto.

264 Lope buscó con intención el término, pues el villano (hombre de la villa y del campo) se precia de ser cristiano viejo.
269 Cuando el fuego del amor dejó de ser vivo.
272 *decir a uno el nombre de las Pascuas*: 'insultarlo, motejarlo de mala manera'. Queda claro en este pasaje de *El celoso extremeño*: "Entreoyeron las mozas los requiebros de la vieja, y cada una le dijo el nombre de las Pascuas: ninguna le llamó vieja que no fuese con su epíteto y adjetivo de hechicera y barbuda, de antojadiza, y de otros que por buen respeto se callan... (*Novelas ejemplares*, ed. C. C., II, pág. 154).
273 *No fiarse de ninguno* (Cor.).

MENGO

Pues hagamos un concierto
antes que lleguéis allá;
y es, que si juzgan por mí,
me dé cada cual la prenda,
precio de aquesta contienda.

BARRILDO

Desde aquí digo que sí.
Mas si pierdes, ¿qué darás?

MENGO

Daré mi rabel de boj,
que vale más que una troj,
porque yo le estimo en más.

BARRILDO

Soy contento.

FRONDOSO

Pues lleguemos.
Dios os guarde, hermosas damas.

LAURENCIA

¿Damas, Frondoso, nos llamas?

FRONDOSO

Andar al uso queremos:
al bachiller, licenciado;

285 B: *dirás?*: En el texto como en A.
286 *rabel de boj*: 'Instrumento músico de cuerdas y arquillo; es pequeño y todo de una pieza, de tres cuerdas y de voces muy subidas. Usan de él los pastores con que se entretienen' (Cov.).
287 *troj* o *troje*: 'Es lo mismo que el granero, donde se recoge el trigo o cebada, etc. y particularmente, el trigo' (Cov.).
290 Fórmula cortesana de saludo.
293 Frondoso dice aquí una pieza retórica sobre el tópico de la inversión de valores, en el que existe la intención moralizadora de notar el desconcierto, en este caso de la corte. Frondoso lo desarrolla de *menos* a *más*, y Laurencia (321-348), de *más*

al ciego, tuerto; al bisojo,
bizco; resentido, al cojo,
y buen hombre, al descuidado.
Al ignorante, sesudo;
al mal galán, soldadesca;
a la boca grande, fresca,
y al ojo pequeño, agudo.
Al pleitista, diligente;
al gracioso, entremetido;
al hablador, entendido,
y al insufrible, valiente.
Al cobarde, para poco;
al atrevido, bizarro;
compañero, al que es un jarro,
y desenfadado, al loco.
Gravedad, al descontento;
a la calva, autoridad;
donaire, a la necedad,
y al pie grande, buen cimiento.

---

a *menos*. El tópico existe desde la Edad Media, y se aviva en el Renacimiento con Erasmo y sus seguidores. Se encuentra en el *Menosprecio de Corte...* de Guevara (ed. C. C., Madrid, 1952, pág. 100), en forma muy semejante a ésta (Véase Francisco Márquez Villanueva, *Espiritualidad y Literatura en el siglo XVI*, Madrid, 1968, págs. 83-87).

294 *bisojo y bizco* significan lo mismo: defectos en la posición de los ojos, y también hace relación con 'guiñar los ojos', con lo que pudiera entenderse (en sentido moderno) que al que es bizco, se dice de él que guiña los ojos. Corominas, *Dic. Crít. Etim.*, I, 465 y 469.

295 *resentido*: no en sentido moral, sino físico, que se resiente de la pierna, como si fuera de algo pasajero.

298 *soldadesca*: 'Soldado: El gentilhombre que sirve en la milicia...; pelea ordinariamente a pie; su ejercicio se dice *soldadesca*' (Cov.); es decir, acción propia de soldados.

299 *fresca*: 'Mujer fresca, la que tiene carnes y es blanca y colorada, y no de facciones delicadas ni adamada' (Cov.), aplicado a la boca.

300 *agudo*: "Aguda vista, la que alcanza a ver muy de lejos, como la del águila" (Cov.).

302 *entremetido* 'se dijo entremetido el bullicioso' (Cov.); o corregir *entretenido*.

307 *ser un jarro*: 'al que es recio decimos que es un jarro, presuponemos que es de vino, y si de agua, grosero y basto' (Cov.).

Al buboso, resfriado;
comedido, al arrogante;
al ingenioso, constante;
al corcovado, cargado.
Esto llamaros imito,
damas, sin pasar de aquí;
porque fuera hablar así
proceder en infinito.

LAURENCIA

Allá en la ciudad, Frondoso,
llámase por cortesía
de esa suerte; y a fe mía,
que hay otro más riguroso
y peor vocabulario
en las lenguas descorteses.

FRONDOSO

Querría que lo dijeses.

LAURENCIA

Es todo a esotro contrario:
al hombre grave, enfadoso;
venturoso, al descompuesto;
melancólico, al compuesto,
y al que reprehende, odioso.
Importuno, al que aconseja;
al liberal, moscatel;
al justiciero, cruel,
y al que es piadoso, madeja.

317 Así en A y B; desde Hartzenbusch se restituye *al*. Pudiera sobreentenderse: *Esto* [la relación antedicha] *imito* [al] *llamaros damas* [por villanas]. ¿O será *limito*?: [Me] *limito* [a] *llamaros esto...*

334 Por errata, en A y B: *liberal al moscatel*.
moscatel: J. F. Montesinos precisa que esta palabra en Lope significa inexperto, inocente, *primo*. Es expresión apicarada, y la usa en relación con *bisoños*, *bobos* y *engaños* (*Poesías líricas*, ed. Clásicos Castellanos, II, pág. 139).

336 *madeja*: "madeja sin cuerda", por el que es mal aliñado y desmazalado" (Cov.).

Al que es constante, villano;
al que es cortés, lisonjero;
hipócrita, al limosnero,
y pretendiente, al cristiano.
Al justo mérito, dicha;
a la verdad, imprudencia;
cobardía, a la paciencia,
y culpa, a lo que es desdicha.
Necia, a la mujer honesta;
mal hecha, a la hermosa y casta,
y a la honrada... Pero basta,
que esto basta por respuesta.

MENGO

Digo que eres el dimuño.

BARRILDO

¡Soncas, que lo dice mal!

MENGO

Apostaré que la sal
la echó el cura con el puño.

LAURENCIA

¿Qué contienda os ha traído,
si no es que mal lo entendí?

FRONDOSO

Oye, por tu vida.

337 Por cuanto, el hombre de la villa, sobre todo si es de campo, ha de trabajar con orden y a su tiempo, frente a la improvisación de la vida de los hidalgos de ciudad.

340 *cristiano*: 'El que sigue a Cristo y le imita' (Cov.). Quiere decir el que cumple con la condición religiosa sin aspavientos y con un sentido espiritual, pues les parece que busca lo contrario: triunfar en la sociedad del mundo.

349 *dimuño*: 'demonio', forma rústica de la palabra, frecuente en el teatro pastoril.

350 *Soncas*: Exclamación rústica: 'a fe'.

351 Refiérese a la ceremonia del bautizo.

LAURENCIA

Di.

FRONDOSO

Préstame, Laurencia, oído.

LAURENCIA

¿Cómo prestado? Y aun dado.
Desde agora os doy el mío.

FRONDOSO

En tu discreción confío.

LAURENCIA

¿Qué es lo que habéis apostado?

FRONDOSO

Yo y Barrildo contra Mengo.

LAURENCIA

¿Qué dice Mengo?

BARRILDO

Una cosa
que, siendo cierta y forzosa,
la niega.

MENGO

A negarla vengo,
porque yo sé que es verdad.

LAURENCIA

¿Qué dice?

357 Juego de palabras sobre la expresión *prestar oído* 'atender'; se da el valor semántico pleno al término *prestar* y se sustituye con cómica liberalidad por el *dar*, que no forma expresión.

BARRILDO

Que no hay amor.

LAURENCIA

Generalmente es rigor.

BARRILDO

Es rigor y es necedad.
Sin amor, no se pudiera
ni aun el mundo conservar.

MENGO

Yo no sé filosofar;
leer, ¡ojalá supiera!
Pero si los elementos
en discordia eterna viven,
y de los mismos reciben
nuestros cuerpos alimentos...
cólera y melancolía,
flema y sangre, claro está.

BARRILDO

El mundo de acá y de allá,
Mengo, todo es armonía.

367 *generalmente* 'en términos generales, sin especificación'.

372 Lo que dice es contra su propia declaración: Mengo filosofa, y sólo en los libros pudo aprenderse esta teoría del amor, y esto es convencionalismo pastoril.

374 Mengo establece su teoría del amor sobre bases aristotélicas, en su interpretación de la sicología médica de la época con la teoría de los temperamentos: el colérico, el melancólico, el flemático y el sanguíneo. La perpetua discordia de los elementos crea esta diversidad y la variedad de temperamentos.

379 Barrildo se basa en tópicos pitagóricos. Según L. Spitzer: "*el mundo de allá* es la armonía pitagórica de las esferas celestiales que se refleja sobre la tierra (*el mundo de acá*) en la amistad y amor mundanos". *Un tema central...*, pág. 126. En términos más simples: 'cielos y tierra'.

380 *Armonía* es palabra clave: es el resultado, realización y presencia del amor universal o *puro*.

Armonía es puro amor,
porque el amor es concierto.

MENGO

Del natural, os advierto
que yo no niego el valor.
Amor hay, y el que entre sí
gobierna todas las cosas,
correspondencias forzosas
de cuanto se mira aquí;
y yo jamás he negado
que cada cual tiene amor
correspondiente a su humor
que le conserva en su estado.
Mi mano al golpe que viene
mi cara defenderá;
mi pie, huyendo, estorbará
el daño que el cuerpo tiene.
Cerraránse mis pestañas
si al ojo le viene mal,
porque es amor natural.

PASCUALA

Pues ¿de qué nos desengañas?

MENGO

De que nadie tiene amor
más que a su misma persona.

382 *Concierto,* que, según L. Spitzer significa *concordia discors,* o sea lucha amorosa, rivalidad en el amor, es el término tradicional usado en tiempos de Lope para señalar la causa del funcionamiento armonioso de las leyes de la naturaleza. *Un tema central...,* pág. 126.

383 Mengo se refiere al amor *natural,* y lo concierta con la teoría del *gobierno* (orden) *de todas las cosas* (universal). La naturaleza ordena la condición del *amor* según la calidad del *humor* para así conservarse cada uno en *su estado.* Esta conservación mueve los actos corporales que expone (393-397), porque el *amor natural* los guía, aun sin contar con la voluntad.

401 La consecuencia de Mengo es que sólo existe el amor que en último término revierta en la persona.

PASCUALA

Tú mientes, Mengo, y perdona;
porque ¿es materia el rigor
con que un hombre a una mujer
o un animal quiere y ama
su semejante?

MENGO

Eso llama
amor propio, y no querer.
¿Qué es amor?

LAURENCIA

Es un deseo
de hermosura.

MENGO

Esa hermosura
¿por qué el amor la procura?

LAURENCIA

Para gozarla.

404 Los textos A y B traen así: *materia.* Pudiera entenderse como si es algo material o radicado en la materia (como el gesto de defensa de la mano, la huida o el pestañeo, citados poco antes) el *rigor* o cuidado que, por efecto del amor, se manifiesta en los seres vivos hacia otro semejante suyo. Desde Hartzenbusch se cambia *materia* por *mentira,* que da una lección posible.
Pascuala plantea la cuestión del amor que sale de sí y se aplica a otro.

408 Pero Mengo insiste en darle un efecto personal que llama *propio.* Rústico, un pastor rústico de *La Arcadia,* dice que este amor natural "es la fuente del bien y aumento del hombre" (ed. NBAE, VII, Libro IV, 112). Por eso el sentido natural del amor inclinan a hombre y mujer a la unión.

409 Laurencia replantea la cuestión de amor en un dominio filosófico entendiendo que es un deseo de hermosura que inclina al goce, del cual resulta un contento para sí; sigue el sentido expuesto por León Hebreo: "...del cual solamente habla Platón, y define que es deseo de hermosura; esto es deseo de unirse con una persona hermosa o con una cosa hermosa para poseerla" (trad. del Inca Garcilaso, NBAE, ed. M. Pelayo, IV, pág. 378).

MENGO

Eso creo.
Pues ese gusto que intenta,
¿no es para él mismo?

LAURENCIA

Es así.

MENGO

Luego, ¿por quererse a sí
busca el bien que le contenta?

LAURENCIA

Es verdad.

MENGO

Pues de ese modo
no hay amor, sino el que digo,
que por mi gusto le sigo,
y quiero dármele en todo.

BARRILDO

Dijo el cura del lugar
cierto día en el sermón
que había cierto Platón
que nos enseñaba a amar;
que este amaba el alma sola
y la virtud de lo amado.

PASCUALA

En materia habéis entrado
que, por ventura, acrisola

423 Barrildo asegura que Platón es escuela de amor, y que el eje de su enseñanza es el amor espiritual, de las almas solas, en la consideración de la virtud, resumiendo así en dos versos (425-7) la teoría platónica del amor.

los caletres de los sabios
en sus cademias y escuelas.
Muy bien dice, y no te muelas
en persuadir sus agravios.
Da gracias, Mengo, a los cielos,
que te hicieron sin amor.

MENGO

¿Amas tú?

LAURENCIA

Mi propio honor.

FRONDOSO

Dios te castigue con celos.

BARRILDO

¿Quién gana?

PASCUALA

Con la quistión
podéis ir al sacristán,
porque él o el cura os darán
bastante satisfación.
Laurencia no quiere bien;
yo tengo poca experiencia.
¿Cómo daremos sentencia?

429 *caletre* 'tino, discernimiento', derivado semiculto del lat. *character.*

430 *cademia*, aféresis de *academia*, de tono vulgar para templar la altura de la discusión.

435 La respuesta de Laurencia es muy importante, pues marca el rumbo que seguirá la comedia, y tiene también su sentido filosófico; según León Hebreo, el honor legítimo es premio de las virtudes honestas; "aunque de su propia naturaleza es deleitable, su deleite se mezcla con lo honesto" (Ídem., pág. 295). Este honor de sí propio trae consigo la virtud de la honestidad.

436 Es la única intervención de Frondoso, que es el que conoce mejor que todos el rigor de la experiencia del amor por Laurencia.

437 *Quistión*, la forma rústica es otro intento de templar el diálogo.

FRONDOSO

¿Qué mayor que ese desdén?

[ESCENA V]

Sale Flores.

FLORES

Dios guarde a la buena gente.

PASCUALA [*a Laurencia aparte*]

Este es del Comendador
criado.

LAURENCIA

¡Gentil azor! [*a Flores*]
¿De adónde bueno, pariente?

FLORES

¿No me veis a lo soldado?

LAURENCIA

¿Viene don Fernando acá?

FLORES

La guerra se acaba ya,
puesto que nos ha costado
alguna sangre y amigos.

FRONDOSO

Contadnos cómo pasó.

448 *Azor*: pájaro de presa del Comendador, del que se vale en sus amoríos.
449 Expresión rústica de saludo.
452 *Puesto que* 'aunque'.

FLORES

¿Quién lo dirá como yo,
siendo mis ojos testigos?
Para emprender la jornada
de esta ciudad, que ya tiene
nombre de Ciudad Real,
juntó el gallardo Maestre
dos mil lucidos infantes
de sus vasallos valientes,
y trecientos de a caballo,
de seglares y de freiles;
porque la Cruz roja obliga
cuantos al pecho la tienen,
aunque sean de orden sacro;
mas contra moros se entiende.
Salió el muchacho bizarro
con una casaca verde,
bordada de cifras de oro,
que sólo los brazaletes
por las mangas descubrían,
que seis alamares prenden.
Un corpulento bridón,

457-64 Lope tomó de la *Chrónica* de Rades el episodio de la jornada de Ciudad Real: "En este tiempo el Maestre juntó en Almagro trescientos de caballos entre freiles de su orden y seglares, con otros dos mil peones, y fue contra Ciudad Real con intento de tomarla para su Orden" (fol. 79). Se puede observar la coincidencia de las cifras y alguna expresión.

459 *Ciudad Real*; ya lo tenía desde 1420. Véase 107.

464 *Seglares y freiles*, por el carácter religioso de la Orden.

469 La descripción brillante y rica del Maestre sería para Lope ocasión de halagar a la familia de los Girones, protectores del escritor. En 1598 había dedicado la *Arcadia* a don Pedro Téllez Girón, tercer duque de Osuna, y en la dedicatoria refiere que antes la tenía dirigida a don Juan, el segundo duque.

472 A: *Brazateles*; B: como en el texto.

474 *Alamar*: 'botón de macho y hembra, hecho de trenzas de seda de oro' (Cov.).

475 *Bridón* 'caballo propio para ser ensillado con bridón': "Estos frenos tienen las camas en que se asen las riendas muy largas, y ellos en sí tienen mucho hierro, y como en España se usó la jineta... con frenos o bocados recogidos y estribos anchos y de cortas aciones, a estos llamaron jinetes, y a esotros *bri-*

rucio rodado, que al Betis
bebió el agua, y en su orilla
despuntó la grama fértil;
el colón, labrado en cintas
de ante; y el rizo copete,
cogido en blancas lazadas,
que con las moscas de nieve
que bañan la blanca piel
iguales labores teje.
A su lado Fernán Gómez,
vuestro señor, en un fuerte
melado, de negros cabos,
puesto que con blanco bebe.
Sobre turca jacerina,
peto y espaldar luciente,
con naranjada las saca,

---

dones, los cuales llevan los estribos largos y la pierna tendida, propia caballería para hombres de armas" (Cov.).

476 *Rucio rodado* 'caballo blanco con manchas negras'.

479 A y B: *colón*. La forma registrada en los diccionarios es *codón*, probable italianismo (*codone*), que es 'bolsa para cubrir la cola del caballo'; la forma usada por Lope muestra un evidente cruce con *cola*.

480 *rizo copete.—Copete*: "En los caballos es el mechón de crin que les cae sobre la frente de entre las orejas" (Cov.); *rizo* es adjetivo: "Enrizar el cabello, enrizado. Púdose decir *rizo* (*quasi* erizo) por estar levantado" (Cov.); hoy rizado.

482 *moscas de nieve*: se refiere a las manchas oscuras que el caballo tenía sobre su piel blanca; metáfora determinada por otra metáfora: "las manchas son como *moscas* que se encuentran detenidas sobre la blanca piel [blanca como la *nieve*] del caballo".

484 Porque los blancos lazos se entrelazan en la negra crin.

487 *melado*: 'de color como la miel'.

487 *negros cabos*: se refiere a las patas, hocico y crines del caballo.

488 *beber con blanco*: se entiende con *blanco belfo*; el color blanco del labio del caballo está en contraste con el negror de los cabos. En el *Diccionario de Autoridades* se indica que es señal que son buenos y leales.

489 *turca jacerina*: se refiere a la cota que vestía; las cotas de malla más finas "son las que antiguamente se labraban en Argel, y por esto se llaman *jacerinas*" (Cov.).

491 El texto es confuso. Pudiera ser que *naranjada* fuera el color de la ropa (sobre todo, cuellos y bandas) que estaba sobre la armadura; esto daría sentido al juego *naranjado-azahar* (v. 495-6). Parecería entonces mejor *los saca*.

que de oro y perlas guarnece.
El morrión que, coronado
con blancas plumas, parece
que del color naranjado
aquellos azares vierte.
Ceñida al brazo una liga
roja y blanca, con que mueve
un fresno entero por lanza,
que hasta en Granada le temen.
La ciudad se puso en arma;
dicen que salir no quieren
de la corona real,
y el patrimonio defienden.
Entróla, bien resistida;
y el Maestre a los rebeldes
y a los que entonces trataron
su honor injuriosamente,
mandó cortar las cabezas;
y a los de la baja plebe,
con mordazas en la boca,
azotar públicamente.
Queda en ella tan temido
y tan amado, que creen
que quien en tan pocos años
pelea, castiga y vence,
ha de ser en otra edad
rayo del Africa fértil,
que tantas lunas azules

496 son 'azahares', la flor del naranjo.

501-12 Dice la *Chrónica* de Rades: "[...] los de Ciudad Real se pusieron en defensa por no salir de la Corona Real, y sobre esto hubo guerra entre el Maestre y ellos, en la cual de ambas partes murieron muchos hombres. Finalmente el Maestre tomó la ciudad por fuerza de armas [...] Tuvo el Maestre la ciudad muchos días, y hizo cortar la cabeza a muchos hombres de ella porque habían dicho algunas palabras injuriosas contra él y a otros de la gente plebeya hizo azotar con mordazas en las lenguas" (fol. 79). De nuevo vuelve a seguir fielmente la *Chrónica*.

517 Anuncia con esto la posterior actividad del Maestre contra moros, que no llegaría a esta apoteosis por su temprana muerte en el sitio de Loja en 1482.

a su roja Cruz sujete.
Al Comendador y a todos
ha hecho tantas mercedes,
que el saco de la ciudad
el de su hacienda parece.
Mas ya la música suena:
recebilde alegremente,
que al triunfo, las voluntades
son los mejores laureles.

[ESCENA VI]

Sale el Comendador y Ortuño; músicos; Juan Rojo [Regidor], y Esteban [y] Alonso, alcaldes.

Cantan

Sea bien venido
el Comendadore
de rendir las tierras
y matar los hombres.
¡Vivan los Guzmanes!
¡Vivan los Girones!
Si en las paces blando,
dulce en las razones.
Venciendo moricos,
fuertes como un roble,
de Ciudad Reale
viene vencedore;
que a Fuente Ovejuna

530 La *-e* epentética (que en las viejas canciones de gesta pudo ser un arcaísmo conservado por la rima) es aquí un adorno de sentido arcaizante y rústico, usado para dar tono al canto de los músicos. La rima *ó-e* del romancillo la hace posible en *Comendadore* y *vencedore* (540); en *Ciudad Reale* (539) no está bajo la rima.

537 Esto no es cierto, pero para la condición ingenua del villano, el enemigo del señor de la Orden es sólo el moro; no hay que pensar en ironía, sino en que el pueblo piensa rectamente.

trae los sus pendones
¡Viva muchos años,
viva Fernán Gómez!

COMENDADOR

Villa, yo os agradezco justamente
el amor que me habéis aquí mostrado.

ALONSO

Aun no muestra una parte del que siente.
Pero, ¿qué mucho que seáis amado,
mereciéndolo vos?

ESTEBAN

Fuente Ovejuna
y el Regimiento que hoy habéis honrado,
que recibáis, os ruega y importuna,
un pequeño presente, que esos carros
traen, señor, no sin vergüenza alguna,
de voluntades y árboles bizarros,
más que de ricos dones. Lo primero
traen dos cestas de polidos barros;
de gansos viene un ganadillo entero,
que sacan por las redes las cabezas,
para cantar vueso valor guerrero.
Diez cebones en sal, valientes piezas,
sin otras menudencias y cecinas;
y más que guantes de ámbar, sus cortezas.

542 El uso del artículo con el posesivo es otro signo de arcaísmo y rusticidad; para esto se necesita violentar *trae* con una sinéresis.
546 *Amor* en este caso es la honra que el vasallo muestra al señor, y que es un trato de reciprocidad (549).
550 *Regimiento*: 'el cuerpo municipal o gobierno de la villa'.
554 *Árboles*: 'mástiles que sostienen la carga'.
556 *polidos*, forma vulgar por *pulidos*.
556 *barros*: 'vasijas de barro'.
559 *vueso*; forma de la lengua rústica por *vuestro*.

Cien pares de capones y gallinas,
que han dejado viudos a sus gallos
en las aldeas que miráis, vecinas.
Acá no tienen armas ni caballos,
no jaeces bordados de oro puro,
si no es oro el amor de los vasallos.
Y porque digo puro, os aseguro
que vienen doce cueros, que aun en cueros
por enero podéis guardar un muro,
si de ellos aforráis vuestros guerreros,
mejor que de las armas aceradas;
que el vino suele dar lindos aceros.
De quesos y otras cosas no excusadas
no quiero daros cuenta: justo pecho
de voluntades que tenéis ganadas;
y a vos y a vuestra casa, ¡buen provecho!

COMENDADOR

Estoy muy agradecido.
Id, Regimiento, en buen hora.

ALONSO

Descansad, señor, agora,
y seáis muy bien venido;
que esta espadaña que veis,
y juncia, a vuestros umbrales
fueran perlas orientales,

565 En efecto, Fuente Obejuna tiene a su alrededor varias aldeas; en la *Historia de Fuente Obejuna* de Francisco Caballero se dice que en 1783 había veinte y cuatro aldeas o poblaciones, repartidas las más por Sierra Morena.

568 Obsérvese la valoración de este amor social, tenido por *oro puro*, frente a los otros posibles regalos que puedan conducir a la guerra; es otra característica pastoril de la comedia.

570 *en cueros*, que significa 'desnudos'; y por eso dice que *en enero* (o sea en el tiempo de más frío) los soldados podrán con los cueros de vino guardar el muro.

576 *pecho*: 'Tributo que se paga al señor'.

583 *espadaña* hierba ('Typha latifolia') "... en las fiestas, por ser verdes y frescas las espadañas, se echan por el suelo y cuelgan por las paredes" (Cov.); y lo mismo, la juncia.

y mucho más merecéis,
a ser posible a la villa.

COMENDADOR

Así lo creo, señores.
Id con Dios.

ESTEBAN

Ea, cantores,
vaya otra vez la letrilla.

Cantan

Sea bien venido
el Comendadore
de rendir las tierras
y matar los hombres.

Vanse

[ESCENA VII]

[*El Comendador se dirige con sus criados hacia la Casa de la Encomienda, y desde la puerta habla a Laurencia y Pascuala, que se retiraban con los otros vecinos*]

COMENDADOR

Esperad vosotras dos.

LAURENCIA

¿Qué manda su señoría?

COMENDADOR

¿Desdenes el otro día,
pues, conmigo? ¡Bien, por Dios!

LAURENCIA

¿Habla contigo, Pascuala?

PASCUALA

Conmigo no, ¡tirte ahuera!

COMENDADOR

Con vos hablo, hermosa fiera,
y con esotra zagala.
¿Mías no sois?

PASCUALA

Sí, señor;
mas no para cosas tales.

COMENDADOR

Entrad, pasad los umbrales;
hombres hay, no hayáis temor.

LAURENCIA

Si los alcaldes entraran,
que de uno soy hija yo,
bien huera entrar; mas si no...

COMENDADOR

¡Flores!

600 *¡tirte ahuera!* Exclamación formada por *tir'te* < tírate, y *ahuera* 'afuera', con la aspiración rústica. Se entendía como propia de gente de campo, y aparece en la versión literaria de la serranilla de Bores del Marqués de Santillana, en boca precisamente de la vaquera:

> Dijo: Caballero,
> tiradvos afuera;
> dejad la vaquera
> pasar el otero...

Cervantes ya con un sentido de humor creador la utiliza lexicalizada (con lo que indica su mucho uso, sobre todo en el teatro): "... y quiso hacer *tirte afuera* de la sala..." (*Quijote*, II, cap. XLVII), por 'quiso irse de la sala'. Se tendría por expresión vulgar, y más aún en esta forma aspirada, y por eso el Comendador llama inmediatamente a Laurencia: "hermosa fiera" (601).

608 De Esteban.

609 *huera* por fuera.

FLORES

Señor...

COMENDADOR

¿Qué reparan
en no hacer lo que les digo?

FLORES

Entrá, pues.

LAURENCIA

No nos agarre.

FLORES

Entrad, que sois necias.

PASCUALA

Harre,
que echaréis luego el postigo.

FLORES

Entrad, que os quiere enseñar
lo que trae de la guerra.

COMENDADOR [*A Ortuño aparte mientras se entra en la casa*]

Si entraren, Ortuño, cierra.

LAURENCIA

Flores, dejadnos pasar.

612 *Entrá* por *entrad*, que está inmediato (613).
El término *agarrar* es adecuado aquí: "Asir de alguno con la garra, como hacen las aves de rapiña, y llevarle agarrado" (Cov.). Pudiera ser forma rústica.

613 *Harre*, interjección usada para las bestias; con la *h-* se encuentra en castellano medieval y en lugares de aspiración. Aquí responde a los rasgos rústicos.

ORTUÑO

¡También venís presentadas
con lo demás!

PASCUALA

¡Bien a fe!
Desvíese, no le dé...

FLORES

Basta, que son extremadas.

LAURENCIA

¿No basta a vueso señor
tanta carne presentada?

ORTUÑO

La vuestra es la que le agrada.

LAURENCIA

¡Reviente de mal dolor!

Vanse.

FLORES

¡Muy buen recado llevamos!
No se ha de poder sufrir
lo que nos ha de decir
cuando sin ellas nos vamos.

ORTUÑO

Quien sirve se obliga a esto.
Si en algo desea medrar,
o con paciencia ha de estar,
o ha de despedirse presto.

623 *Vueso*, como en 559.

631-4 El tono sentencioso procede de la cercanía de refranes: "Quien bien sirve, premio alcanza", aplicado a las dificultades del difícil servicio del Comendador.

634 A: *o ha despedirse de presto.*

[ESCENA VIII]

[*Sala del palacio de los Reyes*]

Vanse los dos y salgan el rey don Fernando, la reina doña Isabel, Manrique y acompañamiento.

ISABEL

Digo, señor, que conviene
el no haber descuido en esto,
por ver [a] Alfonso en tal puesto,
y su ejército previene.
Y es bien ganar por la mano
antes que el daño veamos;
que si no lo remediamos,
el ser muy cierto está llano.

REY

De Navarra y de Aragón
está el socorro seguro,
y de Castilla procuro
hacer la reformación
de modo que el buen suceso
con la prevención se vea.

ISABEL

Pues vuestra Majestad crea
que el buen fin consiste en eso.

MANRIQUE

Aguardando tu licencia
dos regidores están
de Ciudad Real: ¿entrarán?

637 [a] Ha de considerarse la *a* embebida en el nombre personal que sigue; su falta indica referencia a personas indefinidas (comp.: *matar los hombres*, 532).

650 A y B: *esto.* La corrección se hace para restablecer la rima con *suceso.*

REY

No les nieguen mi presencia.

[ESCENA IX]

Salen dos Regidores de Ciudad Real.

REGIDOR 1.º

Católico rey Fernando,
a quien ha enviado el cielo,
desde Aragón a Castilla
para bien y amparo nuestro:
en nombre de Ciudad Real
a vuestro valor supremo
humildes nos presentamos,
el real amparo pidiendo.
A mucha dicha tuvimos
tener título de vuestros,
pero pudo derribarnos
de este honor el hado adverso.
El famoso don Rodrigo
Téllez Girón, cuyo esfuerzo
es en valor extremado,
aunque es en la edad tan tierno,
Maestre de Calatrava,
él, ensanchar pretendiendo
el honor de la Encomienda,
nos puso apretado cerco.
Con valor nos prevenimos,
a su fuerza resistiendo,
tanto, que arroyos corrían
de la sangre de los muertos.
Tomó posesión, en fin;
pero no llegara a hacerlo,
a no le dar Fernán Gómez

681 *a no le dar*. Después del adverbio negativo, antecedido de preposición, precede el pronombre al infinitivo; sería aquí fórmu-

orden, ayuda y consejo.
Él queda en la posesión,
y sus vasallos seremos;
suyos, a nuestro pesar,
a no remediarlo presto.

REY

¿Dónde queda Fernán Gómez?

REGIDOR 1.º

En Fuente Ovejuna creo,
por ser su villa, y tener
en ella casa y asiento.
Allí, con más libertad
de la que decir podemos,
tiene a los súbditos suyos
de todo contento ajenos.

REY

¿Tenéis algún capitán?

REGIDOR 2.º

Señor, el no haberle es cierto,
pues no escapó ningún noble
de preso, herido o de muerto.

---

la convencional en el romance relator. Obsérvese: *no haberle* (696), y 903.

683-722 "Los de la Ciudad se quejaron a los Reyes Católicos de los agravios y afrentas que los de la Orden de Calatrava les hacían, y dijeron como en aquella ciudad había pocos vecinos, y ninguno de ellos era rico ni poderoso para hacer cabeza de él contra el Maestre, antes todos eran gente común y pobre, por estar la ciudad cercada de pueblos de Calatrava y no tener términos ni aldeas. Los Reyes Católicos, viendo que si el Maestre de Calatrava quedaba con Ciudad Real, podía más fácilmente acudir con su gente a juntarse con la del Rey de Portugal, que ya había entrado en Extremadura, enviaron contra él a don Diego Fernández de Córdoba, Conde de Cabra, y a don Rodrigo Manrique, Maestre de Santiago, con mucha gente de guerra" (*Chrónica*, fol. 79). Puede observarse que Lope se ciñe al texto, excepto en el enredo de Fernán Gómez.

ISABEL

Ese caso no requiere
ser de espacio remediado,
que es dar al contrario osado
el mismo valor que adquiere.
Y puede el de Portugal,
hallando puerta segura,
entrar por Extremadura
y causarnos mucho mal.

REY

Don Manrique, partid luego,
llevando dos compañías;
remediad sus demasías,
sin darles ningún sosiego.
El conde de Cabra ir puede
con vos, que es Córdoba, osado,
a quien nombre de soldado
todo el mundo le concede;
que este es el medio mejor
que la ocasión nos ofrece.

MANRIQUE

El acuerdo me parece
como de tan gran valor.
Pondré límite a su exceso,
si el vivir en mí no cesa.

ISABEL

Partiendo vos a la empresa,
seguro está el buen suceso.

703 Alfonso V.

707 *Don Manrique*: Don Rodrigo Manrique, Comendador de Segura y Conde de Paredes, titulado Maestre de Santiago, a la muerte de don Juan Pacheco (1474, según A. Bernáldez, *Memorias*, pág. 83-84).

711 *El Conde de Cabra*: Diego Fernández de Córdoba, Conde de Cabra, Mariscal de Baena.

[ESCENA X]

[*Campo de las cercanías de Fuente Ovejuna*]

Vanse todos y salen Laurencia y Frondoso.

LAURENCIA

A medio torcer los paños,
quise, atrevido Frondoso,
para no dar que decir,
desviarme del arroyo;
decir a tus demasías
que murmura el pueblo todo,
que me miras y te miro,
y todos nos traen sobre ojo.
Y como tú eres zagal
de los que huellan brioso
y, excediendo a los demás,
vistes bizarro y costoso,
en todo el lugar no hay moza
o mozo en el prado o soto,
que no se afirme diciendo
que ya para en uno somos;
y esperan todos el día
que el sacristán Juan Chamorro
nos eche de la tribuna,
en dejando los piporros.
Y mejor sus trojes vean
de rubio trigo en agosto
atestadas y colmadas,
y sus tinajas de mosto,
que tal imaginación

731 *zagal* es palabra de la literatura pastoril, de la lírica de tendencia popular.
738 Sobre esta expresión y otros usos en esta comedia, véase L. Estrada, *Consideración crítica*, págs. 42-45.
741 *tribuna* 'lugar levantado a modo de corredor adonde cantan los que ofician la misa y vísperas y las demás Horas' (Cov.).
742 *los piporros*: *piporro*: 'bajón, instrumento musical de aire, parecido al fagot'.

me ha llegado a dar enojo:
ni me desvela ni aflige,
ni en ella el cuidado pongo.

FRONDOSO

Tal me tienen tus desdenes,
bella Laurencia, que tomo,
en el peligro de verte,
la vida, cuando te oigo.
Si sabes que es mi intención
el desear ser tu esposo,
mal premio das a mi fe.

LAURENCIA

Es que yo no sé dar otro.

FRONDOSO

¿Posible es que no te duelas
de verme tan cuidadoso,
y que, imaginando en ti,
ni bebo, duermo ni como?
¿Posible es tanto rigor
en ese angélico rostro?
¡Viven los cielos, que rabio!

LAURENCIA

¡Pues salúdate, Frondoso!

FRONDOSO

Ya te pido yo salud,
y que ambos como palomos
estemos, juntos los picos,
con arrullos sonorosos,
después de darnos la Iglesia...

750 B: *el descuido pongo.* En A, como el texto.
766 *saludar* 'vale curar con gracia, y a los que esta tienen llamamos saludadores, y particularmente saludan el ganado' (Cov.). Por eso le pide Frondoso *salud*.
768 La paloma, escribe Covarrubias, "es símbolo de los bien casados".

LAURENCIA

Dilo a mi tío Juan Rojo,
que, aunque no te quiero bien,
ya tengo algunos asomos.

FRONDOSO

¡Ay de mí! El señor es este.

LAURENCIA

Tirando viene a algún corzo.
¡Escóndete en esas ramas!

FRONDOSO

¡Y con qué celos me escondo!

[ESCENA XI]

Sale el Comendador.

COMENDADOR

No es malo venir siguiendo
un corcillo temeroso,
y topar tan bella gama.

LAURENCIA

Aquí descansaba un poco
de haber lavado unos paños.
Y así, al arroyo me torno,
si manda su Señoría.

COMENDADOR

Aquesos desdenes toscos
afrentan, bella Laurencia,
las gracias que el poderoso
cielo te dio, de tal suerte

772 Su tío es el Regidor Juan Rojo, que crió a Frondoso como hijo (1357).

que vienes a ser un monstro.
Mas si otras veces pudiste
huir mi ruego amoroso,
agora no quiere el campo,
amigo secreto y solo;
que tú sola no has de ser
tan soberbia, que tu rostro
huyas al señor que tienes,
teniéndome a mí en tan poco.
¿No se rindió Sebastiana,
mujer de Pedro Redondo,
con ser casadas entrambas,
y la de Martín del Pozo,
habiendo apenas pasado
dos días del desposorio?

LAURENCIA

Esas, señor, ya tenían,
de haber andado con otros,
el camino de agradaros,
porque también muchos mozos
merecieron sus favores.
Id con Dios, tras vueso corzo;
que a no veros con la Cruz,
os tuviera por demonio,
pues tanto me perseguís.

COMENDADOR

¡Qué estilo tan enfadoso!
Pongo la ballesta en tierra,

790 *monstro*; era la forma usual por *monstruo*.
799-804 El curso sintáctico es violento. En el verso 801 *entrambas* se refiere a la vez al término antecedente *Sebastiana, mujer de Pedro Redondo* y al siguiente la de *Martín del Pozo*; podría rectificarse en 800: [y la] de Pedro Redondo, y entonces las mujeres citadas serían tres.
811 La insignia en el vestido.
815-816 Falta entre estos dos versos uno para mantener la continuidad de la rima, pero no para el sentido.

y a la prática de manos
reduzgo melindres.

LAURENCIA

¡Cómo!
¿Eso hacéis? ¿Estáis en vos?

[ESCENA XII]

Sale Frondoso y toma la ballesta.

COMENDADOR [*creyéndose solo, a Laurencia*]

No te defiendas.

FRONDOSO [*Aparte*]

Si tomo
la ballesta, ¡vive el cielo,
que no la ponga en el hombro...!

COMENDADOR

Acaba, ríndete.

LAURENCIA

¡Cielos,
ayudadme agora!

COMENDADOR

Solos
estamos; no tengas miedo.

FRONDOSO [*mostrándose al Comendador*]

Comendador generoso,
dejad la moza o creed

818 *reduzgo*: es un caso de la propagación de las terminaciones verbales *-go*, como *conduzgo, plazgo,* que toman carácter popular extendidas a otras palabras: *conozgo,* etc.
821 Teme que, llevando por la justa ira, no la dispare y mate al señor.

que de mi agravio y enojo
será blanco vuestro pecho,
aunque la Cruz me da asombro.

COMENDADOR

¡Perro villano!

FRONDOSO

No hay perro.
¡Huye, Laurencia!

LAURENCIA

Frondoso,
mira lo que haces.

FRONDOSO

Vete.

Vase.

[ESCENA XIII]

COMENDADOR

¡Oh, mal haya el hombre loco,
que se desciñe la espada!
Que, de no espantar medroso
la caza, me la quité.

FRONDOSO

Pues, pardiez, señor, si toco
la nuez, que os he de apiolar.

830 *No hay perro.* Frondoso no quiere darse por enterado del insulto, y entiende que el Comendador llamó a su perro de caza.
833-4 Expresión sentenciosa, a manera del refrán "Mal hubiese el caballero, que sin espuelas cabalga" (Cov.).
838 *nuez* 'nuez de ballesta; donde prende la cuerda y se encaja el virote [o flecha]' (Cov.).
apiolar. Corominas (*Dic. Crít. Et.*, I, 235) señala que ésta es la primera vez que encuentra la palabra en el sentido de

COMENDADOR

Ya es ida. Infame, alevoso,
suelta la ballesta luego.
¡Suéltala, villano!

FRONDOSO

¿Cómo?
Que me quitaréis la vida.
Y advertid que amor es sordo,
y que no escucha palabras
el día que está en su trono.

COMENDADOR

¿Pues la espalda ha de volver
un hombre tan valeroso
a un villano? ¡Tira, infame,
tira, y guárdate, que rompo
las leyes de caballero!

FRONDOSO

Eso, no. Yo me conformo
con mi estado, y, pues me es
guardar la vida forzoso,
con la ballesta me voy.

COMENDADOR

¡Peligro extraño y notorio!
Mas yo tomaré venganza
del agravio y del estorbo.
¡Que no cerrara con él!
¡Vive el cielo, que me corro!

'matar'; es palabra del campo, que significa 'atar' los pies de un animal muerto en la caza para colgarlo por ellos.

840 *luego*: obsérvese el claro sentido de 'inmediatamente'.

843 Frondoso se declara enamorado, y por eso sordo, no desobediente al señor.

846 A y B: espada.

858 *Cerrar*: 'cerrar con el enemigo, embestir con él' (Cov.).

ACTO SEGUNDO

[ESCENA I]

[*La Plaza de Fuente Ovejuna*]

Salen Esteban y Regidor 1.º

ESTEBAN

Así tenga salud, como parece,
que no se saque más agora el pósito.
El año apunta mal, y el tiempo crece,
y es mejor que el sustento esté en depósito,
aunque lo contradicen más de trece.

REGIDOR 1.º

Yo siempre he sido, al fin, de este propósito,
en gobernar en paz esta república.

ESTEBAN

Hagamos de ello a Fernán Gómez súplica.
No se puede sufrir que estos astrólogos
en las cosas futuras, y ignorantes,
nos quieran persuadir con largos prólogos
los secretos a Dios sólo importantes.
¡Bueno es que, presumiendo de teólogos,
hagan un tiempo el que después y antes!

861 *pósito*: 'granero municipal donde se guardan granos, sobre todo trigo, para prevenir los años de mala cosecha'; en el texto se sobreentiende 'el grano del pósito'.
873 Entiéndase: *el que* [será] *después y* [fue] *antes*.

Y pidiendo el presente lo importante,
al más sabio veréis más ignorante.
¿Tienen ellos las nubes en su casa,
y el proceder de las celestes lumbres?
¿Por dónde ven lo que en el cielo pasa,
para darnos con ello pesadumbres?
Ellos en [el] sembrar nos ponen tasa:
daca el trigo, cebada y las legumbres,
calabazas, pepinos y mostazas...
¡Ellos son, a la fe, las calabazas!
Luego cuentan que muere una cabeza,
y después viene a ser en Trasilvania;
que el vino será poco, y la cerveza
sobrará por las partes de Alemania;
que se helará en Gascuña la cereza,
y que habrá muchos tigres en Hircania.
Y al cabo, al cabo, se siembre o no se siembre,
el año se remata por diciembre.

[ESCENA II]

Salen el licenciado Leonelo y Barrildo.

LEONELO

A fe, que no ganéis la palmatoria,
porque ya está ocupado el mentidero.

880 [el] para completar el verso.

881 *daca* < da acá, acentuado *dáca*, es palabra conversacional.

888 'Es lo mismo que Vascuña [Vasconia]' (Cov.).

890-1 Expresión sentenciosa, hecha a la manera del refrán: "De navidad a navidad, solo un año va".

892 *ganar la palmatoria*; el chico que llegaba el primero a la escuela era el encargado de aplicar con la palmatoria (o palmeta) los castigos dictados por el maestro: "ganaba la palmatoria los más de los días por venir antes" (Quevedo, *Buscón*, ed. A. Castro, CC, pág. 23).

893 *el mentidero*: 'lugar de la plaza donde se reunen los hombres para hablar'.

BARRILDO

¿Cómo os fue en Salamanca?

LEONELO

Es larga historia.

BARRILDO

Un Bártulo seréis.

LEONELO

Ni aun un barbero.
Es, como digo, cosa muy notoria
en esta facultad lo que os refiero.

BARRILDO

Sin duda que venís buen estudiante.

LEONELO

Saber he procurado lo importante.

BARRILDO

Después que vemos tanto libro impreso,
no hay nadie que de sabio no presuma.

LEONELO

Antes que ignoran más, siento por eso,
por no se reducir a breve suma,
porque la confusión, con el exceso,
los intentos resuelve en vana espuma;
y aquel que de leer tiene más uso,
de ver letreros solo está confuso.

895 Por la fama de Bartolo da Sassoferrato, jurisconsulto boloñés del siglo XIV, cuyos libros eran texto de los estudiantes de leyes; se decía que *nemo bonus jurista, nisi bartolista.*

903 *no se reducir*, Comp. 681.

907 '*letrero*': 'la inscripción que se ponía por memoria de algún lugar público o devoto' (Cov.).

No niego yo que [de] imprimir el arte
mil ingenios sacó de entre la jerga,
y que parece que en sagrada parte
sus obras guarda y contra el tiempo alberga;
este las destribuye y las reparte.
Débese esta invención a Cutemberga,
un famoso tudesco de Maguncia,
en quien la fama su valor renuncia.
Mas muchos que opinión tuvieron grave,
por imprimir sus obras la perdieron;
tras esto, con el nombre del que sabe,
muchos sus ignorancias imprimieron.
Otros, en quien la baja envidia cabe,
sus locos desatinos escribieron,
y con nombre de aquel que aborrecían,
impresos por el mundo los envían.

BARRILDO

No soy de esa opinión.

LEONELO

El ignorante
es justo que se vengue del letrado.

BARRILDO

Leonelo, la impresión es importante.

908 A y B: *del imprimir* sobra una sílaba al verso.
909 *la jerga*; Corominas (*Dic. Crít. Et.*, II, 1049) dice que es palabra tardía, que no recogen los diccionarios de comienzos del XVI; significa como 'jerigonza, lenguaje difícil de entender, de oficio y de pícaros'. Obsérvese que aquí significa los que la hablan.
913 B y borroso en A: Cutemberga. Castellanización de Gutemberg.
916-23 Lope se queja en esta octava una vez más de los cuidados que le trajo el arte de la imprenta; de esto trató en los prólogos de sus *Partes*, sobre todo de la corrupción de sus obras "escritas con otros versos y por autores no conocidos, no ya solo de las musas, pero ni de las tierras en que nacen" (XV Parte, 1621).

LEONELO

Sin ella muchos siglos se han pasado,
y no vemos que en este se levante
un Jerónimo santo, un Agustino.

BARRILDO

Dejadlo y asentaos, que estáis mohíno.

[ESCENA III]

Salen Juan Rojo y otro labrador.

JUAN ROJO

No hay en cuatro haciendas para un dote,
si es que las vistas han de ser al uso;
que el hombre que es curioso es bien que note
que en esto el barrio y vulgo anda confuso.

LABRADOR

¿Qué hay del Comendador? ¡No os alborote!

JUAN ROJO

¡Cuál a Laurencia en ese campo puso!

LABRADOR

¿Quién fue cual él tan bárbaro y lascivo?
Colgado le vea yo del aquel olivo.

929 B: *Augustino.*
928-9 A y B: Falta un verso entre los dos para completar la octava, sin que parezca cortarse el sentido.
930 B: *dejaldo.*
932 *las vistas*: 'ir a vistas, es propio de los que tratan casamiento, para que el uno se satisfaga del otro' (Cov.).
935-7 Obsérvese la anáfora de pronombres distintos: *qué, cuál, quién,* del tipo de la *disiunctio.*

[ESCENA IV]

Salen el Comendador, Ortuño y Flores.

COMENDADOR

Dios guarde la buena gente.

REGIDOR

¡Oh, señor!

COMENDADOR

¡Por vida mía,
que se estén!

[ESTEBAN] ALCALDE

Vusiñoría,
a donde suele se siente,
que en pie estaremos muy bien.

COMENDADOR

¡Digo que se han de sentar!

ESTEBAN

De los buenos es honrar,
que no es posible que den
honra los que no la tienen.

COMENDADOR

Siéntense; hablaremos algo.

ESTEBAN

¿Vio vusiñoría el galgo?

COMENDADOR

Alcalde, espantados vienen
esos criados de ver
tan notable ligereza.

942 *vusiñoría.* Reducción de *vuesa* (por vuestra) y *señoría.*

ESTEBAN

Es una extremada pieza.
Pardiez, que puede correr
a un lado de un delincuente
o de un cobarde, en quistión.

COMENDADOR

Quisiera en esta ocasión
que le hiciérades pariente
a una liebre que por pies
por momentos se me va.

ESTEBAN

Sí haré, par Dios. ¿Dónde está?

COMENDADOR

Allá; vuestra hija es.

ESTEBAN

¿Mi hija?

COMENDADOR

Sí.

ESTEBAN

Pues ¿es buena
para alcanzada de vos?

COMENDADOR

Reñilda, alcalde, por Dios.

ESTEBAN

¿Cómo?

956 *quistión*, comp. 437.

COMENDADOR

Ha dado en darme pena.
Mujer hay, y principal,
de alguno que está en la plaza,
que dio, a la primera traza,
traza de verme.

ESTEBAN

Hizo mal.
Y vos, señor, no andáis bien
en hablar tan libremente.

COMENDADOR

¡Oh, qué villano elocuente!
¡Ah, Flores!, haz que le den
la *Política,* en que lea,
de Aristóteles.

ESTEBAN

Señor,
debajo de vuestro honor
vivir el pueblo desea.
Mirad que en Fuente Ovejuna
hay gente muy principal.

LEONELO [*Aparte*]

¿Vióse desvergüenza igual?

COMENDADOR

Pues ¿he dicho cosa alguna
de que os pese, Regidor?

REGIDOR

Lo que decís es injusto;
no lo digáis, que no es justo
que nos quitéis el honor.

975 La traducción más accesible de la obra era la de Pedro Simón Abril *Los ocho libros de república del filósofo Aristóteles,* Zaragoza, 1584. (Véase Salomon, *Recherches,* pág. 854, nota 21.)

COMENDADOR

¿Vosotros honor tenéis?
¡Qué freiles de Calatrava!

ESTEBAN

Alguno acaso se alaba
de la Cruz que le ponéis,
que no es de sangre tan limpia.

COMENDADOR

¿Y ensúciola yo juntando
la mía a la vuestra?

REGIDOR

Cuando
que el mal más tiñe que alimpia.

COMENDADOR

De cualquier suerte que sea,
vuestras mujeres se honran.

ALCALDE [ESTEBAN]

Esas palabras deshonran;
las obras no hay quien las crea.

989-92 La expresión me parece deliberadamente confusa; pudiera interpretarse: Alguno (que no es de sangre tan limpia como la nuestra, la de los labradores, de los que el Regidor es voz) acaso se alaba de la cruz [eufemismo] que le ponéis; véase 799-804, para el desplazamiento de la oración del verso 991. O bien, que la alabanza sea ironía pues la cruz (o sea el Comendador) no es de sangre limpia en su linaje.

993 Pregunta si el no tener el ofendido la sangre limpia es por él.

994 *cuando que* por 'puesto que'.

994 *alimpia*: La a- protética es signo de lenguaje conversacional y rústico.

997-8 Los dos textos A y B traen una lección confusa: "Esas palabras les honran / las obras no hay quien las crea". La corrección *deshonran* es aceptable, pero el cambio de *obras* por *otras* no resuelve el caso, y rompe la relación *palabras-obras*, que se hallaría en las lecciones correctas.

COMENDADOR

¡Qué cansado villanaje!
¡Ah! Bien hayan las ciudades
que a hombres de calidades
no hay quien sus gustos ataje.
Allá se precian casados
que visiten sus mujeres.

ESTEBAN

No harán, que con esto quieres
que vivamos descuidados.
En las ciudades hay Dios,
y más presto quien castiga.

COMENDADOR

¡Levantaos de aquí!

ALCALDE [ESTEBAN]

¡Que diga
lo que escucháis por los dos!

COMENDADOR

¡Salí de la plaza luego!
No quede ninguno aquí.

ESTEBAN

Ya nos vamos.

COMENDADOR [*Acercándose con violencia a ellos*]

¡Pues no! Ansí...

FLORES

Que te reportes te ruego.

1010 *los dos*: el Regidor y el Alcalde.

COMENDADOR

¡Querrían hacer corrillo
los villanos en mi ausencia!

ORTUÑO

Ten un poco de paciencia.

COMENDADOR

De tanta me maravillo.
Cada uno de por sí
se vayan hasta sus casas.

LEONELO [*Aparte*]

¡Cielos! ¿Que por esto pasas?

ESTEBAN

Ya yo me voy por aquí.

[ESCENA V]

Vanse [*los labradores, y quedan solos el Comendador y sus criados*].

COMENDADOR

¿Qué os parece de esta gente?

ORTUÑO

No sabes disimular,
que no quieres escuchar
el disgusto que se siente.

COMENDADOR

¿Estos se igualan conmigo?

1015 *corrillo*: 'la junta que se hace de pocos, pero para cosas perjudiciales, en estos se hallan los murmuradores, los maldicientes, los cizañosos...' (Cov.).
1021 A: *Cielo*. En el texto como en B.
1025 A y B: quieren.

FLORES

Que no es aqueso igualarse.

COMENDADOR

Y el villano... ¿ha de quedarse
con ballesta y sin castigo?

FLORES

Anoche pensé que estaba
a la puerta de Laurencia;
y a otro, que su presencia
y su capilla imitaba,
de oreja a oreja le di
un beneficio famoso.

COMENDADOR

¿Dónde estará aquel Frondoso?

FLORES

Dicen que anda por ahí.

COMENDADOR

¿Por ahí se atreve a andar
hombre que matarme quiso?

FLORES

Como el ave sin aviso
o como el pez, viene a dar
al reclamo o al anzuelo.

COMENDADOR

¡Que a un capitán cuya espada
tiemblan Córdoba y Granada,
un labrador, un mozuelo,

1045 *Córdoba*, la ciudad más importante de las cercanías, por cuanto Fernán Gómez tenía a Fuente Obejuna, que antes había sido villa cordobesa; y Granada, los moros: es decir, moros y cristianos.

ponga una ballesta al pecho!
El mundo se acaba, Flores.

FLORES

Como eso pueden amores.
Y pues que vives, sospecho
que grande amistad le debes.

COMENDADOR

Yo he disimulado, Ortuño,
que si no, de punta a puño,
antes de dos horas breves
pasara todo el lugar;
que hasta que llegue ocasión
al freno de la razón
hago la venganza estar.
¿Qué hay de Pascuala?

FLORES

Responde
que anda agora por casarse.

COMENDADOR

Hasta allá quiere fiarse...

FLORES

En fin, te remite donde
te pagarán de contado.

1049 El amor lo puede todo, y acaba con el orden social según lo concibe el Comendador, aunque en realidad acabará por hacer que todo vuelva al cauce de la virtud.

1049 Algún editor (A. Castro) hace que este verso lo diga Flores, y los 1050-1, Ortuño. Son A y B, como en el texto.

1063 *pagar de contado*; era frase formularia en el lenguaje comercial, y hoy se dice *al contado*, o sea 'inmediatamente'. Obsérvese que el Comendador se refirió a *fiarse*, palabra también de los tratos, que aplica a los libres con las mujeres.

COMENDADOR

¿Qué hay de Olalla?

ORTUÑO

Una graciosa
respuesta.

COMENDADOR

Es moza briosa.
¿Cómo?

ORTUÑO

Que su desposado
anda tras ella estos días
celoso de mis recados,
y de que con tus criados
a visitalla venías.
Pero que, si se descuida,
entrarás como primero.

COMENDADOR

¡Bueno, a fe de caballero!
Pero el villanejo cuida...

ORTUÑO

Cuida, y anda por los aires.

COMENDADOR

¿Qué hay de Inés?

FLORES

¿Cuál?

COMENDADOR

La de Antón.

1074 *cuidar* 'Pensar, advertir' (Cov.).

FLORES

Para cualquier ocasión
te ha ofrecido sus donaires.
Habléla por el corral,
por donde has de entrar si quieres.

COMENDADOR

A las fáciles mujeres
quiero bien y pago mal.
Si estas supiesen, oh Flores,
estimarse en lo que valen...

FLORES

No hay disgustos que se igualen
a contrastar sus favores.
Rendirse presto desdice
de la esperanza del bien;
mas hay mujeres también,
[y] el filósofo [lo] dice,
que apetecen a los hombres
como la forma desea
la materia; y que esto sea
así, no hay de que te asombres.

1090 *el filósofo*; por excelencia, o sea Aristóteles. Probablemente (como indica H. Hock, *Lope*, 205) Lope tomó esto de la *Celestina* (auto I, diálogo de Calisto y Sempronio, Ed. F. Holle, 46): dijo Sempronio que Calisto por ser hombre es más digno y preguntado por qué: "En que ella es imperfecta, por el cual defecto desea y apetece a ti [...] ¿No has leído el filósofo do dice: así como la materia apetece a la forma, así la mujer al varón?". Esto procede (F. Castro Guisasola, *Fuentes literarias de la Celestina*, Madrid, 1924, 25) de la Física, Libro I, Cap. IX: "Materia appetit forma rerum, ut femina virum turpe honestum". Fray Juan de los Ángeles lo traduce literalmente: "Aristóteles no dice sino que la materia desea gozar de las formas como la hembra ser varón, y lo torpe ser honesto" (*Diálogos de la agricultura cristiana*, Salamanca, 1589, II, 23).

1090 A y B: *porque el filósofo dice*. La corrección es para encajar mejor la continuidad del sentido, que se pudiera interpretar en los textos A y B como un paréntesis.

COMENDADOR

Un hombre de amores loco
huélgase que a su acidente
se le rindan fácilmente,
mas después las tiene en poco;
y el camino de olvidar,
al hombre más obligado,
es haber poco costado
lo que pudo desear.

[ESCENA VI]

Sale Cimbranos, soldado.

[CIMBRANOS], SOLDADO

¿Está aquí el Comendador?

ORTUÑO

¿No le ves en tu presencia?

[CIMBRANOS], SOLDADO

¡Oh, gallardo Fernán Gómez!
Trueca la verde montera
en el blanco morrión,
y el gabán en armas nuevas;
que el Maestre de Santiago,
y el Conde de Cabra cercan
a don Rodrigo Girón,
por la castellana Reina,
en Ciudad Real; de suerte
que no es mucho que se pierda
lo que en Calatrava sabes
que tanta sangre le cuesta.

1096 A: *accidente*; en el texto, como en B, acorde con la tendencia general.

1107 Recuérdese que en el verso 494 se indicó que el morrión del Comendador iba adornado con blancas plumas.

Ya divisan con las luces,
desde las altas almenas,
los castillos y leones
y barras aragonesas.
Y aunque el Rey de Portugal
honrar a Girón quisiera,
no hará poco en que el Maestre
a Almagro con vida vuelva.
Ponte a caballo, señor,
que sólo con que te vean,
se volverán a Castilla.

COMENDADOR

No prosigas; tente, espera.
Haz, Ortuño, que en la plaza
toquen luego una trompeta.
¿Qué soldados tengo aquí?

ORTUÑO

Pienso que tienes cincuenta.

COMENDADOR

Pónganse a caballo todos.

[CIMBRANOS], SOLDADO

Si no caminas apriesa,
Ciudad Real es del Rey.

COMENDADOR

No hayas miedo que lo sea.

Vanse [*todos*]

1135-1136 Véase 1449.

[ESCENA VII]

[Campo en las cercanías de Fuente Ovejuna]

Salen Mengo y Laurencia y Pascuala, huyendo.

PASCUALA

No te apartes de nosotras.

MENGO

Pues ¿aquí tenéis temor?

LAURENCIA

Mengo, a la villa es mejor
que vamos unas con otras,
pues que no hay hombre ninguno,
porque no demos con él.

MENGO

¡Que este demonio cruel
nos sea tan importuno!

LAURENCIA

No nos deja a sol ni a sombra.

MENGO

¡Oh, rayo del cielo baje,
que sus locuras ataje!

LAURENCIA

Sangrienta fiera le nombra,
arsénico y pestilencia
del lugar.

1140 *Vamos* por 'vayamos'; ambas formas eran usadas.
1148 entiéndase: *nómbrale* (Comp. con los usos del infinitivo 681, 903).

MENGO

Hanme contado
que Frondoso, aquí, en el prado,
para librarte, Laurencia,
le puso al pecho una jara.

LAURENCIA

Los hombres aborrecía,
Mengo, mas desde aquel día
los miro con otra cara.
¡Gran valor tuvo Frondoso!
Pienso que le ha de costar
la vida.

MENGO

Que del lugar
se vaya, será forzoso.

LAURENCIA

Aunque ya le quiero bien,
eso mismo le aconsejo;
mas recibe mi consejo
con ira, rabia y desdén.
¡Y jura el Comendador
que le ha de colgar de un pie!

PASCUALA

¡Mal garrotillo le dé!

MENGO

Mala pedrada es mejor.
¡Voto al sol, si le tirara
con la que llevo al apero,
que al sonar el crujidero,
al casco se la encajara!

1153 *jara* 'es una especie de saeta que se tira con la ballesta' (Cov.).
1169 *Voto al sol,* véanse 187 y 1214.
1170 Se sobreentiende *la honda.*
1171 *crujidero,* el ruido de las cuerdas al saltar la piedra de la honda.

No fue Sábalo, el romano,
tan vicioso por jamás.

LAURENCIA

Heliogábalo dirás,
más que una fiera, inhumano.

MENGO

Pero Galván (o quién fue,
que yo no entiendo de historia)
mas su cativa memoria
vencida de este se ve.
¿Hay hombre en naturaleza
como Fernán Gómez?

PASCUALA

No,
que parece que le dio
de una tigre la aspereza.

[ESCENA VIII]

Sale Jacinta.

JACINTA

¡Dadme socorro, por Dios,
si la amistad os obliga!

1173 *Sábalo*: Mengo, como labrador rústico, cita un *Sábalo el romano*, en vez de Heliogábalo, como rectifica Laurencia, que en esto se muestra como labradora letrada al conocer el verdadero nombre del ejemplo de viciosos. La asociación de Mengo se establece probablemente con el pez llamado *sábalo*, uno de los citados por Juan Ruiz (*Libro de Buen Amor*, 1114a); se encuentra en los ríos y es, por tanto, conocido de la gente del campo. La confusión tiene un evidente sentido cómico. Obsérvese que luego no está seguro del nombre *Galván*.

1177 *Galván*. Es probable que se refiere a algunos romances de Moriana y Galván, de lejano origen carolingio, en que el *moro Galván* raptó a Moriana y la tiene en el palacio; como ella le diga que vio a su esposo, el moro la maltrata a bofetadas

LAURENCIA

¿Qué es esto, Jacinta amiga?

PASCUALA

Tuyas lo somos las dos.

JACINTA

Del Comendador, criados
que van a Ciudad Real,
más de infamia natural
que de noble acero armados,
me quieren llevar a él.

LAURENCIA

Pues Jacinta, Dios te libre,
que cuando contigo es libre,
conmigo será cruel.

Vase.

PASCUALA

Jacinta, yo no soy hombre
que te puedo defender.

Vase.

MENGO

Yo sí lo tengo de ser,
porque tengo el ser y el nombre.
Llégate, Jacinta, a mí.

JACINTA

¿Tienes armas?

MENGO

Las primeras
del mundo.

---

y la manda matar ("Moriana en un castillo...", véase M. Menéndez Pelayo, *Ant. poetas líricos*, ed. O. C., VIII, núm. 121). Los romances son varios, y se mezclan con otros de *don Galván*.

JACINTA

¡Oh, si las tuvieras!

MENGO

Piedras hay, Jacinta, aquí.

[ESCENA IX]

Salen Flores y Ortuño.

FLORES

¿Por los pies pensabas irte?

JACINTA

Mengo, ¡muerta soy!

MENGO

Señores,
¿A estos pobres labradores...?

ORTUÑO

Pues ¿tú quieres persuadirte
a defender la mujer?

MENGO

Con los ruegos la defiendo,
que soy su deudo y pretendo
guardalla, si puede ser.

FLORES

Quitalde luego la vida.

MENGO

¡Voto al sol, si me emberrincho,
y el cáñamo me descincho,
que la llevéis bien vendida!

1214 Véanse 187 y 1169.
1215 *cáñamo*, de la honda.

[ESCENA X]

Salen el Comendador y Cimbranos.

COMENDADOR

¿Qué es eso? ¿A cosas tan viles
me habéis de hacer apear?

FLORES

Gente de este vil lugar,
que ya es razón que aniquiles
pues en nada te da gusto,
a nuestras armas se atreve.

MENGO

Señor, si piedad os mueve
de soceso tan injusto,
castigad estos soldados,
que con vuestro nombre agora
roban una labradora
[a] esposo y padres honrados;
y dadme licencia a mí
que se la pueda llevar.

COMENDADOR

Licencia les quiero dar...
para vengarse de ti.
¡Suelta la honda!

MENGO

¡Señor!...

COMENDADOR

Flores, Ortuño, Cimbranos,
con ella le atad las manos.

1224 *soceso* forma vulgarizada de *suceso* 'sucedido'.
1228 [a] falta; obsérvese que después de *-a* y ante *e-* (Comp. 637 y 2176).
1235 El pronombre átono precede al verbo en imperativo. Comp. 1148, y con infinitivos 681, 903.

MENGO

¿Así volvéis por su honor?

COMENDADOR

¿Qué piensan Fuente Ovejuna
y sus villanos de mí?

MENGO

Señor, ¿en qué os ofendí,
ni el pueblo, en cosa ninguna?

FLORES

¿Ha de morir?

COMENDADOR

No ensuciéis
las armas que habéis de honrar
en otro mejor lugar.

ORTUÑO

¿Qué mandas?

COMENDADOR

Que lo azotéis.
Llevalde, y en ese roble
le atad y le desnudad,
y con las riendas...

MENGO

¡Piedad,
piedad, pues sois hombre noble!

COMENDADOR

...azotalde hasta que salten
los hierros de las correas.

1246 Comp. 1235, 1148, 681 y 903.

MENGO

¡Cielos! ¿A hazañas tan feas
queréis que castigos falten?

Vanse.

[ESCENA XI]

COMENDADOR

Tú, villana, ¿por qué huyes?
¿Es mejor un labrador
que un hombre de mi valor?

JACINTA

¡Harto bien me restituyes
el honor que me han quitado
en llevarme para ti!

COMENDADOR

¿En quererte llevar?

JACINTA

Sí,
porque tengo un padre honrado,
que si en alto nacimiento
no te iguala, en las costumbres
te vence.

COMENDADOR

Las pesadumbres
y el villano atrevimiento
no tiemplan bien un airado.
¡Tira por ahí!

JACINTA

¿Con quién?

COMENDADOR

Conmigo.

JACINTA

Míralo bien.

COMENDADOR

Para tu mal lo he mirado.
Ya no mía, del bagaje
del ejército has de ser.

JACINTA

No tiene el mundo poder
para hacerme, viva, ultraje.

COMENDADOR

Ea, villana, camina.

JACINTA

¡Piedad, señor!

COMENDADOR

No hay piedad.

JACINTA

Apelo de tu crueldad
a la justicia divina.

Llévanla y vanse, y salen Laurencia y Frondoso.

[ESCENA XII]

LAURENCIA

¿Cómo así a venir te atreves,
sin temer tu daño?

1269 *bagaje*: 'Vocablo castrense, significa todo aquello que es necesario para el servicio del ejército, así de ropas como de vituallas, armas excusadas y máquinas' (Cov.).

FRONDOSO

Ha sido
dar testimonio cumplido
de la afición que me debes.
Desde aquel recuesto vi
salir al Comendador,
y, fiado en tu valor.
todo mi temor perdí.
¡Vaya donde no le vean
volver!

LAURENCIA

Tente en maldecir,
porque suele más vivir
al que la muerte desean.

FRONDOSO

Si es eso, viva mil años,
y así se hará todo bien,
pues deseándole bien,
estarán ciertos sus daños.
Laurencia, deseo saber
si vive en ti mi cuidado,
y si mi lealtad ha hallado
el puerto de merecer.
Mira que toda la villa
ya para en uno nos tiene;
y de cómo a ser no viene,
la villa se maravilla.
Los desdeñosos extremos
deja, y responde no o sí.

LAURENCIA

Pues a la villa y a ti
respondo que lo seremos.

FRONDOSO

Deja que tus plantas bese
por la merced recebida,

pues el cobrar nueva vida
por ella es bien que confiese.

LAURENCIA

De cumplimientos acorta,
y, para que mejor cuadre,
habla, Frondoso, a mi padre,
pues es lo que más importa,
que allí viene con mi tío;
y fía que ha de tener
ser, Frondoso, tu mujer
¡buen suceso!

FRONDOSO

¡En Dios confío!

Escónde[n]se

[ESCENA XIII]

Salen Esteban, alcalde y el Regidor [*Juan Rojo*].

[ESTEBAN], ALCALDE

Fue su término de modo
que la plaza alborotó.
En efeto, procedió
muy descomedido en todo.
No hay a quien admiración
sus demasías no den.
La pobre Jacinta es quien
pierde por su sinrazón.

[JUAN ROJO] REGIDOR

Ya [a] los Católicos Reyes,
que este nombre les dan ya,
presto España les dará
la obediencia de sus leyes.

1325 Como en 637, pero precediendo *-a*.

Ya sobre Ciudad Real,
contra el Girón que la tiene,
Santiago a caballo viene
por capitán general.
Pésame, que era Jacinta
doncella de buena pro.

[ESTEBAN] ALCALDE

¿Luego a Mengo le azotó?

[JUAN ROJO] REGIDOR

No hay negra bayeta o tinta
como sus carnes están.

[ESTEBAN] ALCALDE

Callad, que me siento arder,
viendo su mal proceder
y el mal nombre que le dan.
Yo ¿para qué traigo aquí
este palo sin provecho?

[JUAN ROJO] REGIDOR

Si sus criados lo han hecho,
¿de qué os afligís ansí?

[ESTEBAN] ALCALDE

¿Queréis más? Que me contaron
que a la de Pedro Redondo
un día que en lo más hondo
de este valle la encontraron,
después de sus insolencias,
a sus criados la dio.

[JUAN ROJO] REGIDOR

Aquí hay gente. ¿Quién es?

FRONDOSO

Yo,
que espero vuestras licencias.

[JUAN ROJO] REGIDOR

Para mi casa, Frondoso,
licencia no es menester;
debes a tu padre el ser,
y a mí otro ser amoroso.
Hete criado, y te quiero
como a hijo.

FRONDOSO

Pues, señor,
fiado en aquese amor,
de ti una merced espero.
Ya sabes de quién soy hijo.

ESTEBAN

¿Hate agraviado ese loco
de Fernán Gómez?

FRONDOSO

No poco.

ESTEBAN

El corazón me lo dijo.

FRONDOSO

Pues, señor, con el seguro
del amor que habéis mostrado,
de Laurencia enamorado,
el ser su esposo procuro.
Perdona si en el pedir
mi lengua se ha adelantado;
que he sido en decirlo osado,
como otro lo ha de decir.

ESTEBAN

Vienes, Frondoso, a ocasión
que me alargarás la vida,
por la cosa más temida
que siente mi corazón.

Agradezco, hijo, al cielo
que así vuelvas por mi honor,
y agradézcole a tu amor
la limpieza de tu celo.
Mas, como es justo, es razón
dar cuenta a tu padre de esto;
sólo digo que estoy presto,
en sabiendo su intención;
que yo dichoso me hallo
en que aqueso llegue a ser.

[JUAN ROJO] REGIDOR

De la moza el parecer
tomad, antes de acetallo.

[ESTEBAN] ALCALDE

No tengáis de eso cuidado,
que ya el caso está dispuesto;
antes de venir a esto,
entre ellos se ha concertado.
En el dote, si advertís,
se puede agora tratar,
que por bien os pienso dar
algunos maravedís.

FRONDOSO

Yo dote no he menester.
De eso no hay que entristeceros.

[JUAN ROJO] REGIDOR

¡Pues que no la pide en cueros,
lo podéis agradecer!

ESTEBAN

Tomaré el parecer de ella;
si os parece, será bien.

FRONDOSO

Justo es, que no hace bien
quien los gustos atropella.

ESTEBAN

¡Hija! ¡Laurencia!

LAURENCIA

Señor.

ESTEBAN

Mirad si digo bien yo.
¡Ved qué presto respondió!
Hija Laurencia, mi amor,
a preguntarte ha venido...

[*Se van a un lado*]

(apártate aquí)... si es bien
que a Gila, tu amiga, den
a Frondoso por marido,
que es un honrado zagal,
si le hay en Fuente Ovejuna.

LAURENCIA

¿Gila se casa?

ESTEBAN

Y si alguna
le merece y es su igual...

LAURENCIA

Yo digo, señor, que sí.

ESTEBAN

Sí, mas yo digo que es fea,
y que harto mejor se emplea
Frondoso, Laurencia, en ti.

LAURENCIA

¿Aún no se te han olvidado
los donaires con la edad?

ESTEBAN

¿Quiéresle tú?

LAURENCIA

Voluntad
le he tenido y le he cobrado,
pero por lo que tú sabes.

ESTEBAN

¿Quieres tú que diga sí?

LAURENCIA

Dilo tú, señor, por mí.

ESTEBAN

¿Yo? ¿Pues tengo yo las llaves?
Hecho está. Ven, buscaremos...

[*Vuelven al grupo con los demás*]

a mi compadre en la plaza.

REGIDOR

Vamos.

ESTEBAN

Hijo, y en la traza
del dote, ¿qué le diremos?
Que yo bien te puedo dar
cuatro mil maravedís.

1432-6 El viejo Esteban trata de la dote según el refranero recogido por Correas, que dice en uno de ellos: "Cabellos y cantar no cumplen ajuar", y en otro "Lo que no viene a la boda no viene toda hora", y añade con su punta de humor: "que después el suegro cumple mal".

FRONDOSO

Señor, ¿eso me decís?
¡Mi honor queréis agraviar!

ESTEBAN

Anda, hijo, que eso es
cosa que pasa en un día;
que si no hay dote, a fe mía,
que se echa menos después.

Vanse, y queda Frondoso y Laurencia.

LAURENCIA

Di, Frondoso, ¿estás contento?

FRONDOSO

¡Cómo si lo estoy! ¡Es poco,
pues que no me vuelvo loco
de gozo, del bien que siento!
Risa vierte el corazón
por los ojos, de alegría,
viéndote, Laurencia mía,
en tal dulce posesión.

Vanse.

[ESCENA XIV]

Salen el Maestre, el Comendador, Flores y Ortuño.

COMENDADOR

Huye, señor, que no hay otro remedio.

1449-1471 "Llegaron estos dos capitanes a Ciudad Real donde el Maestre don Rodrigo Téllez estaba, y pelearon la gente de los unos con la de los otros a la entrada y por las calles, que no es pueblo de fortaleza ni castillo, sino solamente cercado de

CHRONICA DE LAS
tres Ordenes y Cauallerias de San-
ctiago, Calatraua y Alcantara: en la qual se trata de su origen y successo, y
notables hechos en armas de los Maestres y Caualleros de ellas: y de muchos Señores de Titulo y otros Nobles que descienden de los
Maestres: y de muchos otros Linages de España. Com
puesta por el Licenciado Frey Francisco de
Rades y Andrada Capellan de su
Magestad, de la Orden de
Calatraua.

¶Dirigida a la. C.R.M. del Rey don Philippe II nuestro señor,
Administrador perpetuo destas Ordenes.

¶Impressa con licencia en Toledo, en casa de
Iuan de Ayala. Año. 1572.
¶Con Priuillegio Real por diez años.

La *Crónica de las tres Órdenes y Caballerías de Santiago, Calatrava y Alcántara,* Toledo, 1572, fuente de la comedia de Lope

Comendador: Llevadla y haced que guarden
su persona diez soldados.

Acto Segundo, escena XVI

MAESTRE

La flaqueza del muro lo ha causado,
y el poderoso ejército enemigo.

COMENDADOR

Sangre les cuesta, y infinitas vidas.

MAESTRE

Y no se alabarán que en sus despojos
pondrán nuestro pendón de Calatrava,
que a honrar su empresa y los demás bastaba.

COMENDADOR

Tus desinios, Girón, quedan perdidos.

MAESTRE

¿Qué puedo hacer, si la fortuna ciega
a quien hoy levantó, mañana humilla?

Dentro.

¡Vitoria por los reyes de Castilla!

MAESTRE

Ya coronan de luces las almenas,
y las ventanas de las torres altas
entoldan con pendones vitoriosos.

COMENDADOR

Bien pudieran, de sangre que les cuesta.
A fe, que es más tragedia que no fiesta.

---

una ruin cerca. Todos pelearon valerosamente, y de ambas partes murieron muchos hombres, mas como los dos dichos capitanes habían llevado mucha gente, y los de la ciudad eran con ellos, vencieron, y echaron fuera al Maestre con los suyos" (Rades, *Chronica*, fol. 79). Lope esparció entre los versos 1105-1136 y estos otros el texto de la *Chrónica*; obsérvese la referencia concreta a la flaqueza del muro, de conformidad con el texto.

MAESTRE

Yo vuelvo a Calatrava, Fernán Gómez.

COMENDADOR

Y yo a Fuente Ovejuna, mientras tratas
o seguir esta parte de tus deudos
o reducir la tuya al Rey Católico.

MAESTRE

Yo te diré por cartas lo que intento.

COMENDADOR

El tiempo ha de enseñarte.

MAESTRE

¡Ah, pocos años,
sujetos al rigor de sus engaños!

[ESCENA XV]

[*Plaza de Fuente Ovejuna*]

Sale la boda, músicos, Mengo, Frondoso, Laurencia, Pascuala, Barrildo, Esteban, alcalde [*y Juan Rojo*].

MUSICOS

¡Vivan muchos años
los desposados!
¡Vivan muchos años!

MENGO

A fe, que no os ha costado
mucho trabajo el cantar.

1470 Está dentro de la sentencia: "El tiempo te dirá qué hagas" (Cov.).
1471 acot. En A: *Esteban y Alcalde*. En B, como en el texto.

BARRILDO

¿Supiéraslo tú trovar
mejor que él está trovado?

FRONDOSO

Mejor entiende de azotes,
Mengo, que de versos ya.

MENGO

Alguno en el valle está,
para que no te alborotes,
a quien el Comendador...

BARRILDO

No lo digas, por tu vida,
que este bárbaro homicida
a todos quita el honor.

MENGO

Que me azotasen a mí
cien soldados aquel día...
sola una honda tenía;
harto desdichado fui.
Pero que le hayan echado
una melecina a un hombre,
que, aunque no diré su nombre,
todos saben que es honrado,
llena de tinta y de chinas,
¿cómo se puede sufrir?

BARRILDO

Haríalo por reír.

1490 Falta este verso en A; en el texto como en B.
1492 *melecina*: "Un lavatorio de tripas que se recibe por el sieso, y el mismo instrumento con que se echa se llama *melecina*, que es un saquillo de cuero con un canuto [...]. Lo mismo significa clístel y gaita y ayuda" (Cov.).
1495 *china*: 'Es una piedrecita pequeña' (Cov.).

MENGO

No hay risa con melecinas,
que aunque es cosa saludable...
yo me quiero morir luego.

FRONDOSO

¡Vaya la copla, te ruego...!,
si es la copla razonable.

MENGO

¡Vivan muchos años juntos
los novios, ruego a los cielos,
y por envidias ni celos
ni riñan ni anden en puntos!
Lleven a entrambos difuntos,
de puro vivir cansados.
¡Vivan muchos años!

FRONDOSO

¡Maldiga el cielo el poeta,
que tal coplón arrojó!

BARRILDO

Fue muy presto...

MENGO

Pienso yo
una cosa de esta seta.
¿No habéis visto un buñolero,
en el aceite abrasando,
pedazos de masas echando,
hasta llenarse el caldero?
Que unos le salen hinchados,
otros tuertos y mal hechos,

1505 A: *envidia* (parece que cayó la *s*); en el texto como en B.
1509 A y B atribuyen otra vez a Mengo lo que tiene que decir Frondoso.
1514 B: *buñuelero.*

ya zurdos y ya derechos,
ya fritos y ya quemados.
Pues así imagino yo
un poeta componiendo,
la materia previniendo,
que es quien la masa le dio.
Va arrojando verso aprisa
al caldero del papel,
confiado en que la miel
cubrirá la burla y risa.
Mas poniéndolo en el pecho,
apenas hay quien los tome;
tanto, que sólo los come
el mismo que los ha hecho.

BARRILDO

¡Déjate ya de locuras!
Deja los novios hablar.

LAURENCIA

Las manos nos da a besar.

JUAN [ROJO]

Hija, ¿mi mano procuras?
Pídela a tu padre luego
para ti y para Frondoso.

ESTEBAN

Rojo, a ella y a su esposo
que se la dé, el cielo ruego,
con su largo bendición.

FRONDOSO

Los dos a los dos la echad.

JUAN [ROJO]

¡Ea, tañed y cantad,
pues que para en uno son!

1543 Comp. 1235 y los casos análogos allí citados.

MUSICOS

Al val de Fuente Ovejuna
la niña en cabello baja;
el caballero la sigue
de la Cruz de Calatrava.
Entre las ramas se esconde,
de vergonzosa y turbada;
fingiendo que no le ha visto,
pone delante las ramas.

¿Para qué te ascondes,
niña gallarda?
Que mis linces deseos
paredes pasan.

Acercóse el caballero,
y ella, confusa y turbada,
hacer quiso celosías
de las intricadas ramas.
Mas, como quien tiene amor,
los mares y las montañas
atraviesa fácilmente,
la dice tales palabras:

"*¿Para qué te ascondes,*
niña gallarda?
Que mis linces deseos
paredes pasan."

1546 Véase en las adiciones a la bibliografía (pág. 34) la referencia de un amplio estudio mío sobre esta canción.

1547 *niña en cabello* "la doncella porque en muchas partes traen a las doncellas en cabello, sin toca, cofia o cobertura ninguna en la cabeza hasta que se casan" (Cov.). A: *cabellos*; en el texto como en B, que es como lo trae Covarrubias.

1561 *intricadas*. Es la forma correcta desde un punto de vista etimológico (<intricare), usada así en los Siglos de Oro y cambiada después en *intrincadas*.

1565 Obsérvese el laísmo, existente en A y B.

[ESCENA XVI]

Sale el Comendador, Flores, Ortuño y Cimbranos.

COMENDADOR

Estése la boda queda,
y no se alborote nadie.

JUAN [ROJO]

No es juego aqueste, señor,
y basta que tú lo mandes.
¿Quieres lugar? ¿Cómo vienes
con tu belicoso alarde?
¿Venciste? Mas ¿qué pregunto?

FRONDOSO

¡Muerto soy! ¡Cielos, libradme!

LAURENCIA

Huye por aquí, Frondoso.

COMENDADOR

Eso, no. ¡Prendelde, atalde!

JUAN [ROJO]

Date, muchacho, a prisión.

FRONDOSO

Pues ¿quieres tú que me maten?

JUAN [ROJO]

¿Por qué?

COMENDADOR

No soy hombre yo
que mato sin culpa a nadie,
que si lo fuera, le hubieran

pasado de parte a parte
esos soldados que traigo.
Llevarle mando a la cárcel,
donde la culpa que tiene
sentencie su mismo padre.

PASCUALA

Señor, mirad que se casa.

COMENDADOR

¿Qué me obliga a que se case?
¿No hay otra gente en el pueblo?

PASCUALA

Si os ofendió, perdonadle,
por ser vos quien sois.

COMENDADOR

No es cosa,
Pascuala, en que yo soy parte.
Es esto contra el Maestre
Tellez Girón, que Dios guarde;
es contra toda su Orden,
es su honor, y es importante
para el ejemplo, el castigo;
que habrá otro día quien trate
de alzar pendón contra él,
pues ya sabéis que una tarde
al Comendador mayor
—¡qué vasallos tan leales!—
puso una ballesta al pecho.

ESTEBAN

Supuesto que el disculparle
ya puede tocar a un suegro,
no es mucho que en causas tales
se descomponga con vos

1607 B: *disculparse*. En el texto, como en A.

un hombre, en efeto, amante.
Porque si vos pretendéis
su propia mujer quitarle,
¿que mucho que la defienda?

COMENDADOR

Majadero sois, alcalde.

ESTEBAN

Por vuestra virtud, señor.

COMENDADOR

Nunca yo quise quitarle
su mujer, pues no lo era.

ESTEBAN

¡Sí quisistes... Y esto baste,
que Reyes hay en Castilla,
que nuevas órdenes hacen,
con que desórdenes quitan.
Y harán mal, cuando descansen
de las guerras, en sufrir
en sus villas y lugares
a hombres tan poderosos
por traer cruces tan grandes.
Póngasela el Rey al pecho,
que para pechos reales
es esa insignia, y no más.

COMENDADOR

¡Hola! ¡La vara quitalde!

ESTEBAN

Tomad, señor, norabuena.

COMENDADOR

[*Golpeándolo con la vara*]

Pues con ella quiero dalle,
como a caballo brioso.

ESTEBAN

Por señor os sufro. Dadme.

PASCUALA

¡A un viejo de palos das!

LAURENCIA

Si le das porque es mi padre,
¿qué vengas en él de mí?

COMENDADOR

Llevadla, y haced que guarden
su persona diez soldados.

Vase él y los suyos.

ESTEBAN

¡Justïcia del cielo baje!

Vase.

PASCUALA

¡Volvióse en luto la boda!

Vase.

BARRILDO

¿No hay aquí un hombre que hable?

MENGO

Yo tengo ya mis azotes,
que aun se ven los cardenales,
sin que un hombre vaya a Roma...
Prueben otros a enojarle.

JUAN [ROJO]

Hablemos todos.

1639 B: *llevadle*. En el texto, como en A.
1645-6 Es el conocido juego de palabras entre *cardenal* 'hematoma' y la dignidad eclesiástica.

MENGO

Señores,
aquí todo el mundo calle.
Como ruedas de salmón
me puso los atabales.

1650 *rueda de salmón* por rodaja; salmón, por el color.

ACTO TERCERO

[ESCENA I]

[*Sala en la que se reunen los vecinos de Fuente Ovejuna*]

Salen Esteban, Alonso y Barrildo.

ESTEBAN

¿No han venido a la junta?

BARRILDO

No han venido.

ESTEBAN

Pues más apriesa nuestro daño corre.

BARRILDO

Ya está lo más del pueblo prevenido.

ESTEBAN

Frondoso con prisiones en la torre,
y mi hija Laurencia en tanto aprieto,
si la piedad de Dios no lo socorre...

1652 Obsérvese la particular distribución de las rimas.
1657 Desde Hartzenbusch se rectifica *los*, pero no es necesario pues se puede entender en un sentido neutro 'esto, lo que les ocurre a los dos'.

[ESCENA II]

Salen Juan Rojo y el [*otro*] Regidor.

JUAN

¿De qué dais voces, cuando importa tanto
a nuestro bien, Esteban, el secreto?

ESTEBAN

Que doy tan pocas es mayor espanto.

Sale Mengo.

MENGO

También vengo yo a hallarme en esta junta.

ESTEBAN

Un hombre cuyas canas baña el llanto,
labradores honrados, os pregunta
qué obsequias debe hacer toda esta gente
a su patria sin honra, ya perdida.
Y si se llaman honras justamente,
¿cómo se harán, si no hay entre nosotros
hombre a quien este bárbaro no afrente?
Respondedme: ¿hay alguno de vosotros
que no esté lastimado en honra y vida?
¿No os lamentáis los unos de los otros?
Pues si ya la tenéis todos perdida,
¿a qué aguardáis? ¿Qué desventura es esta?

JUAN

La mayor que en el mundo fue sufrida.
Mas pues ya se publica y manifiesta
que en paz tienen los Reyes a Castilla,
y su venida a Córdoba se apresta,

1664 *obsequias*. Comenta con razón Covarrubias: "Las honras que se hacen a los difuntos; del nombre latino *exequiae*, que en rigor debíamos de decir *exequias* [...]; llamámosle nosotros comúnmente enterramiento".

vayan dos regidores a la villa,
y, echándose a sus pies, pidan remedio.

BARRILDO

En tanto que [aquel Rey] Fernando humilla
a tantos enemigos, otro medio
será mejor, pues no podrá, ocupado,
hacernos bien con tanta guerra en medio.

REGIDOR

Si mi voto de vos fuera escuchado,
desamparar la villa doy por voto.

JUAN

¿Cómo es posible en tiempo limitado?

MENGO

¡A la fe, que si entiendo el alboroto,
que ha de costar la junta alguna vida!

REGIDOR

Ya todo el árbol de paciencia roto,
corre la nave de temor perdida.
La hija quitan con tan gran fiereza
a un hombre honrado, de quien es regida
la patria en que vivís, y en la cabeza
la vara quiebran tan injustamente.
¿Qué esclavo se trató con más bajeza?

1677 Las *Memorias* de Bernáldez dicen de los viajes de los Reyes en el verano de 1477: "Asentados los negocios de Castilla Vieja y León, y toda la tierra de ellos puesta debajo de sus reales cetros [...], propusieron pasar los puertos y venir en tierra de Extremadura [...]". De Trujillo "por la Serena, se vinieron a Sevilla. Y en este viaje [...] se hizo la conformidad entre el Rey y la Reina y el Marqués de Villena y el Maestre de Calatrava, don Rodrigo Girón y el Conde de Ureña, su hermano..." (págs. 65-66).

1680 A y B traen: *En tanto que Fernando, aquel que humilla*; la corrección se establece para dar sentido a la frase. Hartzenbusch (y le sigue M. Pelayo) corrige: *En tanto que Fernando al suelo humilla.* A. Castro mantiene el texto de la edición y aclara: "La frase está constituida como si hubiese escrito el autor: "En tanto que Fernando humilla a tantos enemigos".

1694 B: *quiebra.*

JUAN

¿Qué es lo que quieres tú que el pueblo intente?

REGIDOR

Morir, o dar la muerte a los tiranos,
pues somos muchos, y ellos poca gente.

BARRILDO

¡Contra el señor las armas en las manos!

ESTEBAN

El rey solo es señor después del cielo,
y no bárbaros hombres inhumanos.
Si Dios ayuda nuestro justo celo,
¿qué nos ha de costar?

MENGO

Mirad, señores,
que vais en estas cosas con recelo.
Puesto que por los simples labradores
estoy aquí, que más injurias pasan,
más cuerdo represento sus temores.

JUAN

Si nuestras desventuras se compasan,
para perder las vidas, ¿qué aguardamos?
Las casas y las viñas nos abrasan;
tiranos son. ¡A la venganza vamos!

[ESCENA III]

Sale Laurencia, desmelenada.

LAURENCIA

Dejadme entrar, que bien puedo,
en consejo de los hombres;

1704 *vais,* por 'vayáis'.
1711 *vamos,* por 'vayamos'.

que bien puede una mujer,
si no a dar voto, a dar voces.
¿Conocéisme?

ESTEBAN

¡Santo cielo!
¿No es mi hija?

JUAN

¿No conoces
a Laurencia?

LAURENCIA

Vengo tal,
que mi diferencia os pone
en contingencia quién soy.

ESTEBAN

¡Hija mía!

LAURENCIA

No me nombres
tu hija.

ESTEBAN

¿Por qué, mis ojos?
¿Por qué?

LAURENCIA

¡Por muchas razones!
Y sean las principales,
porque dejas que me roben
tiranos sin que me vengues,
traidores sin que me cobres.
Aún no era yo de Frondoso,
para que digas que tome,

1714 Se sobreentiende *entrar*.

como marido, venganza,
que aquí por tu cuenta corre;
que en tanto que de las bodas
no haya llegado la noche,
del padre y no del marido,
la obligación presupone;
que en tanto que no me entregan
una joya, aunque la compre,
no ha de correr por mi cuenta
las guardas ni los ladrones.
Llevóme de vuestros ojos
a su casa Fernán Gómez;
la oveja al lobo dejáis,
como cobardes pastores.
¿Qué dagas no vi en mi pecho?
¡Qué desatinos enormes,
qué palabras, qué amenazas,
y qué delitos atroces
por rendir mi castidad
a sus apetitos torpes!
Mis cabellos, ¿no lo dicen?
¿No se ven aquí los golpes,
de la sangre, y las señales?
¿Vosotros sois hombres nobles?
¿Vosotros, padres y deudos?
¿Vosotros, que no se os rompen
las entrañas de dolor,
de verme en tantos dolores?
Ovejas sois, bien lo dice
de Fuente Ovejuna el nombre.
¡Dadme unas armas a mí,
pues sois piedras, pues sois bronces,
pues sois jaspes, pues sois tigres...!
Tigres no, porque feroces
siguen quien roba sus hijos,
matando los cazadores

1737 A: *aunque la compren*; B: *aunque le compren.* Prefiero *la* y corrijo *compre.*

1758-9 Véase estudio preliminar, págs. 13-14, nota 14.

antes que entren por el mar,
y por sus ondas se arrojen.
Liebres cobardes nacistes;
bárbaros sois, no españoles.
¡Gallinas, vuestras mujeres
sufrís que otros hombres gocen!
¡Poneos ruecas en la cinta!
¿Para qué os ceñís estoques?
¡Vive Dios, que he de trazar
que solas mujeres cobren
la honra, de estos tiranos,
la sangre, de estos traidores!
¡Y que os han de tirar piedras,
hilanderas, maricones,
amujerados, cobardes!
¡Y que mañana os adornen
nuestras tocas y basquiñas,
solimanes y colores!
A Frondoso quiere ya,
sin sentencia, sin pregones,
colgar el Comendador
del almena de una torre;
de todos hará lo mismo;
y yo me huelgo, medio hombres,
porque quede sin mujeres
esta villa honrada, y torne
aquel siglo de amazonas,
eterno espanto del orbe.

ESTEBAN

Yo, hija, no soy de aquellos
que permiten que los nombres
con esos títulos viles.

1783 *Solimanes y colores*: la acepción de *solimán* a que se refiere Laurencia, es la de un cosmético que usaron las mujeres para hermosearse; se cita así ya en el *Corbacho*, y el término adopta también el sentido de veneno, que registra Covarrubias. (Véase A. Steiger, *Contribución a la fonética del hispano-árabe*, Madrid, 1932, pág. 74-75.)

Iré solo, si se pone
todo el mundo contra mí.

JUAN

Y yo, por más que me asombre
la grandeza del contrario.

REGIDOR

Muramos todos.

BARRILDO

Descoge
un lienzo al viento en un palo,
y mueran estos inormes.

JUAN

¿Qué orden pensáis tener?

MENGO

Ir a matarle sin orden.
Juntad el pueblo a una voz,
que todos están conformes
en que los tiranos mueran.

ESTEBAN

Tomad espadas, lanzones,
ballestas, chuzos y palos.

MENGO

¡Los reyes, nuestros señores,
vivan!

TODOS

¡Vivan muchos años!

1803 *inormes, por enormes.* La versión vulgarizada del cultismo arraigado por Mena tenía una resonancia que iba más allá de la mención del tamaño, en el sentido de fuera de *norma*: "[norma] metafóricamente significa la ley, la fórmula, estilo ajustado y medido. Y porque algunos pecados son grandes y desproporcionados los llamamos *enormes*" (Cov.).

MENGO

¡Mueran tiranos traidores!

TODOS

¡Traidores tiranos mueran!

Vanse todos.

[ESCENA IV]

[*En el tumulto, Laurencia llama a las mujeres, que quedan solas en escena*]

LAURENCIA

Caminad, que el cielo os oye.
¡Ah..., mujeres de la villa!
¡Acudid, porque se cobre
vuestro honor! ¡Acudid todas!

Salen Pascuala, Jacinta y otras mujeres.

PASCUALA

¿Qué es esto? ¿De qué das voces?

LAURENCIA

¿No veis cómo todos van
a matar a Fernán Gómez,
y hombres, mozos y muchachos
furiosos, al hecho corren?
¿Será bien que solos ellos
de esta hazaña el honor gocen,
pues no son de las mujeres
sus agravios los menores?

JACINTA

Di, pues, ¿qué es lo que pretendes?

LAURENCIA

Que puestas todas en orden,
acometamos un hecho
que dé espanto a todo el orbe.
Jacinta, tu grande agravio,
que sea cabo; responde
de una escuadra de mujeres.

JACINTA

¡No son los tuyos menores!

LAURENCIA

Pascuala, alférez serás.

PASCUALA

Pues déjame que enarbolo
en un asta la bandera;
verás si merezco el nombre.

LAURENCIA

No hay espacio para eso,
pues la dicha nos socorre;
bien nos basta que llevemos
nuestras tocas por pendones.

PASCUALA

Nombremos un capitán.

LAURENCIA

¡Eso no!

PASCUALA

¿Por qué?

1833 *Cabo de escuadra*, 'oficial en la milicia, inferior a capitán y alférez' (Cov.); véase la graduación: *alférez* (1836) y *capitán* (1844).

LAURENCIA

Que adonde
asiste mi gran valor,
no hay Cides ni Rodamontes.

Vanse.

[ESCENA V]

[*En la casa de la Encomienda*]

Sale Frondoso, atadas las manos; Flores, Ortuño, Cimbranos y el Comendador.

COMENDADOR

De ese cordel que de las manos sobra,
quiero que le colguéis, por mayor pena.

FRONDOSO

¡Qué nombre, gran señor, tu sangre cobra!

COMENDADOR

Colgalde luego en la primera almena.

FRONDOSO

Nunca fue mi intención poner por obra
tu muerte, entonces.

FLORES

Grande ruido suena.

Ruido suene.

COMENDADOR

¿Ruido?

1847 *Rodamonte.* Era el nombre común de Rodomonte, personaje del *Orlando Furioso* de Ariosto, que alcanzó gran popularidad y que Lope llevó a escena. Véase M. Chevalier, *L'Arioste en Espagne*, Bordeaux, 1966, en especial págs. 406-422.

FLORES

Y de manera que interrompen
tu justicia, señor.

ORTUÑO

¡Las puertas rompen!

Ruido.

COMENDADOR

¡La puerta de mi casa, y siendo casa
de la Encomienda!

FLORES

¡El pueblo junto viene!

JUAN

Dentro.

¡Rompe, derriba, hunde, quema, abrasa!

ORTUÑO

Un popular motín mal se detiene.

COMENDADOR

¿El pueblo, contra mí?

FLORES

La furia pasa
tan adelante, que las puertas tiene
echadas por la tierra.

COMENDADOR

Desatalde.
Templa, Frondoso, ese villano Alcalde.

1854 *interrompen*; la forma culta era *interrumpir* (lenguaje de oratoria y forense, Cov.), y por influjo de *romper* se dio esta otra.

Comendador: ¡Pueblo esperad!
Todos: ¡Agravios nunca esperan!

Acto Tercero, escena VI

El alarde descriptivo del Maestre y del Comendador montados a caballo con gran riqueza de vestidos, recuerda los grandes cuadros de la época, como éste del *Conde Duque de Olivares*, pintado por Velázquez

FRONDOSO

Yo voy, señor, que amor les ha movido.

Vase.

MENGO

Dentro.

¡Vivan Fernando y Isabel, y mueran
los traidores!

FLORES

Señor, por Dios te pido
que no te hallen aquí.

COMENDADOR

Si perseveran,
este aposento es fuerte y defendido.
Ellos se volverán.

FLORES

Cuando se alteran
los pueblos agraviados, y resuelven,
nunca sin sangre o sin venganza vuelven.

COMENDADOR

En esta puerta así como rastrillo,
su furor con las armas defendamos.

FRONDOSO

Dentro.

¡Viva Fuente Ovejuna!

1864 Frondoso recuerda la sentencia recogida por Correas: "El amor todo lo puede y todo lo vence", procedente de raíces literarias, sobre todo pastoriles: "Omnia vincit amor" (*Bucólicas*, X, 69). Aquí *amor* es el lazo social que une a los de la comunidad cuando uno de los suyos, Frondoso, está en una situación injusta.

1870 *resuelven.* Esta significación del verbo es la que recoge Cov. para *resoluto*: "el determinado a hacer alguna cosa".

1873 *defendemos.* Como en A; en B: *defendemos.*

COMENDADOR

¡Qué caudillo!
Estoy porque a su furia acometamos.

FLORES

De la tuya, señor, me maravillo.

ESTEBAN

Ya el tirano y los cómplices miramos.
¡Fuente Ovejuna, y los tiranos mueran!

[ESCENA VI]

Salen todos.

COMENDADOR

¡Pueblo esperad!

TODOS

¡Agravios nunca esperan!

COMENDADOR

Decídmelos a mí, que iré pagando,
a fe de caballero, esos errores.

TODOS

¡Fuente Ovejuna! ¡Viva el rey Fernando!
¡Mueran malos cristianos, y traidores!

COMENDADOR

¿No me queréis oír? Yo estoy hablando.
¡Yo soy vuestro señor!

TODOS

¡Nuestros señores
son los Reyes Católicos!

COMENDADOR

¡Espera!

TODOS

¡Fuente Ovejuna, y Fernán Gómez muera!

[ESCENA VII]

[*El Comendador y los suyos se retiran combatiendo por un lado de la escena, y mientras los hombres van tras de ellos, las mujeres entran por el otro lado*]

Vanse, y salen las mujeres armadas.

LAURENCIA

Parad en este puesto de esperanzas,
soldados atrevidos, no mujeres.

PASCUALA

¡Lo que mujeres son en las venganzas!
¡En él beban su sangre! ¡Es bien que esperes!

JACINTA

¡Su cuerpo recojamos en las lanzas!

PASCUALA

Todas son de esos mismos pareceres.

ESTEBAN

Dentro.

¡Muere, traidor Comendador!

COMENDADOR

Ya muero.
¡Piedad, Señor, que en tu clemencia espero!

1890 Desde Hartzenbusch se prefiere restituir *¿Lo[s] que mujeres...*, pero no es satisfactoria la lección. Lo dejó así, en una serie de frases interrumpidas.

BARRILDO

Dentro.

Aquí está Flores.

MENGO

¡Dale a ese bellaco!
Que ese fue el que me dio dos mil azotes.

FRONDOSO

Dentro.

No me vengo, si el alma no le saco.

LAURENCIA

No excusamos entrar.

PASCUALA

No te alborotes.
Bien es guardar la puerta.

BARRILDO

Dentro.

No me aplaco.
¡Con lágrimas agora, marquesotes!

LAURENCIA

Pascuala, yo entro dentro, que la espada
no ha de estar tan sujeta ni envainada.

Vase.

BARRILDO

Dentro.

Aquí está Ortuño.

1901 *marquesote*; úsalo Lope en un sentido despectivo, así: "hidalgo marquesote" en *La Dama Boba* (ed. A. Zamora, 1531) refiriéndose a un pedante presuntuoso, y lo mismo en otras comedias: 'a lo marqués, de una elegancia estrepitosa y desagradable para los demás'.

1902 Hay una cierta contradicción en esto, pues si Laurencia dio la orden de detenerse (1888), aquí es ella la que penetra y las otras quedan fuera.

FRONDOSO

Dentro.

Córtale la cara.

Sale Flores huyendo, y Mengo tras él.

FLORES

¡Mengo, piedad, que no soy yo el culpado!

MENGO

Cuando ser alcahuete no bastara,
bastaba haberme el pícaro azotado.

PASCUALA

¡Dánoslo a las mujeres, Mengo! ¡Para,
acaba por tu vida...!

MENGO

Ya está dado,
que no le quiero yo mayor castigo.

PASCUALA

Vengaré tus azotes.

MENGO

Eso digo.

JACINTA

¡Ea, muera el traidor!

FLORES

¿Entre mujeres?

JACINTA

¿No le viene muy ancho?

PASCUALA

¿Aqueso lloras?

JACINTA

¡Muere, concertador de sus placeres!

PASCUALA

¡Ea, muera el traidor!

FLORES

¡Piedad, señoras!

Sale Ortuño huyendo de Laurencia.

ORTUÑO

Mira que no soy yo...

LAURENCIA

¡Ya sé quién eres!
¡Entrad, teñid las armas vencedoras
en estos viles!

PASCUALA

¡Moriré matando!

TODAS

¡Fuente Ovejuna, y viva el rey Fernando!

[ESCENA VIII]

[*Sala del palacio de los Reyes*]

Vanse, y salen el rey Fernando y la reina doña Isabel, y don Manrique, Maestre.

MANRIQUE

De modo la prevención
fue, que el efeto esperado
llegamos a ver logrado,
con poca contradición.

Hubo poca resistencia;
y supuesto que la hubiera,
sin duda ninguna fuera
de poca o ninguna esencia.
Queda el de Cabra ocupado
en conservación del puesto,
por si volviere dispuesto
a él el contrario osado.

REY

Discreto el acuerdo fue,
y que asista es conveniente,
y reformando la gente,
el paso tomado esté.
Que con eso se asegura
no podernos hacer mal
Alfonso, que en Portugal
tomar la fuerza procura.
Y el de Cabra es bien que esté
en ese sitio asistente,
y como tan diligente,
muestras de su valor dé,
porque con esto asegura
el daño que nos recela,
y como fiel centinela
el bien del Reino procura.

[ESCENA IX]

Sale Flores, herido.

FLORES

Católico Rey Fernando,
a quien el cielo concede
la corona de Castilla,
como a varón excelente:
oye la mayor crueldad

que se ha visto entre las gentes,
desde donde nace el sol
hasta donde se escurece.

REY

Repórtate.

FLORES

Rey supremo,
mis heridas no consienten
dilatar el triste caso,
por ser mi vida tan breve.
De Fuente Ovejuna vengo,
donde, con pecho inclemente,
los vecinos de la villa
a su señor dieron muerte.
Muerto Fernán Gómez queda
por sus súbditos aleves,
que vasallos indignados
con leve causa se atreven.
Con título de tirano,
que le acumula la plebe,
a la fuerza de esta voz
el hecho fiero acometen;
y quebrantando su casa,
no atendiendo a que se ofrece
por la fe de caballero
a que pagará a quien debe,
no sólo no le escucharon,
pero con furia impaciente
rompen el cruzado pecho
con mil heridas crueles;
y por las altas ventanas
le hacen que al suelo vuele,
adonde en picas y espadas
le recogen las mujeres.
Llévanle a una casa muerto,
y a porfía, quien más puede,
mesa su barba y cabello,

y apriesa su rostro hieren.
En efeto, fue la furia
tan grande que en ellos crece,
que las mayores tajadas
las orejas a ser vienen.
Sus armas borran con picas
y a voces dicen que quieren
tus reales armas fijar,
porque aquellas les ofenden.
Saqueáronle la casa,
cual si de enemigos fuese,
y gozosos entre todos
han repartido sus bienes.
Lo dicho he visto escondido,
porque mi infelice suerte
en tal trance no permite
que mi vida se perdiese.
Y así estuve todo el día
hasta que la noche viene,
y salir pude escondido
para que cuenta te diese.
Haz, señor, pues eres justo
que la justa pena lleven
de tan riguroso caso
los bárbaros delincuentes.
Mira que su sangre a voces
pide que tu rigor prueben.

REY

Estar puedes confiado
que sin castigo no queden.
El triste suceso ha sido
tal, que admirado me tiene;
y que vaya luego un juez
que lo averigüe conviene,
y castigue los culpados
para ejemplo de las gentes.
Vaya un capitán con él,

porque seguridad lleve,
que tan grande atrevimiento
castigo ejemplar requiere.
Y curad a ese soldado
de las heridas que tiene.

[ESCENA X]

[*Plaza de Fuente Ovejuna*]

Vanse, y salen los labradores y labradoras, con la cabeza de Fernán Gómez en una lanza.

MUSICOS

¡Muchos años vivan
Isabel y Fernando,
y mueran los tiranos!

BARRILDO

¡Diga su copla Frondoso!

FRONDOSO

Ya va mi copla, a la fe;
si le faltare algún pie,
enmiéndelo el más curioso:
¡Vivan la bella Isabel,
y Fernando de Aragón
pues que para en uno son,
él con ella, ella con él!
A los cielos San Miguel
lleve a los dos de las manos.
¡Vivan muchos años,
y mueran los tiranos!

LAURENCIA

¡Diga Barrildo!

BARRILDO

Ya va,
que a fe que la he pensado.

PASCUALA

Si la dices con cuidado,
buena y rebuena será.

BARRILDO

¡Vivan los Reyes famosos
muchos años, pues que tienen
la vitoria, y a ser vienen
nuestros dueños venturosos!
¡Salgan siempre vitoriosos
de gigantes y de enanos,
y mueran los tiranos!

MUSICOS

¡Muchos años vivan
[*Isabel y Fernando,*
y mueran los tiranos!]

LAURENCIA

¡Diga Mengo!

FRONDOSO

¡Mengo diga!

MENGO

Yo soy poeta donado.

PASCUALA

Mejor dirás: lastimado
el envés de la barriga.

2055-6 A y B solo traen el verso 2054, y al fin el signo de etc. Completo la coplilla.

2058 *donado* 'El lego admitido en la religión para el servicio de la casa' (Cov.). Quiere decir que no es poeta con todos los honores.

MENGO

Una mañana en domingo
me mandó azotar aquel,
de manera que el rabel
daba espantoso respingo;
pero agora que los pringo,
¡vivan los Reyes Cristiánigos,
y mueran los tiránigos!

MUSICOS

¡Vivan muchos años!

ESTEBAN

[*refiriéndose a la cabeza del muerto*]
Quita la cabeza allá.

MENGO

Cara tiene de ahorcado.

Saca un escudo Juan Rojo con las armas [*reales*].

REGIDOR

Ya las armas han llegado.

ESTEBAN

Mostrá las armas acá.

2064 Verso de difícil interpretación. Podría ser un uso rústico de *pringar*, de significaciones diversas, como 'empapar el pan en una pringue', y así 'prepararse a gozar del buen gobierno de los Reyes'. A. Soons propone 'ahora, que doy los azotes y no los recibo'.

2066 *cristiánigos*, como *tiránigos* son dos hipercultismos usados por Mengo para cerrar la copla en forma cómica; el adjetivo *tiránico* (ya en uso a mediados del siglo XVI) sustituye por el prestigio cultista del esdrújulo al término básico *tirano*, y adopta una pretendida forma rústica inventada por Lope, a semejanza de terminaciones como *arábigo* ("*Arábico*, cosa de Arabia, de donde se dijo *arábigo*, la lengua de los árabes" (Cov.), y palabras como *tósigo*. De ahí el paralelo con *cristiánigo*.

2072 *mostrá*. Imperativo sin *-d*, como en 612 y 2116.

JUAN

¿A dónde se han de poner?

REGIDOR

Aquí, en el Ayuntamiento.

ESTEBAN

¡Bravo escudo!

BARRILDO

¡Qué contento!

FRONDOSO

Ya comienza a amanecer
con este sol nuestro día.

ESTEBAN

¡Vivan Castilla y León,
y las barras de Aragón,
y muera la tiranía!
Advertid, Fuente Ovejuna,
a las palabras de un viejo,
que el admitir su consejo
no ha dañado vez ninguna.
Los Reyes han de querer
averiguar este caso,
y más tan cerca del paso
y jornada que han de hacer.
Concertaos todos a una
en lo que habéis de decir.

FRONDOSO

¿Qué es tu consejo?

2082-4 Es creencia popular afirmada en sentencias y refranes: "Más vale buen consejo que fortuna" y sobre el conocimiento del viejo: "Más vale un viejo que mozo y medio", recogidos por Correas.

2087 El *paso y jornada*: véase 1677.

ESTEBAN

Morir
diciendo: ¡Fuente Ovejuna!
Y a nadie saquen de aquí.

FRONDOSO

Es el camino derecho:
¡Fuente Ovejuna lo ha hecho!

ESTEBAN

¿Queréis responder así?

TODOS

¡Sí!

ESTEBAN

Ahora, pues, yo quiero ser
agora el pesquisidor,
para ensayarnos mejor
en lo que habemos de hacer.
Sea Mengo el que esté puesto
en el tormento.

MENGO

¿No hallaste
otro más flaco?

ESTEBAN

¿Pensaste
que era de veras?

MENGO

Di presto.

ESTEBAN

¿Quién mató al Comendador?

2098 *ahora,* en el texto *aora* (por necesidades de métrica) frente a *agora,* usado por lo común (y en el verso siguiente).

MENGO

¡Fuente Ovejuna lo hizo!

ESTEBAN

Perro, ¿si te martirizo?

MENGO

Aunque me matéis, señor.

ESTEBAN

Confiesa, ladrón.

MENGO

Confieso.

ESTEBAN

Pues ¿quién fue?

MENGO

¡Fuente Ovejuna!

ESTEBAN

Dalde otra vuelta.

MENGO

Es ninguna.

ESTEBAN

¡Cagajón para el proceso!

112 *Cagajón*. La expresión violenta está usada para dar el tono heroico-rústico de la situación. Sobre la palabra que le sirve de base, dice Cov.: "Es una de las palabras que se han de excusar, aunque sea de cosa tan natural, por la decencia". 'Estiércol de caballos, burros, etc.'.

[ESCENA XI]

Sale el Regidor.

REGIDOR

¿Qué hacéis de esta suerte aquí?

FRONDOSO

¿Qué ha sucedido, Cuadrado?

REGIDOR

Pesquisidor ha llegado.

ESTEBAN

Echá todos por ahí.

REGIDOR

Con él viene un capitán.

ESTEBAN

¡Venga el diablo! Ya sabéis
lo que responder tenéis.

REGIDOR

El pueblo prendiendo van,
sin dejar alma ninguna.

ESTEBAN

Que no hay que tener temor.
¿Quién mató al Comendador,
Mengo?

MENGO

¿Quién? ¡Fuente Ovejuna!

2115 Sin artículo, la frase tiene un cierto deje irónico, como refiriéndose a que ha ocurrido lo que estaban esperando todos.
2116 *echá*. Véase 2072 y 612.
2124 A: *salen*. En el texto, como en B.

[ESCENA XII]

[*En la Casa de la Orden de Calatrava*]

Vanse, y sale el Maestre y un soldado.

MAESTRE

¡Que tal caso ha sucedido!
Infelice fue su suerte.
Estoy por darte la muerte
por la nueva que has traído.

SOLDADO

Yo, señor, soy mensajero,
y enojarte no es mi intento.

MAESTRE

¡Que a tal tuvo atrevimiento
un pueblo enojado y fiero!
Iré con quinientos hombres,
y la villa he de asolar;
en ella no ha de quedar
ni aun memoria de los nombres.

SOLDADO

Señor, tu enojo reporta,
porque ellos al Rey se han dado;
y no tener enojado
al Rey es lo que te importa.

MAESTRE

¿Cómo al Rey se pueden dar,
si de la Encomienda son?

SOLDADO

Con él sobre esa razón
podrás luego pleitear.

MAESTRE

Por pleito ¿cuándo salió
lo que él le entregó en sus manos?
Son señores soberanos,
y tal reconozco yo.
Por saber que al Rey se han dado,
[se] reportará mi enojo,
y ver su presencia escojo
por lo más bien acertado;
que puesto que tenga culpa
en casos de gravedad,
en todo mi poca edad
viene a ser quien me disculpa.
Con vergüenza voy, mas es
honor quien puede obligarme,
y importa no descuidarme
en tan honrado interés.

Vanse.

[ESCENA XIII]

[*Campo muy cerca de Fuente Ovejuna, junto a las casas de la villa.*]

Sale Laurencia sola.

LAURENCIA

Amando, recelar daño en lo amado,
nueva pena de amor se considera,
que quien en lo que ama daño espera,
aumenta en el temor nuevo cuidado.
El firme pensamiento desvelado,

2146 Hartzenbusch y M. Pelayo rectifican: *lo que se entregó en sus manos*; Castro interpreta *él* como 'el pueblo'. Entiendo: 'lo que el [Rey] entregó a él, en sus manos [de éste].

2150 A y B *me*; el verbo es *reportarse* 'volver uno sobre sí y refrenar su cólera' (Cov.).

si le aflige el temor, fácil se altera,
que no es, a firme fe, pena ligera
ver llevar el temor, el bien robado.
Mi esposo adoro; la ocasión que veo
al temor de su daño me condena,
si no le ayuda la felice suerte.
Al bien suyo se inclina mi deseo:
si está presente, está cierta mi pena;
si está en ausencia, está cierta mi muerte.

[ESCENA XIV]

Sale Frondoso.

FRONDOSO

¡Mi Laurencia!

LAURENCIA

¡Esposo amado!
¿Cómo estar aquí te atreves?

FRONDOSO

¿Esas resistencias debes
a mi amoroso cuidado?

LAURENCIA

Mi bien, procura guardarte,
porque tu daño recelo.

FRONDOSO

No quiera, Laurencia, el cielo
que tal llegue a disgustarte.

2176 Sin la prep. *a*; hay usos con ella y sin ella, probablemente embebida; comp. 1228, 637.

LAURENCIA

¿No temes ver el rigor
que por los demás sucede,
y el furor con que procede
aqueste pesquisidor?
Procura guardar la vida.
Huye tu daño, no esperes.

FRONDOSO

¿Cómo? ¿Que procure quieres
cosa tan mal recebida?
¿Es bien que los demás deje
en el peligro presente,
y de tu vista me ausente?
No me mandes que me aleje
porque no es puesto en razón
que, por evitar mi daño,
sea con mi sangre extraño
en tan terrible ocasión.

Voces dentro.

Voces parece que he oído;
y son, si yo mal no siento,
de alguno que dan tormento.
Oye con atento oído.

Dice dentro el Juez y responden.

JUEZ

Decid la verdad, buen viejo.

FRONDOSO

Un viejo, Laurencia mía,
atormentan.

LAURENCIA

¡Qué porfía!

ESTEBAN

Déjenme un poco.

JUEZ

Ya os dejo.
Decid, ¿quién mató a Fernando?

ESTEBAN

Fuente Ovejuna lo hizo.

LAURENCIA

Tu nombre, padre, eternizo.

FRONDOSO

¡Bravo caso!

JUEZ

¡Ese muchacho!
Aprieta, perro, yo sé
que lo sabes. ¡Di quién fue!
¿Callas? Aprieta, borracho.

NIÑO

Fuente Ovejuna, señor.

JUEZ

¡Por vida del Rey, villanos,
que os ahorque con mis manos!
¿Quién mató al Comendador?

FRONDOSO

¡Que a un niño le den tormento,
y niegue de aquesta suerte!

LAURENCIA

¡Bravo pueblo!

2209-10 Falta un verso para completar la redondilla, pero no se interrumpe el sentido.

FRONDOSO

Bravo y fuerte.

JUEZ

¡Esa mujer! Al momento
en ese potro tened.
Dale esa mancuerda luego.

LAURENCIA

Ya está de cólera ciego.

JUEZ

Que os he de matar, creed,
en este potro, villanos.
¿Quién mató al Comendador?

PASCUALA

Fuente Ovejuna, señor.

JUEZ

¡Dale!

FRONDOSO

Pensamientos vanos.

LAURENCIA

Pascuala niega, Frondoso.

FRONDOSO

Niegan niños; ¿qué te espantas?

JUEZ

Parece que los encantas.
¡Aprieta!

LAURENCIA

¡Ay, cielo piadoso!

2223 *mancuerda,* 'el tormento de apretar las ligaduras vuelta tras vuelta'.

JUEZ

¡Aprieta, infame! ¿Estás sordo?

LAURENCIA

Fuente Ovejuna lo hizo.

JUEZ

Traedme aquel más rollizo...
¡ese desnudo, ese gordo!

LAURENCIA

¡Pobre Mengo! Él es sin duda.

FRONDOSO

Temo que ha de confesar.

MENGO

¡Ay, ay!

JUEZ

Comienza a apretar.

MENGO

¡Ay!

JUEZ

¿Es menester ayuda?

MENGO

¡Ay, ay!

JUEZ

¿Quién mató, villano,
al señor Comendador?

MENGO

¡Ay, yo lo diré, señor!

JUEZ

Afloja un poco la mano.

FRONDOSO

Él confiesa.

JUEZ

Al palo aplica
la espalda.

MENGO

Quedo, que yo
lo diré.

JUEZ

¿Quién le mató?

MENGO

Señor, Fuente Ovejunica.

JUEZ

¿Hay tan gran bellaquería?
Del dolor se están burlando;
en quien estaba esperando,
niega con mayor porfía.
Dejaldos, que estoy cansado.

FRONDOSO

¡Oh, Mengo, bien te haga Dios!
Temor que tuve de dos,
el tuyo me le ha quitado.

[ESCENA XV]

Salen con Mengo, Barrildo y el Regidor.

BARRILDO

¡Vítor, Mengo!

REGIDOR

Y con razón.

BARRILDO

¡Mengo, vítor!

FRONDOSO

Eso digo.

MENGO

¡Ay, ay!

BARRILDO

Toma, bebe, amigo.

Come.

MENGO

¡Ay, ay! ¿Qué es?

BARRILDO

Diacitrón.

MENGO

¡Ay, ay!

FRONDOSO

Echa de beber.

BARRILDO

Ya va.

FRONDOSO

Bien lo cuela. Bueno está.

LAURENCIA

Dale otra vez a comer.

2261 *diacitrón* 'La conserva hecha de la carne de cidra. De este término usan los boticarios en todas las cosas de que hacen composición' (Cov.).

2263 Faltan las cinco primeras sílabas de este verso.

MENGO

¡Ay, ay!

BARRILDO

Esta va por mí.

LAURENCIA

Solenemente lo embebe.

FRONDOSO

El que bien niega, bien bebe.

REGIDOR

¿Quieres otra?

¡Ay, ay! Sí, sí.

FRONDOSO

Bebe, que bien lo mereces.

LAURENCIA

A vez por vuelta las cuela.

FRONDOSO

Arrópale, que se hiela.

BARRILDO

¿Quieres más?

MENGO

Sí, otras tres veces.

¡Ay, ay!

FRONDOSO

Si hay vino pregunta.

2268 Es un refrán inventado sobre el modelo de *El que...*, muy frecuente (Ejemplo: "El que no sabe de guerra, dice bien de ella" o "El que sigue la caza, ese la mata".) Comp. 2276.

2274 Obsérvese el juego de palabras entre la exclamación !*ay*¡, interpretada con humor por Frondoso como *hay*, verbo.

BARRILDO

Sí hay. Bebe a tu placer,
que quien niega, ha de beber.
¿Qué tiene?

MENGO

Una cierta punta.
Vamos, que me arromadizo.

FRONDOSO

Que lea, que este es mejor.
¿Quién mató al Comendador?

MENGO

Fuente Ovejunica lo hizo.

Vanse [*todos, menos Frondoso y Laurencia*].

[ESCENA XVI]

FRONDOSO

Justo es que honores le den.
Pero decidme, mi amor,
¿quién mató al Comendador?

LAURENCIA

Fuente Ovejuna, mi bien.

FRONDOSO

¿Quién le mató?

2277 *punta* 'Tener punta el vino, hacerse vinagre' (Cov.).
2278 *arromadizo.* Romadizo: 'catarro' (Cov.), 'acatarrarse'.
2279 Así dicen A y B. No sé por qué Hartzenbusch rectificó el verso: *Es aloque; este es mejor* y lo siguió M. Pelayo. A. Castro prefirió: *Que* [*beba*], *que este es mejor.* Puede pensarse en una broma de Frondoso pasándole la botella por delante, o leer *Que* [*v*]*ea que este es mejor.*

LAURENCIA

¡Dasme espanto!
Pues Fuente Ovejuna fue.

FRONDOSO

Y yo, ¿con qué te maté?

LAURENCIA

¿Con qué? Con quererte tanto.

[ESCENA XVII]

[Sala de un alojamiento de la Reina en uno de sus viajes]

Vanse, y salen el rey y la reina y después Manrique.

ISABEL

No entendí, señor, hallaros
aquí, y es buena mi suerte.

REY

En nueva gloria convierte
mi vista el bien de miraros.
Iba a Portugal de paso,
y llegar aquí fue fuerza.

ISABEL

Vuestra Majestad le tuerza,
siendo conveniente el caso.

REY

¿Cómo dejáis a Castilla?

ISABEL

En paz queda, quieta y llana.

2292 Los Reyes, sin perder la dignidad de tales, también son enamorados, y con amorosa dignidad resolverán el caso (véase v. 2035-8).

REY

Siendo vos la que la allana,
no lo tengo a maravilla.

Sale don Manrique.

MANRIQUE

Para ver vuestra presencia
el Maestre de Calatrava,
que aquí de llegar acaba,
pide que le deis licencia.

ISABEL

Verle tenía deseado.

MANRIQUE

Mi fe, señora, os empeño,
que, aunque es en edad pequeño,
es valeroso soldado.

[ESCENA XVIII]

Sale el Maestre [*y se retira don Manrique*]

MAESTRE

Rodrigo Téllez Girón,
que de loaros no acaba,
Maestre de Calatrava,
os pide humilde perdón.
Confieso que fui engañado,
y que excedí de lo justo
en cosas de vuestro gusto,
como mal aconsejado.
El consejo de Fernando,
y el interés, me engañó,
injusto fiel; y ansí yo
perdón humilde os demando.

Y si recebir merezco
esta merced que suplico,
desde aquí me certifico
en que a serviros me ofrezco.
Y que en aquesta jornada
de Granada, adonde vais,
os prometo que veáis
el valor que hay en mi espada;
donde, sacándola apenas,
dándoles fieras congojas,
plantaré mis cruces rojas
sobre sus altas almenas.
Y más, quinientos soldados
en serviros emplearé,
junto con la firma y fe
de en mi vida disgustaros.

REY

Alzad, Maestre, del suelo,
que siempre que hayáis venido,
seréis muy bien recebido.

MAESTRE

Sois de afligidos consuelo.

ISABEL

Vos, con valor peregrino,
sabéis bien decir y hacer.

MAESTRE

Vos sois una bella Ester,
y vos, un Jerjes divino.

2326 *jornada de Granada.* Propiamente, los Reyes quedaron en Andalucía, y fueron de Sevilla a Jerez, Utrera y volvieron a Sevilla, donde nació en 30 de junio de 1478 el príncipe don Juan. Hasta 1482 no ocurrió la muerte de don Rodrigo en el cerco de Loja.

2331 B: *dándole.* En el texto, como en A. Se sobreentiende que a los moros.

2337 Se entiende: nunca *en mi vida.*

[ESCENA XIX]

Sale Manrique.

MANRIQUE

Señor, el pesquisidor
que a Fuente Ovejuna ha ido,
con el despacho ha venido
a verse ante tu valor.

REY

Sed juez de estos agresores.

MAESTRE

Si a vos, señor, no mirara,
sin duda les enseñara
a matar comendadores.

REY

Eso ya no os toca a vos.

ISABEL

Yo confieso que he de ver
el cargo en vuestro poder,
si me lo concede Dios.

[ESCENA XX]

Sale el juez.

JUEZ

A Fuente Ovejuna fui
de la suerte que has mandado,
y con especial cuidado
y diligencia asistí.

Haciendo averiguación
del cometido delito,
una hoja no se ha escrito
que sea en comprobación;
porque, conformes a una,
con un valeroso pecho,
en pidiendo quién lo ha hecho,
responden: Fuente Ovejuna.
Trecientos he atormentado
con no pequeño rigor,
y te prometo, señor,
que más que esto no he sacado.
Hasta niños de diez años
al potro arrimé, y no ha sido
posible haberlo inquirido
ni por halagos ni engaños.
Y pues tan mal se acomoda
el poderlo averiguar,
o los has de perdonar
o matar la villa toda.
Todos vienen ante ti
para más certificarte;
de ellos podrás informarte.

REY

Que entren, pues vienen, les di.

[ESCENA XXI]

Salen los dos alcaldes, Frondoso, las mujeres y los villanos que quisieren.

LAURENCIA

¿Aquestos los Reyes son?

FRONDOSO

Y en Castilla poderosos.

2385 Véanse 1543, 1235 y los casos citados.

LAURENCIA

Por mi fe, que son hermosos:
¡bendígalos San Antón!

ISABEL

¿Los agresores son estos?

ALCALDE ESTEBAN

Fuente Ovejuna, señora,
que humildes llegan agora
para serviros dispuestos.
La sobrada tiranía
y el insufrible rigor
del muerto Comendador,
que mil insultos hacía,
fue el autor de tanto daño.
Las haciendas nos robaba
y las doncellas forzaba,
siendo de piedad extraño.

FRONDOSO

Tanto, que aquesta zagala
que el cielo me ha concedido,
en que tan dichoso he sido
que nadie en dicha me iguala,
cuando conmigo casó,
aquella noche primera,
mejor que si suya fuera,
a su casa la llevó.
Y a no saberse guardar
ella, que en virtud florece,
ya manifiesto parece
lo que pudiera pasar.

MENGO

¿No es ya tiempo que hable yo?
Si me dais licencia, entiendo
que os admiraréis, sabiendo
del modo que me trató.

Porque quise defender
una moza, de su gente
que, con término insolente,
fuerza la querían hacer,
aquel perverso Nerón
de manera me ha tratado,
que el reverso me ha dejado
como rueda de salmón.
Tocaron mis atabales
tres hombres con tal porfía,
que aun pienso que todavía
me duran los cardenales.
Gasté en este mal prolijo,
porque el cuero se me curta,
polvos de arrayán y murta,
más que vale mi cortijo.

ALCALDE ESTEBAN

Señor, tuyos ser queremos.
Rey nuestro eres natural,
y con título de tal
ya tus armas puesto habemos.
Esperamos tu clemencia,
y que veas, esperamos,
que en este caso te damos
por abono la inocencia.

REY

Pues no puede averiguarse
el suceso por escrito,
aunque fue grave el delito,
por fuerza ha de perdonarse.

2432 *polvos de arrayán y murta*: *Arrayán* "...en medicina sirve esta planta con su raíz, hoja y fruto para grandes remedios, como lo refiere Dioscórides, lib. I, cap. 128, y allí su comentador Laguna...". *Murta*: "El arrayán pequeño llamamos *murta*" (Cov.).

2433 *cortijo*: obsérvese que es la casa de los labradores humildes.

Y la villa es bien se quede
en mí, pues de mí se vale,
hasta ver si acaso sale
comendador que la herede.

FRONDOSO

Su Majestad habla, en fin,
como quien tanto ha acertado.
Y aquí, discreto senado,
Fuente Ovejuna da fin.

FINIS

ESTUDIO SOBRE *FUENTE OVEJUNA* DE CRISTÓBAL DE MONROY

1. Cristóbal de Monroy y su "Fuente Ovejuna"

Cristóbal de Monroy y Silva (1612-1649) vivió sólo treinta y siete años, y resulta por tanto una promesa frustrada para el teatro, aunque ha dejado una obra literaria suficiente como para que se le tenga en cuenta: 37 títulos recogió Manuel Bem Barroca en su tesis doctoral. El autor nació en Alcalá de Guadaira, y puede considerársele como sevillano; es un seguidor de la escuela de Lope; artesano más bien que artífice del teatro español, conoce por dentro los recursos de la escena, y tiene un estilo suelto, que lo mismo usa la hinchazón verbal que detiene la comedia y la expande en lirismo palabrero que el diálogo restallante, precipitado. Y sobre todo sabe lo que gusta a un público que conoce ya el magisterio teatral de Lope y que cuenta con el teatro como si fuese una institución de la vida nacional, tan necesaria como el pan.

Monroy escribió, siguiendo en esto a Lope, sobre gran número de temas. Bem Barroca clasifica sus comedias en religiosas, mitológicas y ciclo troyano, historia y leyendas de España, de ficción morisca y caballeresca y de costumbres. La de *Fuente Ovejuna* está entre las cinco históricas que escribió, y conviene mencionar que otra, *Las mocedades del Duque de Osuna* trata de don Pedro Téllez Girón (1574-1624); las aventuras galantes unas, caballerescas otras, en medio de un ambiente de colorida diversión contrastan con las otras mocedades del Rodrigo Téllez Girón, de Lope, rebelde por su inexperiencia y sus pocos años y malos consejeros. Sólo que Monroy elimina, como veremos, de la escena de su *Fuente Ovejuna* al Maestre de Calatrava, y únicamente se menciona al final en forma indirecta diciendo que nombra nuevo Comendador a don Juan de Mendoza, episodio que no tiene verosimilitud.

2. SENTIDO HISTÓRICO DE LA OBRA DE MONROY

El tratamiento de un mismo asunto por dos autores del teatro español de los Siglos de Oro fue bastante frecuente, y la obra de Monroy fue conocida por la erudición crítica, al menos desde el Romanticismo. La opinión del conde de Schack resulta favorable para la nueva versión pues estima que el drama de Lope "fue imitado con fortuna por Cristóbal de Monroy". [1] La de Menéndez Pelayo no es tampoco negativa: "Esta refundición no es despreciable. Monroy era poeta de mérito entre los de segundo orden y no carecía de fuerza melodramática". [2] Las dos maneras de referirse a la nueva *Fuente Ovejuna* (imitación y refundición) se han de entender con un criterio muy amplio, pues en el caso de las varias versiones de una obra de esta clase no hay intención de plagio, sino una recreación del fondo del argumento (que por otra parte no era de los imaginados enteramente por Lope). El hecho de Fuente Obejuna sigue sirviendo como fondo, y da otra vez título a la obra, pero tanto los personajes ficticios como el argumento dramático son distintos.

1 A. F. Conde de Schack, *Historia de la Literatura y del Arte Dramático en España*, edición española citada, III, pág. 50.
2 M. Pelayo, *Estudios*, V, pág. 182.

El argumento de Monroy no indica que se propusiera seguir las fuentes históricas en forma más cerrada que Lope. La *Chrónica* de Rades le es conocida, pues se vale de ella en pormenores circunstanciales. Don Juan de Figueroa, el Comendador de Vallaga que es padre de doña Flor, se encuentra, en efecto, citado en la *Chrónica* como uno de los Comendadores del tiempo del Maestre don Rodrigo,[3] y al fin de la obra, cuando da cuenta de los que murieron con el Comendador, recoge precisamente la mención de que se defendió dos horas,[4] y da la misma cifra de catorce hombres[5] que trae la *Chrónica.*[6] Recoge casi los mismos "apellidos" de la rebeldía,[7] y también se mencionan los escuadrones de mujeres y niños.[8] Estos son indicios de que persiste el mismo fondo documental, y Monroy se alejó de Lope en forma que parece no haberlo tenido en cuenta en cuanto a la creación teatral, valiéndose sin embargo de las mismas noticias.

La misma realidad de Fuente Obejuna parece también sujeta a la invención dramática. Si Lope pobló el lugar de villanos bondadosos, y de raigambre pastoril, Monroy la interpreta más bien en un sentido urbano, y la presencia de comediantes,[9] la relación de los oficios,[10] y las críticas de una situación social que se siente viva,[11] inclinan hacia una concepción del ambiente más del lado de la ciudad que del campo. En todo caso, en torno de la villa sitúa la sierra,[12] donde están las quintas de labor y recreo. Jurón no vacila en declarar que las mujeres del lugar son extremadamente feas,[13] y aunque hay una de ellas, la hija del

3 Fol. 81v; la mención en 2670-2.
4 3115.
5 3121.
6 Fol. 80v.
7 Entre 2959 y 60; 2983-4, 3105-8, 3134-5.
8 3191-2.
9 117-205 y 732-64.
10 2290-306.
11 2280-330 y 2358-89.
12 365; *serranas* son las mujeres del lugar (480).
13 634.

Regidor, que se considera hermosa, esto rompe el prestigio de la belleza natural presente en Lope. Cabe notar que la descripción de los jardines, tan acusada en la obra,[14] sustituye a la otra naturaleza de fondo, y con esto la obra de Monroy se inclina a la tendencia calderoniana, cruzada con el gran impulso gongorino que anima la evocación concreta de la realidad de las flores, interpretada poéticamente.[15] Monroy no da a su comedia el apoyo filosófico de Lope, y este sentido de una realidad vivida poéticamente en la escena tiene su contrapeso humano en el aspecto picaresco que se insinúa en Jurón[16] y en el carácter truculento de la escena de la calavera,[17] y en el pormenor macabro de que el pueblo iracundo se come al Comendador,[18] interpretación exasperada de la violencia de la *Chrónica* que desvía la simpatía con que Lope interpreta la rebelión popular.

3. Los personajes y el argumento de la comedia de Monroy.

Conviene, por tanto, dar la nómina de los personajes de Monroy y resumir el nuevo asunto que acompaña a los hechos de la rebelión de la villa.

Los personajes están divididos en dos grupos. Uno lo forman el Comendador, que se llama en esta obra Fernando de Guzmán (recuérdese que en la *Chrónica* se menciona como Fernán Gómez de Guzmán), don Juan de Mendoza, un fiel hidalgo que es su privado, con su criado Jurón, los caballeros don Enrique y don Sancho, y doña Flor,[19] hija de don Juan de Figueroa,

[14] 396-421, y sobre todo 869-908.

[15] Véase Emilio Orozco Díaz, *Temas del barroco*, "Ruinas y jardines", Granada, 1947, en especial págs. 158-172.

[16] Emplea la voz *pícaro* en 2290.

[17] 2579-91.

[18] 3196-204.

[19] *Flor* fue nombre empleado por Lope en sus comedias sólo dos veces, y para damas francesas; sí es frecuente Flora (Véase S. G. Morley y R. W. Tyler, *Los nombres de personajes en las comedias de Lope de Vega*, obra citada en los lugares correspon-

Comendador de Vallagas. Monroy aprovechó también a la dama de su comedia para que anduviese por la escena vestida de hombre, recurso siempre grato a la actriz y muy del gusto del público,[20] y que pelease con su propio enamorado; puede que con esto quisiera dar cierta verosimilitud escénica a la abierta rebeldía y venganzas de las mujeres de la comedia de Lope, que no se disfrazan para esto y que hacen de sus velos banderas contra el Comendador.

Y en el otro grupo se encuentran los vecinos de la villa, que intervienen muy poco y que apenas se mencionan con un nombre determinado: el Alcalde Gil, el Regidor, Margarita, hija del Regidor, e incidentalmente Camacho; también salen un actor y un cura. El más definido es Jurón, cuyo nombre tiene un claro matiz andaluz pues se asocia con el hurón;[21] es el criado de don Juan pero también sirve al Comendador, del que procura aprovecharse.[22] No hay hechos de armas en la comedia, pues sólo están en escena hidalgos y villanos, y la diferencia es radical, según declara el Comendador: "Con los villanos ninguno — que es noble puede reñir".[23] En algún punto se disculpa a este Comendador con lo mismo que en la obra de Lope se hizo con el Maestre; don Juan lo considera "inadvertido joven",[24] y la ordenación social

dientes). Está en la misma intención de llamar al personaje femenino más importante con un nombre poético.

20 Carmen Bravo Villasante, *La mujer vestida de hombre en el teatro español*, Madrid, 1955.

21 2371-2.

22 Jurón, forma andaluza del hurón, se llama lo mismo que otro servidor, de alta alcurnia literaria, Furón o Hurón, el escudero de Juan Ruiz, Arcipreste de Hita (*Libro de Buen Amor*, versos 6598-6613). Con cerca de tres siglos por medio, un extraño parecido relaciona a estos dos hurones: ambos son servidores de sus señores: Don Juan y el Arcipreste, y en relación con ellos, procuran beneficiar cada uno a su modo los amores de los amos. La figura descrita por el Arcipreste tiene muchos aspectos que se hallarán después en el tipo del donaire; este escudero del tal amo es un anuncio del criado de la comedia española, y además, en el caso concreto de Monroy, existe la turbadora coincidencia del nombre.

23 1129-30.

24 1921.

se guardará rigurosa, con el Comendador a la cabeza; no obstante, sus nobles criados acabarán atacándolo y don Juan mismo exclama: "Tan bueno soy como él". [25] Apartado, pues, el Maestre y los hechos de Ciudad Real, el argumento se concentra, y con menos personajes se logra una comedia más extensa.

La acción de estos personajes en el argumento de Monroy ocurre de la siguiente manera, que doy con detenimiento porque la obra de Monroy es muy poco conocida, frente a la fama de la de Lope, y conviene tener una idea general de su desarrollo: En el comienzo de la comedia el Comendador se muestra violento con el pueblo de la villa, y manda a su Alcalde que los vecinos mantengan a una compañía de cómicos, llamada por él para su diversión. Pronto se plantea el caso de amor, pero en la obra de Monroy el Comendador, que corre tras de las villanas, se enamora de doña Flor, hija de don Juan de Figueroa, Comendador de Vallagas, la cual vive en una quinta de las cercanías de Fuente Obejuna. No sabe el Comendador que don Juan, su amigo y privado, y doña Flor se aman, y cuando el señor confía al fiel vasallo el objeto de sus deseos, en un principio los enamorados se conciertan para entretenerle y desviar esta pasión. La figura del Comendador se hace cada vez más odiosa por la desconsiderada manera de tratar a los del pueblo, los tributos que les impone y los agravios que infiere a sus mujeres. Al principio del Acto II maltrata al cura del lugar. Caprichosamente hace prender al Regidor, y pone como precio de su libertad la honra de su hija Margarita. A medida que crecen los desafueros, la indignación de don Enrique y don Sancho, caballeros de su acompañamiento, hace que tramen una conjura para matar a su señor. La intriga entre el Comendador y doña Flor se complica; ella rechaza sus propósitos amorosos con energía, y el audaz señor envía al propio don Juan para negociar el caso, si bien comienza a

[25] 1602.

sospechar algo de las relaciones de los enamorados; y una noche, el Comendador, que ya conoce los amores de los dos, obliga a don Juan a darle palabra de que se quedará en el pueblo, y sale para la quinta de la dama. Don Juan entonces se considera deshonrado de cualquier manera; si se queda, el Comendador puede forzar la voluntad de Flor; si va a la quinta, el fiel servidor romperá la palabra empeñada. Y con todo decide irse. Esa misma noche don Enrique y don Sancho han acordado matar a su señor. Sabedores de que se dirige a la quinta de doña Flor y de la maligna intención que lo anima, le salen al paso embozados y lo atacan, pero otro embozado lo defiende y saca del trance con bien. El embozado, que es don Juan, está en escena cubierto y no se da a conocer; y el Comendador agradecido, sin saber quién es, le entrega un anillo en señal de que le otorgará un favor que le pida, cualquiera que éste sea. El Comendador sigue su camino a la quinta, sorprende a doña Flor en el lecho, y cuando quiere forzar su resistencia, el embozado, que ha seguido al contumaz Comendador hasta allí, aparece enseñándole el anillo, y le pide que cumpliendo su promesa, se retire. Así lo hace, y don Juan recoge a la desmayada dama, que vuelve en sí en brazos de su amado. En el Acto III el Comendador sigue obsesionado por la resistencia de doña Flor; en una lograda escena, mientras se acicala con el lavamanos y la toalla, oye indiferente la queja del Regidor a cuya hija deshonró, y ordena le den de palos. Don Enrique y don Sancho avivan entonces la conjura de los aldeanos; dan aviso a don Juan con un papel, pero el privado no quiere ser traidor con el que es su amigo y señor, a pesar del daño que de él recibe. Sin embargo, doña Flor, alzándose como mujer ofendida, se disfraza de varón para matar al descomedido señor, y al saber por el mismo papel la conjuración que se está tramando, corre a unirse a ella. Los pronósticos contrarios advierten al Comendador del peligro; pero él, osado hasta frente a los avisos de la muerte, discute con don Juan, le disputa abiertamente su dama y quiere matarlo. Don Juan, al cabo, ha de luchar con él, espada en mano; y en este punto llegan los conjurados don Enrique, don Sancho, doña Flor, disfrazada de caballero, la hija del Regidor, el alcaide y los aldeanos, y dan muerte al Comendador. La escena del pesquisidor es brevísima, y el propio Maestre, informado (según se cuenta en escena) del caso, nombra nuevo Comendador a don Juan, que se casa con doña Flor.

4. El estilo de Monroy

La condición del habla de los personajes orienta estas mismas apreciaciones y las corrobora. Si el campo no es el ambiente fundamental de la escena, falta el lenguaje villanesco; y en todo caso la diferenciación social entre los caballeros y los villanos está solamente insinuada por arcaísmos y palabras mal aprendidas o entendidas, que es un recurso cómico general. Por tanto, apenas hay indicios del habla popular; así ocurre con: *nueso*; [26] las exclamaciones del Alcalde; [27] el título que da al Comendador *reeminencia*; [28] el *regidoro*; [29] *sotrecientos*; [30] la confusión de vocablos *esencia-presencia,* [31] *turbar-enturbiarse,* [32] *temor-tambor.* [33] La fuerza de la rima mantiene algún arcaísmo poético (*vido,* [34] y *vide,* [35] fuera de rima), pero esto es en grado mínimo.

Si el habla de los vecinos no resulta decisiva en la caracterización de la obra, la tendencia estilística de la comedia se orienta en el otro sentido; el de la artificiosidad propia del convencionalismo del lenguaje cómico. La obra de Monroy pertenece a un sentido ya definido y muy transitado, que ha llegado a constituir el estilo general de la expresión dramática. Los perso-

[26] 122.
[27] 135-39; 181.
[28] 145.
[29] 749.
[30] 736.
[31] 734.
[32] 771-2.
[33] 779-80.
[34] 1858.
[35] 3091.

najes de la escena se valen del lenguaje de la lírica culta, y lo combinan con el diálogo dramático para obtener así un ritmo de expresión en el que el lujo verbal es una de sus características. Este lujo es lo mismo léxico, que sintáctico, que retórico, y con él se detiene en determinadas ocasiones el desarrollo del argumento y se muestran alardes narrativos, tanto de orden descriptivo, como introspectivo. Menéndez Pidal señaló una segunda manera en el arte cómico de Lope: "La afición al teatro ha aumentado extraordinariamente. Los espectadores de los corrales de comedia son todavía en gran parte un vulgacho de escuderos, oficiales, muchachos y mujeres que maltratan deslenguadamente a las musas si no les hablan *en necio* como antes; pero además entre ellos hay ociosos *marquesotes,* hidalgos ricos, de engomados bigotes y daga sobre el pecho, mal criados, pero bastante leídos para escribir sonetos y *hablar por alambique*; hay barbudos licenciados que entienden a medias

los versos más sonoros, más limados
altas imitaciones y concetos;

hay también hasta algún sabio cuyo aplauso es lo que más codicia el poeta. Este conjunto ya no puede llamarse *el vulgo*; ha ganado en categoría". [36] Esta manera del Lope maduro es la que sigue y desarrolla Monroy, y que caracteriza esta *Fuente Ovejuna* en profundo contraste con la otra de Lope; parece como si con el escritor de Sevilla (pues Alcalá queda muy cerca de la ciudad del Betis) creciese esta propensión por la luz y color verbales, y el uso de la imagen diese constante brillo al lenguaje de la obra; así cuando el criado anuncia la llegada del enamorado señor, se considera como "relámpago de su trueno"; [37] un elogio de don Juan a Flor es decirle que su ingenio es

[36] Ramón Menéndez Pidal, "El Arte nuevo y la nueva biografía", en *De Cervantes y Lope de Vega,* Madrid, 1948, pág. 153.
[37] 473.

"peregrino", [38] y esto define la tendencia por el uso de las comparaciones extensas [39] y los alardes imaginativos y conceptuales, de los que el más acusado es la descripción del jardín, [40] tal como corresponde a una tendencia gongorina; y el más espectacular se halla en el monólogo de la Margarita ultrajada, cuyo estudio hago en las notas del pie del texto. Ya hizo ver Bem Barroca en el trabajo mencionado [41] que el poema de Monroy *Canción real de la vida de San Pablo* y el de la *Pintura de una cueva*... (Sevilla, 1633) son de claro influjo de Góngora, por el que el alcalaíno declara su admiración. En las octavas de la referida descripción se diría que el autor quiere evocar con todo su vigor el jardín que el escenario sólo puede ofrecer con la escasa eficacia de la escenografía, aun contando con que ésta sea lo más aparatoso que se pueda en los corrales de Sevilla; la palabra es entonces pincel para sugerir el color de plantas y flores, y la retórica refuerza esta voluntad de estilo con su eficacia. Por otra parte, el influjo del teatro alegórico obsérvase en otras partes, como en el soliloquio de don Juan, que es una representación interior de la duda entre honor y lealtad. [42]

Los personajes nobles son los que más se benefician de esta caracterización; así ocurre con el Comendador cuando da cuenta a don Juan de su encuentro con Flor; [43] Flor en la descripción del campo; [44] don Juan

[38] 677.

[39] Por ejemplo, 919-34, en que se desarrolla una imagen marina, al modo épico, a través de dos octavas; ó 2075-2087, con una imagen venatoria.

[40] 869-908 y 2648-69.

[41] Dice Bem Barroca: "Que don Cristóbal tenía gran admiración por Góngora, se puede verificar en estos versos de *La Alameda de Sevilla*, Jorn. III, pág. 27:

... aquel cordobés noble,
amparo de las musas
y milagro del orbe...

(Bem Barroca, *Monroy*, pág. 87).

[42] 1802-81.

[43] 228-357.

[44] 396-421.

en la del jardín,[45] y en la de doña Flor;[46] el soliloquio del honor de don Juan;[47] el relato de Flor contando los intentos del Comendador;[48] el soliloquio del Comendador ante los augurios;[49] el extenso diálogo entre don Juan y el Comendador contando cada uno su amor por Flor.[50] Aun el romance de doña Flor en que describe la muerte del Comendador,[51] se desarrolla con el mismo aparato. Se da el caso de que los villanos también se valen de la misma expresión cuando se encuentran en una fuerte situación emocional: así el soliloquio de la deshonra de Margarita,[52] o el Regidor pidiendo justicia.[53]

En algún caso aparece la condición andaluza del autor en el aspecto fonético, si bien la posteridad de la edición invalida los testimonios que no se muestren por la rima, y que corrijo sin más (*desienden,*[54] *dozel,*[55] *clavasón*).[56] Los de la rima sí son de interés en lo que hace a la confusión *z/s*: *atroz-Dios,*[57] *veces-intereses,*[58] *fineza-priesa,*[59] *alboroza-hermosa,*[60] *paz-vencerás,*[61] y *es-altivez.*[62] Y también *prevenid-aquí.*[63]

5. La versificación

La versificación en la obra de Monroy recoge las modalidades comunes de las redondillas, un cierto número de quintillas, los romances, octavas reales y un soneto; acaso lo más notable sea el gran uso de las silvas de consonantes, que es la forma métrica italianizante que se usa más profusamente. Monroy las emplea con la rima consonante en parejas seguidas, siendo indiferente la combinación de heptasílabos y endecasílabos: 11A-11A-7B-7B-7C-11C, etc.; si bien en alguna ocasión la usa para el diálogo ordinario, suele

[45] 869-908.
[46] 909-940.
[47] 1802-81.
[48] 2053-148.
[49] 2456-95.
[50] 2604-939.
[51] 3061-208.
[52] 1317-80.
[53] 2193-236.
[54] 658.
[55] 1604.
[56] 2777.
[57] 1140 y 1.
[58] 1298 y 99.
[59] 2149 y 50.
[60] 2460 y 3.
[61] 3034 y 7.
[62] 3045 y 8.
[63] 1172 y 3.

reservarse para los trozos líricos, de enjundia gongorina, igual que ocurre con las octavas.

A continuación establezco el cuadro de uso de las formas métricas de la comedia:

Jornada I

Escena	N.º de orden de los versos [64]	N.º de estrofas	N.º de versos	Forma métrica
I	1-105	26	105	Redondillas abrazadas
II	**105-143	—	38	Romance de rima: é-a
III	**143-395	—	252	Sigue el romance de rima: é-a
IV	396-421	—	26	Silva de consonantes
V	422-509	22	88	Redondillas abrazadas
V	510-523	1	14	Soneto
V	*524-525	1/2	2	Redondillas abrazadas
VI	526-527	1/2	2	Siguen redondillas abrazadas
VI	528-712	—	185	Romance de rima: ó
VII	713-762	—	50	Silva de consonantes
VII	763-865	—	103	Romance de rima: é-o
VIII	**865-868	—	3	Sigue el romance de rima: é-o
VIII	869-940	9	72	Octavas reales
VIII	941-998	—	58	Prosigue el romance de rima é-o

Jornada II

Escena	N.º de orden de los versos	N.º de estrofas	N.º de versos	Forma métrica
I	999-1044	11,1/2	46	Redondillas abrazadas
II	*1045-1074	7,1/2	30	Siguen redondillas abrazadas
III	1075-1178	26	104	Siguen redondillas abrazadas

64 Como en el caso de la obra de Lope, un asterisco indica que la separación entre las escenas rompe la unidad de estrofa; dos asteriscos indican que además se rompe en las mismas circunstancias la unidad del verso. En las rimas, la letra mayúscula indica la consonante, y la minúscula la asonante.

Escena	Escena orden N.° de versos	N.° de estrofas	N.° de versos	Forma métrica
IV	1179-1186	2	8	Siguen redondillas abrazadas
IV	1187-1276	18	90	Quintillas de diversas combinaciones
V	1277-1316	—	40	Silva de consonantes
VI	1317-1380	—	64	Romance de rima: á-a
VII	1381-1392	3	12	Redondillas abrazadas
VIII	1393-1405	—	13	Romance de rima: é
IX	1406-1422	—	16	Sigue el romance de rima: é
X	**1422-1482	12	60	Quintillas de diversas combinaciones
X	1483-1606	—	124	Romance de rima: é
XI	1607-1633	7	27	(falta 1 verso) Redondillas abrazadas
XI	1634-1652	4	20	Quintillas de diversas combinaciones
XI	1654-1743	—	90	Romance de rima: í-o
XII	1744-1771	7	28	Redondillas abrazadas
XIII	1772-1801	—	30	Romance de rima: á
XIII	1802-1881	16	80	Quintillas de diversas combinaciones
XIV	1882-1928	—	47	Romance de rima: á
XV	1929-1964	—	36	Sigue el Romance de rima: é
XV	1965-2000	9	36	Redondillas abrazadas
XVI	2001-2052	13	52	Siguen redondillas abrazadas
XVI	2053-2162	—	110	Silva de consonantes

Jornada III

Escena	N.° de orden de los versos	N.° de estrofas	N.° de versos	Forma métrica
I	2163-2172	2	10	Quintillas de diversa combinación
I	2173-2186	—	14	Romance de rima: í
II	2187-2236	—	50	Silva de consonantes
II	2237-2273	—	37	Sigue el romance en í
III	2274-2393	—	120	Romance de rima: é-o

Escena	N.º de orden de los versos	N.º de estrofas	N.º de versos	Forma métrica
IV	2394-2455	—	62	Romance heptasílabo de ri é-o
V	2456-2495	10	40	Redondillas abrazadas
V	2496-2499	1	4	Cuarteta octosílaba (fragmento de romance)
V	2500-2591	—	92	Romance de rima: ó-a
VI	2592-2791	—	200	Sigue el romance de rima: ó-a
VI	2792-2971	—	180	Romance de rima: ó-o (los versos 2960 y 1 son hexasílabos)
VII	2972-3016	—	45	Sigue el romance en rima: ó-o
VIII	3017-3060	11	44	Redondillas abrazadas
VIII	3061-3208	—	148	Romance de rima: ú-a
VIII	3209-3212	1	4	Cuarteta hexasílaba
VIII	3213-3218	—	6	Sigue el romance: ú-a
IX	3219-3234	—	16	Sigue el romance: ú-a
X	3235-3260	—	26	Sigue el romance: ú-a
X	3261-3264	—	4	Cuarteta hexasílaba
X	3265-3270	—	6	Sigue el romance: ú-a

Porcentaje en el uso de las formas métricas:

Romance octosílabo	59,6 %
Redondillas abrazadas	19 %
Silva de consonantes	8,4 %
Quintillas	7,9 %
Octavas	2,2 %
Romance heptasílabo	1,9 %
Sonetos	0,4 %
Cuartetas hexasílabas	0,2 %
Cuartetas octosílabas	0,1 %

NOTA PREVIA

La *Fuente Ovejuna* de Cristóbal de Monroy se conserva en una edición suelta del siglo XVIII, en cuya primera página, como es común en esta clase de obras, figura en el encabezamiento el título y autor (*Fuente Ovejuna* Comedia famosa, De don Christoval de Monroy), sin que exista ni mención del impresor ni del lugar y fecha. En la presente edición modernizo el texto por entero por tratarse de una impresión tan tardía, y por eso no reproduzco las grafías de la misma; no obstante, si en algún caso encontré algún rasgo que convenía mantener, lo hice así, y en la pág. 191 mencioné algunas particularidades de la condición andaluza del autor e impresión. Como es frecuente que en la obra los personajes hablen para sí, para mayor claridad pongo entre paréntesis los trozos que se suponen dichos murmurando o aparte. El texto, como ocurre con estas sueltas tardías de autores de prestigio limitado, está bastante maltrecho en la edición, y procuro aclararlo en lo que puedo, tal como se explica en las notas.

FVENTE OVEJUNA.

COMEDIA FAMOSA,

DE DON CHRISTOVAL DE MONROY.

Repreſentòla Amarilis.

Hablan en ella las Perſonas ſiguientes.

El Comendador.	*Don Enrique.*	*Vn Regidor.*
Don Juan.	*Sancho.*	*Vn Alcalde.*
Flor Dama.	*Margarita.*	*Juron gracioſo.*

JORNADA PRIMERA.

Sale Don Iuan, y Iuron con vn pap. l.

D. Iu. Viſtela mi bien? *Iur.* Si ſeñor,
y mas hermoſa que el Alva,
à quien haze dulce ſalva
el ſonoroſo rumor
de las Aves, quando oſtenta
en pielagos de eſcarlata,
boundaciones de plata,
con que la ſelva alimenta:
Donde ſus flores honora,
y ſin que ſu empeño fie,
ya parece que ſe rie,
y ya parece que llora.
Y entre llorar, y reir,
tributa en bellos candores,
alkofares à las flores,
y celajes al zafir.
Aſſi Flor, viendo el papel,
en reciproca alegria,
le hoſpeda con corteſia
de ſu boca en el clavèl,
Y entre ti unos de enojos
cambia ſu toſco candor
en dulce venda de amor,
pues que le toca en los ojos.
Los quales, por competir
con el derramar mil perlas,
que fue forçoſo verter las
quetiendo el dia reir,
rìo el dia, rìo, ſeñor,
Flor, que à tu amor correſponde,
y eſta à tu papel reſponde
candidiſſimo favor.

d. Iu. O ſoberano deſpojo
de la gloria que venero,
y de ſu eſfera lucero.

Iur. De oſ te, ſeñor, me enojo,
que à vn papel, que en concluſion
es hecho de mil harapos,
tiras, remiendos y trapos
le dèn tanta oſtentacion.

d. Iu. Quiero leer, no me impidas.

Iur. Que vn papel pueda baſtar
tan ſolamente à quitar
honras, haziendas, y vidas,
que lo beſen, que lo adoren,
que lo enſalçen, y ſublimen,
que lo quieren, que lo eſtimen,
que lo guarden, que lo doren,
por Dios que par ce ſueño.

d. Iu. Ya he leido. *Iur.* Què te eſcrive?

d. Iu. Feſtejo el alma recibe
con el favor de mi dueño.
Mis deſſeos agradece,
mi perſeverancia anima,
mis eſperanças eſtima,
y mi [illegible] erazo favorece.
Deſpues que en la Quinta eſtà.

FUENTE OVEJUNA

COMEDIA FAMOSA, DE DON CRISTÓBAL DE MONROY

Representóla Amarilis. *
Hablan en ella las personas siguientes:
EL COMENDADOR [*Fernando de Guzmán*].
DON JUAN [*de Mendoza, caballero*].
FLOR, *Dama.*
DON ENRIQUE [*caballero*].
SANCHO [*caballero*].
MARGARITA [*hija del Regidor*].
UN REGIDOR.
UN ALCALDE [*Gil*].
JURÓN, *gracioso.*

* La Amarilis (nombre frecuentísimo en medios artísticos) que menciona Monroy (o su editor) que representó la obra, ¿sería María de Córdoba? Es probable, y acaso sea también la que representó *El zurdo alanceador*, entremés de Quevedo en cuya edición de Segovia, 1628, se dice: "Representóle Amarilis en Sevilla". Esta piececilla acaba con estas seguidillas de baile:

Jesús, ¿qué tengo?
Solos doce galanes,
y quiero ciento.

(*Obras Completas de don F. de Quevedo,* Madrid, 1932, Obras en verso, pág. 588).

Véase también la nota de Astrana en Ídem., Obras en prosa, Carta LII, año 1621, pág. 1410. Y también E. Cotarelo y Mori, "María de Córdoba (Amarilis) y su marido Andrés de la Vega", *Revista de la Biblioteca, Archivo y Museo,* 1933, separata de 37 págs. No puede ser que se refiera a la visita de Felipe IV a Andalucía en que E. Asensio estima que se pudo representar el mencionado entremés de Quevedo (*Itinerario del entremés,* Madrid, 1965, pág. 237).

JORNADA PRIMERA

[ESCENA I]

[*Calle de Fuente Ovejuna.*]

Sale don Juan y Jurón con un papel.

DON JUAN

¿Viste a Flor?

JURÓN

Sí, señor,
y más hermosa que el alba,
a quien hace dulce salva
el sonoroso rumor
de las aves, cuando ostenta
en piélagos de escarlata
inundaciones de plata,
con que a la selva alimenta;
donde sus flores honora
y sin que su empeño fíe
ya parece que se ríe
y ya parece que llora.
Y entre llorar y reír
tributa en bellos candores
aljófares a las flores
y celajes al zafir.
Así Flor, viendo el papel,
en recíproca alegría,
le hospeda con cortesía
de su boca en el clavel.

Y entre tiernos desenojos
cambia su tosco candor
en dulce venda de amor,
pues que le toca en los ojos,
los cuales por competir
con el derramar mil perlas,
que fue forzoso verterlas
queriendo el día reir.
Rió el día, rió, señor,
Flor, que a tu amor corresponde,
y este a tu papel responde
candidísimo favor.

DON JUAN

¡Oh soberano despojo
de la gloria que venero,
y de su esfera, lucero!

JURÓN

De oirte, señor, me enojo.
¡Que a un papel que en conclusión
es hecho de mil harapos,
tiras, remiendos y trapos,
le den tanta ostentación!

DON JUAN

Quiero leer, no me impidas.

JURÓN

¡Que un papel pueda bastar
tan solamente a quitar
honras, haciendas y vidas,
que lo besen, que lo adoren,
que lo ensalcen y sublimen,
que lo quieran, que lo estimen,
que lo guarden, que lo doren,
por Dios, que parece sueño!

DON JUAN

Ya he leído.

[JURÓN]

¿Qué te escribe?

DON JUAN

Festejo el alma recibe
con el favor de mi dueño.
Mis deseos agradece,
mi perseverancia anima,
mis esperanzas estima
y mi afición favorece.
Después que en la quinta está
temiendo el atrevimiento
del Comendador, intento
acertado, porque ya
declarado en su ambición,
soberbio y determinado,
ni de la ley obligado
ni sujeto a la razón,
pone al lugar cada día
mil tributos, y en rigor
quita a todos el honor,
dando rienda a su osadía.
No le he visto, por mi mal.
Y avísame, amigo, en este,
que después que el sol se acueste
en túmulos de cristal,
vaya a la quinta; tú, pues,
ve a avisar...

JURÓN

¡Caso extremado!

70 *este*: refiérese al papel.
74 *Quinta*: "La hacienda de labor en el campo, con su casería. Díjose así porque el arrendador de ella da al señor por concierto la quinta parte de lo que coge de frutos" (Cov.). Por la descripción de la obra, la rodean jardines y la habitan los señores.

DON JUAN

...porque no esté con cuidado,
que yo partiré después.

JURÓN

Manda que un rocín me den
para que luego camine,
porque a la mula en que vine
es tal, que cuantos la ven,
no saben si es mula; ya
trotaba tirando así
las respingos por aquí,
y las coces por allá;
ya colérica corría,
ya lozana paseaba,
ya cansada se paraba,
y alborotada volvía.
Relinchos da al parecer
y rebuznos articula;
al fin, señor, ni era mula
ni lo dejaba de ser.

DON JUAN

Toma el rocín que quisieres,
y dile a Flor que esta tarde
me partiré.

JURÓN

Dios te guarde,
¡y qué lindo amante que eres!
Bien puede amor coronarte
por firme.

DON JUAN

A tanta belleza
se debe cualquier fineza.

JURÓN

¿Y si tiene en qué ocuparte
hoy el Comendador?

DON JUAN

No
faltará excusa que dar,
aunque no sale a rondar
sin que le acompañe yo.
Vete.

JURÓN

Adiós.

[ESCENA II]

Vase Jurón, y sale don Enrique y un Alcalde de villano, muy enojado.

DON ENRIQUE

Reporte, alcalde,
la cólera.

ALCALDE

Linda flema,
por el siglo de mi tía.

DON ENRIQUE

Advierta
que gusta el Comendador.

ALCALDE

Basta que a la villa venga
un escuadrón de soldados
para sustentar en ella
la voz del de Portugal,

haciéndonos mil ofensas,
mil injurias, mil agravios...

DON JUAN

¿Qué es eso?

ALCALDE

Una impertinencia
notable, señor don Juan.
Llegó al lugar esta siesta
un tropel de carros, llenos
de cajas, cruces, banderas,
harpas, penachos, vaqueros,
cortinas, barbas, vihuelas.
¡Cómo...!, por nueso Señor,
que no cabe en el aldea
el aparato que traen
los comediantes, y a fuerza
del diablo, don Enrique,
que tienen de hacer comedias.
¿Tan descansados estamos?
¿Tantos vínculos y rentas
tenemos?

DON JUAN

Señor Alcalde,
vuesarced tenga paciencia,
que sé que el Comendador
los envió a llamar.

ALCALDE

¿Qué intenta
el Comendador hacer
de nosotros? ¡Por las teclas

120 *vaquero*: 'sayo de faldas, como lo usan los vaqueros' (Cov.).
131 *Vuesarced*: La comedia ofrece un repertorio de formas de respeto (José Pla Cárceles, "La evolución del tratamiento Vuestra Merced", *Revista de Filología Española*, X, 1923, págs. 245-288) *usedes* (1135).

del órgano que se toca
en la parroquia las fiestas,
que no han de representar!
¡No, por vida de mi suegra!
¡O que tienen de trocarse
las comedias en tragedias!
Ya no se puede sufrir
tanto.

[ESCENA III]

Sale el Comendador con hábito de Calatrava, y Sancho.

COMENDADOR

¿Qué voces son estas,
Alcalde?

ALCALDE

Señor, hablemos
si gusta su Reeminencia;
en orden hoy a la villa
han llegado unas comedias,
y aquí nunca tal ha habido,
porque, como es tan pequeña,
no las puede sustentar,
y hay muy pocos que las vean.

COMENDADOR

¿No hay quién las vea? Vive Dios. *Aparte.*
de un alcaldillo...

145 *Reeminencia*: Es tratamiento de respeto, pero cómico por la confusión del prefijo.

ALCALDE

Si fueran
títeres, vaya con Dios,
pero comedias, comedias...

COMENDADOR

Llamadme al autor; si yo
los envié a llamar ¿no es fuerza *Vase Sancho.*
que, aunque se hundan los cielos
y se estremezca la tierra,
representen? ¿No sabéis
que gusto yo de que vengan?

ALCALDE

Señor...

COMENDADOR

¡Callad!

ALCALDE

¿Si no puede
el lugar?

COMENDADOR

¿No puede? ¡Pueda,
cuerpo de Cristo, con vos
y con el lugar!

[ESCENA IV]

Sale Sancho y el autor.

AUTOR

Ya besa
tus pies, señor, tu criado.

156 *Autor*: 'director de la compañía de comedias'.

COMENDADOR

Levantaos. ¿Cuántas comedias
traéis?

AUTOR

Señor, diez y ocho,
de diferentes poetas,
los mejores que conoce
España.

COMENDADOR

¿Con cuánta renta
os contentáis cada día?

AUTOR

Sólo serviros desea
mi compañía, y el premio
es daros gusto.

COMENDADOR

¿Qué renta
habéis menester? Dejemos
los cumplimientos.

ALCALDE

¡Que quiera
de balde representar
el autor, y de por fuerza
sólo para destruirnos
se quiera dar la hicienda!

COMENDADOR

¿Bastarán quinientos reales
cada día?

ALCALDE

¿Hay tal ofensa...?

181 *hicienda* por *hacienda*; rasgo rústico.

AUTOR

Sí, señor.

COMENDADOR

Pues id con Dios;
poned carteles apriesa.

AUTOR

Aumente el cielo tu vida.

Vase.

COMENDADOR

Ah, Sancho. Avisad que vengan
todos cuantos carpinteros
hay en la villa depriesa
a hacer luego el tablado
sin interés.

ALCALDE

¿La madera?

COMENDADOR

Lleven palos y tablas
de los que están a la puerta
del Alcalde.

ALCALDE

Señor...

COMENDADOR

Basta.
Don Enrique, con presteza
haced un repartimiento
como mejor os parezca
entre todos los vecinos:
quinientos reales de renta
cada día.

DON ENRIQUE

Luego voy.

Vase.

ALCALDE

(¡Que esto los cielos consientan!)

COMENDADOR

Y vos callad, o si no
haré que toda la renta
la deis vos solo.

ALCALDE

Señor...
ya callo.

Vase.

COMENDADOR

Idos allá fuera.
Don Juan, ¿cómo va?

DON JUAN

Sirviendo
a Vuesa Señoría, es fuerza
lograr aumentos de gusto.

COMENDADOR

Dios os guarde.

DON JUAN

¿Qué tristeza
pesarosa os apasiona,
y apasionada, os inquieta?

COMENDADOR

Mirad si alguien nos escucha.

DON JUAN

Todos están allá fuera.

COMENDADOR

¡Ay, don Juan...!

DON JUAN

Desahogad
el corazón, que las penas
comunicadas, señor,
más fácilmente se llevan.
Decidme vuestras congojas,
que en las acciones se muestran,
en el rostro se declaran,
y en las palabras se ostentan.
Descubridme vuestro pecho,
pues que sabéis con certeza
que tenéis, mientras viviere,
en aquesta hechura vuestra,
un vasallo que os estime
y un amigo que os defienda.

COMENDADOR

Saliendo, don Juan, al monte
porque la caza pusiera
entredicho a mis pasiones
y suspensión a mis penas,
ya fatigando los montes
y ya acosando las selvas,
seguí un corzo, tan galante
en el brío y ligereza
que, huyendo de mi enojo,
sobre floridas florestas
con velocidad sacude

228-241 Esta alusión venatoria recuerda las piezas tópicas de Garcilaso ("el monte fatigando" *Eg. I*, 17), y la descripción de la velocidad de la huida ("que en vano su morir van dilatando", *Eg. I*, 20), en la comedia, expresada con un aire gongorino, que tantas veces se ha de sorprender en la obra.

el aljófar de las hiervas,
sin que sus hojas lastime
ni sus pimpollos ofenda.
Seguíle, y él ofuscado
en las ásperas malezas
dio ocasión a mi porfía
con su medrosa soberbia
a que, inquiriendo los troncos
y examinando las peñas,
mirase, ¡ay cielos!, mirase
—la voz entre viva y muerta,
acelerado el aliento,
las acciones descompuestas,
con mucho calor el rostro,
con poco vigor la lengua—,
una mujer—¡qué hermosura!—,
un serafín—¡qué belleza!—
tan bizarra—¿quién ha visto
aquel rumbo?—, tan honesta
y valerosa—¡es prodigio
humano!—con arco y flechas
—¡excusadas, vive Dios—
y sobre la espalda bella
—¡qué admiración!—, los cabellos
—¡qué mal dije: las centellas!—,
los ojos—mas, ¿quién podrá
pintarlos?—, en esta..., en esta
ocasión fui como... Escucha:
¿No has visto por una sierra
bajar triunfante un arroyo,
de la que nació maleza,
que con ímpetu violento
con acelerada fuerza,
segur de plantas pomposas,
enriqueciendo las hierbas,
ya buril de los escollos
y ya eslabón de las peñas,
volando se precipita
y precipitado vuela,

baja a un valle, donde viendo
a racimos las violetas,
a montones los claveles,
a escuadras las azucenas,
descuadernarse las rosas,
abrazarse las mosquetas
con los jazmines, cantar
las sonoras filomenas,
suspende sus alborotos,
sus precipicios enfrena,
admirando lo fragante,
pompa de la primavera?
Así yo, viendo, don Juan,
esta Venus, la carrera
detuve; rémora fue
de mi curso su belleza.
Quedé en mirarla tan loco,
quedé tan perdido al verla,
tan turbado, tan perdido,
que se fue, sin que dijeran
su sentimiento los ojos,
mi sentimiento la lengua.
Fuese, y como cuando al sol
mira una persona atenta
que, deslumbrado en sus rayos
y lloroso en sus centellas,
huye la vista, y después,
tal es de Febo la fuerza,
cuanto miro son reflejos,
fuentes, montañas y selvas,
todos a su vista son
fulgores, brillantes perlas
y lucientes resplandores;
así yo con vista atenta
vi su beldad, y quedé
tan deslumbrado de verla
que en cada flor rubricaban
los ojos su estampa excelsa.
Y luego volví, no en mí,

porque siempre estoy en ella,
de la turbación y asombro;
dejé la caza, la sierra,
vine al lugar, di suspiros,
derramé lágrimas tiernas.
Y en esta muerte, este asombro,
este susto, esta tristeza,
este mal que me amenaza,
este ahogo que me aprieta,
esta ocasión que me aflige,
este dolor que me espera,
ya con vida, ya sin vida,
ya con gusto, ya con pena,
viéndome vivo sin alma,
viéndome muerto con ella,
desesperado al peligro
y peligroso en la ofensa,
ofendido en el asombro,
asombrado en la grandeza
de una diosa, de una aurora,
de una ninfa, de un cometa,
de un lucero, de una gloria,
un cielo, un sol, una estrella,
para que lloren los ojos,
para que el corazón sienta,
para que pierda el sentido,
para que el alma padezca,
loco, cuerdo, triste, alegre,
en los montes, en las selvas,
en los prados, en las fuentes,
en los yermos, en las peñas,
diga a voces mis pesares
y publique mis tragedias,
mis pesares, mis disgustos,
mis malogros, mis tristezas
y ahogos. Esta, don Juan,
es la ocasión de mi pena,
Mira si es justo que llore,
mira si es bien que padezca

este dolor que me aflige,
este mal que me atormenta.

DON JUAN

(¡Válgame Dios, si será *Aparte.*
Flor! Es cierto. Fuera de ella
no hay en el mundo quien tantas
admiraciones merezca
y tantos aplausos). Sabe
el cielo lo que me pesa
de vuestra melancolía.
¿En qué lugar de la sierra...
(visteis a mi dueño hermoso) *Aparte.*
...visteis esa mujer?

COMENDADOR

Cerca.

DON JUAN

(¡Ay, cielo!). Aguardad, señor...
(Si es desdicha, venga, venga
dilatada, pero no,
que entre distintas sospechas,
ocasiona más pesares
y origina más tristezas).

COMENDADOR

¿De qué estáis tan pensativo?

DON JUAN

Siento tanto vuestras penas,
que me obliga a estos extremos.

COMENDADOR

El sentimiento es fineza
de nuestra amistad.

DON JUAN

(¡Ay, Flor!).
¿A dónde la visteis?

COMENDADOR

Cerca
de Fuente Ovejuna.

DON JUAN

(¡Males,
desdichas, venid apriesa!).

COMENDADOR

Junto a una hermosa quinta.

DON JUAN

(Dio la fortuna una vuelta).

COMENDADOR

El remedio, don Juan, es
que nos vamos a la sierra
mañana a cazar los dos.

DON JUAN

Es mucha dilación esa,
¡vive Dios!, que aquesta noche
solo he de ir porque se vea
mi lealtad, y he de inquirir
planta a planta, peña a peña
la causa de vuestros males.
Adiós, que ya tardo.

COMENDADOR

Vivas
mil siglos.

385 *vamos* por *vayamos*.

DON JUAN

Para servirte.

COMENDADOR

¡Ay, dueño mío!

DON JUAN

(¡Ay, Flor bella!).

[ESCENA IV]

[Jardín en una quinta de los alrededores de Fuente Ovejuna.]

Vanse y sale Flor, dama, de campo.

FLOR

Luciente Febo, cuya lozanía,
vida del mundo, suspensión del día,
con acento alternante
la escuadra rozagante
de pájaros sonoros
canta en capillas y celebra en coros;
a quien consagra el prado,
del imperio de Flora matizado,
en tazas de esmeraldas, escarlata
y en urnas de cristal, líquida plata;
apresura tu paso,
y advierte que te aguarda en el ocaso
un lecho de cristal, cuyos primores
dulce lisonja son de estos fulgores,
desde que nace el día en el Oriente
hasta que ofuscan su esplendor luciente
crepúsculos y horrores
de rayos superiores.

Al dulce son de aquesta fuente amena,
cristalino testigo de mi pena,
con tierno sentimiento
mi ausencia lloro y mi dolor lamento,
y tanto, que las aves
terminan bellas y suspenden graves
su música, y atentas a mi llanto
en suspiros de amor cambian el canto.

[ESCENA V]

Sale Jurón.

JURÓN

Como eres, señora, Flor,
siempre en el jardín estás,
y a su beldad pompa das.

FLOR

¿Qué hay, Jurón? ¿Y tu señor?

JURÓN

Muerto queda.

FLOR

¿Cómo muerto?

JURÓN

Muerto, que ya se murió.

FLOR

¿Estás burlándome?

JURÓN

No.

FLOR

¿Qué me dices?

JURÓN

¿Lo que es cierto
es milagro?

FLOR

¿Quién sufrir
podrá, ay Dios, tan inhumano
dolor?

JURÓN

Tarde, que temprano
todos hemos de morir.

FLOR

¡Jesús!

Llora.

JURÓN

Flor, señora, aguarda.
(Mucho lo llega a sentir).
Hoy a verte ha de venir,
y ya sospecho que tarda.

FLOR

Aquestas burlas, Jurón,
tan ajenas de placer,
no son para una mujer,
y más en esta ocasión.

JURÓN

¿Pues sospechas que es mentira
lo que digo?

FLOR

Acaba ya.
¿Cómo ha de venir si está
muerto?

JURÓN

¿Pues eso te admira?
¿No se parecen mil veces
muchas almas que penando
están?

FLOR

No me estés cansando.

JURÓN

Con tu pesar encareces
tu amor. Cuando algún galán
ama una dama, ¿no es cierto
el decir que ella lo ha muerto?
Luego, muerto está don Juan.

FLOR

Buena es la burla, a fe mía.

JURÓN

De aquí a un instante vendrá
a verte.

FLOR

Anunciando está
su venida mi alegría.

JURÓN

Como es del Comendador,
señora, el mayor privado,
aunque da vida al cuidado,
no da logros al temor.

Todas las noches con él
sale a rondar el lugar.

FLOR

Y a darle nuevo pesar
a mi fortuna cruel.

JURÓN

Determinado quedó
que aquesta noche vendría,
y como amor, reina mía,
mal dilaciones sufrió,
me envía a este sitio ameno
a tolerar tu pasión,
siendo yo en esta ocasión
relámpago de su trueno.

FLOR

Dime, Jurón, ¿tiene amor
don Juan?

JURÓN

Señora, sí,
y muy tierno.

FLOR

¿A quién?

JURÓN

A ti.

FLOR

Tú vienes de buen humor.

JURÓN

¿No tengo de responder?

FLOR

Pregunto, Jurón, si [a] alguna
serrana, en Fuente Ovejuna
tiene amor.

JURÓN

Bien podrá ser.

FLOR

¡Por mi vida, que me digas
la verdad, Jurón, ahora!
No temas.

JURÓN

Mucho, señora,
con tal juramento obligas.

FLOR

Dímelo, que tú veras
que lo sé satisfacer,
estimar y agradecer.

JURÓN

El servirte precio más.
Cuidado le da a Leonor.

FLOR

¡Ay, cielos!

JURÓN

Una zagala
de Fuente Ovejuna, gala
y admiración del amor.

FLOR

¿Es hermosa?

JURÓN

Por ahí:
es blanca, negro el cabello,
bruñido marfil el cuello,

fea cosa, y de carmesí
  los labios, que allí parece
que le han dado una estocada;
la vista no es desvelada;
no sé quién no la aborrece;
  los ojos, casi dormidos,
llenas de hoyos las manos;
orejas y pies enanos...
Mala cosa; entremetidos
  lo blanco y lo colorado
en el rostro. En conclusión,
tan fea...

FLOR

Basta, Jurón,
basta, que bien la has pintado.

  Parar pretende Febo en su carrera,
escalar la región del viento airado,
sulcar olas a pie del mar salado,
marchitar la florida primavera.
  Darle piedad a una enojada fiera,
hacer un prado monte, un monte prado,
poner silencio a un río despeñado,
cambiar un duro acero en blanda cera.
  Valor pide a un cobarde y valentía,
al pesar alegría, vista a un ciego,
constancia al cielo, al agua resistencia,
  gloria al infierno, oscuridad al día,
música al árbol, y a una fuente fuego,
el que pide firmeza en el ausencia.

JURÓN

Ya ha venido mi señor.

FLOR

¡Ay, amor, ciega locura!

512 *sulcar* es la forma etimológica, mantenida en Cov.: 'surcar'.

[ESCENA VI]

Sale don Juan.

DON JUAN

No ha sido poca ventura
la mía, hermosa Flor.
¿Cómo estás, mi bien? ¿No llegas
a abrazarme? ¿Qué ocasión
te entristece? ¿Qué pesar
tanto favor me negó?
Debes de anunciar las penas
que afligen mi corazón,
apasionan mi cuidado
y ocasionan mi dolor.
¿No merezco que me mires?
¿Tan breve ausencia mudó
tantas finezas?

JURÓN

Llorando, al fin
mujer y mudanza son
la maza y la mona.

DON JUAN

¡Ay, cielos!
¿Qué dices de esto, Jurón?

JURÓN

Yo, ¿qué quieres que te diga?

DON JUAN

¿He tardado mucho, no?
Pero la advierto, la causa.
Vámonos de aquí.

540 *la maza y la mona*: 'Maza: un tajón en el cual suelen atar la cadena de la mona' (Cov.).

[*Don Juan hace como que se va, y se retira a un lado de la escena; en el otro queda Flor.*]

JURÓN

Señor...

DON JUAN

No me detengas. Ven presto.

JURÓN

Aguarda, cuerpo de Dios,
que es mucha crueldad la tuya.

DON JUAN

No me detengas, que Flor
debe de estar aguardando
ahora al Comendador,
que desde que el otro día
en ese monte la vio
cazando, adora sus prendas.
Vámonos de aquí, que yo
no quiero estorbar su gusto.

JURÓN

¿No te ablanda el corazón
ver mudado aquel semblante,
turbada aquella color,
muy colérico el aliento
presuroso, la voz,
puesta en muda, y el enojo
hermoso, aquella pasión,
muy fruncida de semblante,
muy devota de color,
y los ojos más compuestos
que los de "quis vel quis non",
y que en sentimiento tal
aljófar le dan al sol?

567 *quis vel qui son*, dice el impreso.

DON JUAN

¿Qué importa?

JURÓN

Miren aquí:
enojado mi señor,
susurrando las palabras...
Jesús, ¿si bastaré yo
para ponerlos en paz?
Señores, no es discreción
averiguar con silencio
los escrúpulos de amor.
Señor[a], vuelve los ojos
y mira a don Juan. Señor,
alza el rostro, no estés triste,
mira que te mira Flor.
Ea, señora, vuelve pronto.

[*Flor y don Juan van acercándose hacia el centro de la escena.*]

Viéronse, válgame Dios.
El abrazo falta ahora.
Prestito, "Kyrie eleysón,
alleluya".

DON JUAN

Dueño mío,
¿qué tienes?

FLOR

Celos y amor.

DON JUAN

¿Celos y amor?

FLOR

Sí, don Juan.

DON JUAN

Pues lo mismo tengo yo.

JURÓN

¿Han de volver a reñir?

DON JUAN

¿De mí celos? ¡Ah, Jurón!

FLOR

¿Celos de mí? ¿Cuándo? ¿Cómo?
¿De quién?

DON JUAN

Del Comendador.
¿Y tú, de quién?

FLOR

¡Ay, don Juan!
¿Conoces una Leonor?
Claro está que la conoces,
pues la estás amando.

DON JUAN

¿Yo,
yo? ¡Qué disparate!

FLOR

¡Ah, ingrato!

DON JUAN

Flor hermosa, vive Dios,
que te engañas, si imaginas
tal cosa de mi afición.
Yo sí tengo justa causa
para mis celos; tú, no,
y por excusarte finges
esta locura.

FLOR

¡Ah, traidor!
No niego que vi en el monte
cazando al Comendador,
mas apenas le miré
cuando, ¡ay, cielos!, con furor
el monte escalo ligera,
la sierra acoso veloz.
Volvíme a mi quinta, donde
he sabido, ¡qué dolor!,
que adoras otra mujer.

DON JUAN

Tente, detente, ¡oh, por Dios,
que me obligues a perder
el seso! Dime, Jurón,
¿eres causa de estos celos?

JURÓN

Lo que yo he dicho, señor,
es que está en Fuente Ovejuna
en tu casa una Leonor
que te da mucho cuidado.
Es la criada, y nació
tan flemática, que siempre
ocasiona tu rigor,
y con tanta flojedad
te da cuidado.

FLOR

Jurón,
tú mientes.

JURÓN

Esto que he dicho
es la verdad, juro a Dios.

FLOR

¿Hay criadas tan hermosas
en Fuente Ovejuna?

JURÓN

Yo,
aquí es ello, la alabé
porque las mujeres son
en aquel lugar tan feas,
que es la más bella Leonor.
Y si yo te la pintara
como es ella, en conclusión,
era poner el lugar
contigo en mala opinión.

DON JUAN

Si estás satisfecha, enjuga
tu llanto, pues que bastó
a dar a mis celos muerte
y dulce satisfacción.
De la suerte que a un arroyo
en dos brazos dividió
o la maleza del prado
o de la selva el verdor,
uno en un olmo se ofrece
sepultura de su voz;
y otro con brincos de plata
esmeraldas afeitó,
tan opuestos en su curso,
tan enojados los dos,
en oposición sonora
y argentada emulación,
que no parecen hermanos
ni que un monte los crió,
y así descienden a un valle
adonde se terminó,
paréntesis cristalino,
vuelven a unir su rumor

haciendo en guijas cerúleas
paces con murmúreo son;
así nuestro enojo ha sido;
mas ya dio fin, bella Flor,
el tormento de los celos.

FLOR

También como cuando alguno
una bellota comió,
amarga, si después bebe,
halla en el agua dulzor,
pues así ahora los celos
amargas bellotas son,
y las lágrimas el agua
para la que las virtió,
dulcísima, pues con ella
ha cesado la cuestión.

DON JUAN

Es tu ingenio peregrino,
mas escucha, bella Flor,
la mayor desdicha mía:
el Comendador que vio
tu beldad, me envió a buscarte,
y le he prometido hoy
no volver a su presencia
sin noticia de quien dio
causa a su desasosiego.
He hallado que el mejor
remedio es decirle claro
que eres tú, porque si no,
tiene de salir a caza,
y hallándote aquí, mi amor,
sospechara. Estoy resuelto
a decir que te halló
mi diligencia, y que tú,
volviendo por tu opinión,

666-7 Falta un verso en la rima.

no das muerte a su cuidado,
correspondencia a su amor,
que, aunque atrevido y resuelto,
después de aquesta ocasión
pretenda de su osadía
tocar los límites; yo
dilataré su esperanza
o estorbaré su afición.

FLOR

Tu esclava soy, dueño mío

JURÓN

¡Qué presto se concertó
la barahúnda!

DON JUAN

Ya es tarde,
y con tu licencia, Flor,
quiero partirme.

FLOR

Don Juan,
tuya es mi vida y honor.

DON JUAN

A tu gusto están sujetos
el alma y el corazón.
Adiós, mi bien.

FLOR

Él te guarde.

JURÓN

Adiós, mi señora.

FLOR

Adiós.

[ESCENA VII]

[*Calle de Fuente Ovejuna.*]

Vanse, y sale el Comendador, de noche; don Enrique, Sancho, el Alcalde y el Regidor, rondando por otra puerta.

DON ENRIQUE

¿No divierte tu pena
la fragancia de aquella fuente amena,
que enriquecen las fuentes
con el murmúreo son de sus corrientes?

COMENDADOR

Vámonos, don Enrique.

SANCHO

¿Qué te aflige?

COMENDADOR

No es justo que publique,
Sancho, mi sentimiento.
Basta que sólo yo sufra el tormento.

SANCHO

Esta es la ronda.

ALCALDE

Gente
suena.

DON ENRIQUE

Por Dios, que es escuadrón valiente.

ALCALDE

Ténganse al Rey al punto,
y a la Reina, y a todo el mundo junto.
Desármalos, Camacho.

REGIDOR

¡Es el Comendador!

ALCALDE

¡Lindo despacho!
Señor, allá a palacio
íbamos a contaros muy de espacio
una bellaquería,
que no es para sufrir, por vida mía.

COMENDADOR

Decid, ¿qué ha sucedido?

ALCALDE

Los comediantes tienen destruido
medio lugar, y todos
se quejan de su esencia por mil modos,
porque, hecha la cuenta,
son más de sotrecientos y noventa
y catorce reales;
dase causa con esto a muchos males.
Paréceme importante
que se echen del lugar luego, al instante.

COMENDADOR

Pues a mí me parece
que del lugar no se echen, aunque os pese.

REGIDOR [*Aparte, al Alcalde.*]

(Habladle más humilde;
no le digáis "paréceme"; decidle
"que se sirva de echarlos
y que si no gustare de enviarlos,
que se cumpla su gusto").
Aquese parecer, Alcalde, es justo.

734 *esencia* por *presencia.*

ALCALDE

Señor, el Regidero
dice que en el lugar no hay más dinero,
que mande que se ausenten,
que no hay comedia ya que representen.

COMENDADOR

Vuelvan desde mañana
a hacer las que han hecho.

REGIDOR

(¡Qué inhumana
sentencia!)

ALCALDE

Juro...

REGIDOR

(Quedo,
alcalde, concededlo).

ALCALDE

Yo concedo,
y con vuestra licencia
a mandarlo voy.

DON ENRIQUE

¡Qué impertinencia!

COMENDADOR

Porque hacéis obediente
lo que mando, decidle que se ausente
la compañía.

ALCALDE

Sublime
el mundo tu valor.

REGIDOR

Tu gloria estime.

[*Vanse don Enrique, Sancho y el Regidor.*]

COMENDADOR

Oid, Alcalde, que tengo
dos palabras que hablaros.

ALCALDE

Más que habléis un par de cientos.

COMENDADOR

Que cuántas mujeres hay
en el lugar.

ALCALDE

No me acuerdo.

COMENDADOR

¿Pues para qué sois Alcalde?

ALCALDE

Pues... cuándo... cómo... pero...

COMENDADOR

Sosegaos, no os turbéis.

ALCALDE

No me enturbio. (Vive el cielo,
que debe de pretender
llevarlas todas a hecho).

COMENDADOR

Informadme de las mozas.

ALCALDE

Pues en cuanto a lo primero,
Ana Sánchez, mujer mía,
y de Vuesa Señoría...

778 Sobran sílabas en el verso, pero se puede suponer una forma apocopada vulgar *Vu-señ'ría.*

COMENDADOR

Necio,
hablad sin temor.

ALCALDE

Ya hablo,
sin tambor; el zapatero,
tiene dos hijas hermosas;
la una, niña del pecho,
la otra tiene dos años,
y el sastre tiene seis nietos.

COMENDADOR

Yo no os pregunto por hombres,
sino por mujeres.

ALCALDE

Cierto,
señor, que se me pasó
de la memoria. Esté atento.
El sacristán tiene dos
sobrinas, y el regidero
una hija, que es, por Dios,
el arracada del pueblo.
También la mujer del sastre
ha de ser, si bien me acuerdo,
hermosa y bien alentada,
y su marido es tan bueno,
que entrando los días pasados
en casa, vio al pastelero
con ella en la puerta, que ambos
eran un signo del cielo,
y sin encolerizarse
dijo con rostro risueño:
"Válgaos la muerte, animales,
ya que hicisteis ese tuerto

800 Cualquiera de los que puedan aludir al marido engañado: Aries, Tauro, Capricornio (Cfr. 1694).

luego ¿hubo de ser aquí?
¿No os pasarais allá dentro?"

[*Háblale en tono de consejo respetuoso.*]

Pero, señor, no os espante
que os diga aquestos consejos,
que por ser viejo, licencia
para decíroslo tengo.
¿Por qué ofendéis de esta suerte
vuestros vasallos, teniendo
en la villa un escuadrón
de soldados, que soberbios
se atreven a destruirlos,
se oponen a sus intentos?
Temed al cielo, que estáis
descomulgado.

COMENDADOR

¿Qué es eso?
¿Quién me descomulgó?

ALCALDE

El cura,
porque dice que ha año y medio
que no confesáis palabra.

COMENDADOR

¡Hay mayor atrevimiento!

ALCALDE

Estáis perdido.

COMENDADOR

Villano, *Dale un bofetón.*
¿vos me habláis así?

DON ENRIQUE

¿Qué es eso?

[*Vuelven don Enrique y Sancho.*]

ALCALDE

Del cielo os venga el castigo.

COMENDADOR

Ya me falta el sufrimiento
para tantas osadías.
¡Vive el cielo, vive el cielo,
que os quite la vida a todos,
y que este luciente acero
haga, dando asombro, espanto,
al agua, a la tierra, al viento,
muerte de vuestras acciones
y segur de vuestros cuellos!
Enojado estoy. Llamadme,
llamadme al cura al momento.

DON ENRIQUE

Vueseñoría se reporte...

COMENDADOR

Es imposible.

SANCHO

Está enfermo
en la cama.

COMENDADOR

Así, pues, juro
a Dios, si se está muriendo,
a empellones de la cama
lo saque.

DON ENRIQUE

(¿Quién tan soberbio
contra Dios se precipita
y se opone contra el cielo,
determinado y altivo,
qué muerte espera y infierno?)

SANCHO

A enojo me ha provocado
su altivez y su despeño.

DON ENRIQUE

(Bastaba ser sacerdote
para adorarlo).

COMENDADOR

Yo tengo
la culpa, que con villanos
tan blandamente procedo.
Don Enique, id al instante
cobrando por todo el pueblo
de cada vecino veinte
gallinas.

DON ENRIQUE

Ya obedezco.

Vase.

COMENDADOR

Y vos cobradme esta tarde
seis mil reales; veremos
si su orgullosa soberbia
de aquesta suerte sujeto.

SANCHO

Ya voy.

Vase.

COMENDADOR

Que tan libremente
cuatro villanos groseros
se me atrevan y repugnen
mis soberanos preceptos...
¡Vive Dios...!

[ESCENA VIII]

Sale don Juan, de camino.

DON JUAN

Señor.

COMENDADOR

Don Juan
amigo, ¿hay algo nuevo?

DON JUAN

Sí, señor.

COMENDADOR

¿Qué ha sucedido?

DON JUAN

Escuchadme un poco atento.
Saliendo del lugar llegué a la quinta
en un bello alazán, hijo del viento,

869-908 En estas cinco estrofas Monroy describe la belleza del jardín siguiendo un estilo sumamente culterano, en el que es patente el influjo de Góngora. Para que el lector siga el sentido del trozo, doy a continuación su versión libre en prosa explicativa: [Ella estaba] cercana a una fuente que fabrica rumor canoro [esto es, corre rumorosa] [y que] estaba enriqueciendo con plata [el agua que corría] al nácar [las blancas piedras], y al cristal [la trasparencia del agua] con oro [el sol naciente] cuando [suponemos que por mojar ella sus manos en el agua] estorbaba el curso diáfano [de la fuente] que observando obe-

cuando luciente el sol las nubes pinta,
al querer descubrir del firmamento
cortina arroja en luz poco distinta,
esplendor inmortal de su ardimiento,
suspensión dulce de sonantes aves,
que cantan dulces y entretienen graves.
Discurriendo la casa, llegué osado
a un jardín, do sabiendo que asistía
el archivo, señor, de tu cuidado,
y la hermosa emulación del día,
de criadas y pajes informado,
rompiendo con colérica osadía
respetos, viva luz de este horizonte,
luminosa Diana de aquel monte.
A una cercana, que rumor canoro,
fuente, fabrica, enriqueciendo estaba
con plata al nácar y al cristal con oro,
cuando el curso diáfano estorbaba
observando obediencia en su decoro
entre cerúleas guijas, retozaba
vivo cristal que, ajeno de codicia,
a racimos las flores desperdicia.

---

diencia en su decoro [siguiendo su curso] entre cerúleas [color cielo que le venía de lo alto] guijas retozaba [siendo como] vivo cristal que, ajeno de codicia, desperdicia a racimos las flores [que están en sus márgenes].

La Diosa de los jardines, Flora, haciendo alarde de su poder, ostenta brillante tapete en el jardín [y hace como si fuese] una esponja [que recoge] el llanto [o rocío] de la aurora [siendo el jardín] habitación llena de fragancia, bello retiro [en donde] el blanco capullo de azucena honra su orgullo cuando promete a Delio [el sol] rubio metal [los pistilos amarillos] en bernegal [taza] de plata, oloroso matiz de su resplandor.

Allí están las escuadras [matas] de mosquetas [rosales blancos], que [recordando el nombre de los mosquetes] están disparando aromas [y también lo hacen] los jazmines y violetas hipócritas [¡quién creyera tal cosa de ellos!], [las mosquetas] despliegan campos de rosa [blancos como el] nácar; el clavel púrpura tributa [sus flores de color como] esmeraldas al aurora, cuando el cielo dora las ondas del Eufrates [en el extremo del mundo], coronado [el clavel] de perlas [que son el rocío] y granates [que son sus propias flores].

Estampa de un labrador del reino de Castilla. según Enea Vico (1572)

Casa humilde de la villa de Fuente Ovejuna

brillante ostenta en el jardín tapete,
esponja es del llanto de la aurora,
fragante habitación, bello retrete,
blanco capullo de azucena honora
su orgullo, cuando a Delio le promete
rubio metal en bernagal de plata
oloroso matiz de su escarlata.

Allí están las escuadras de mosquetas,
¡oh, mosquetas!, aromas disparando,
hipócritas jazmines y violetas,
campos de rosa nácar desplegando,
tributa de esmeraldas en macetas
al aurora el clavel purpura, cuando
dora el cielo las ondas del Eufrates,
coronado de perlas y granates.

Aquí, señor, estaba Flor hermosa;
habléla de tu parte, y te prometo
que desdeñosa más, menos piadosa,
con voz altiva, con valor inquieto,
su altivez a mi afecto licenciosa,
el discurso cortó, creció el respeto,
y en aquestos de amor dulces enojos,
concediendo la voz, negó los ojos.

¿Viste sulcando el mar alguna nave,
adornada de varios gallardetes,
que en calma excusa caminando grave
tromolar los galantes martinetes,
cuando impensadamente abre la llave
Eolo a sus cavernas y retretes,
y que, advertido ya diestro piloto,
resiste el Euro, el Aquilón y el Noto;

896 *retrete*: 'el aposento pequeño y recogido en la parte más secreta de la casa y más apartada' (Cov.).

899 *bernagal*: Lo común es *bernegal*: 'vaso tendido para beber agua... será vaso terrizo, aunque también los contrahacen de plata' (Cov.).

920 *tromolar* por tremolar, 'ondear'; ondean los gallardetes de forma galante porque es como si fueran *martinetes* 'adorno para sombreros y gorras, hecho con plumas del penacho de los martinetes'.

Amainando las ve[las] se apercibe,
y cuando le acomete fuerte viento,
con peligros menores le recibe,
y aunque toca la arena y firmamento,
en montes de cristal muriendo vive,
sóbrale el susto, fáltale el aliento,
y así desiste a su despeño atenta
el destrozo fatal de la tormenta?
Pues no menos al mar de tus deseos
la libertad de Flor se opone altiva,
y desprecia, señor, tus galanteos,
colérica, furiosa y vengativa.
Mas si pretendes célicos trofeos,
muera su vanidad, tu gusto viva,
que, negando al valor cortés estruendo
me despide, a su honor correspondiendo.

COMENDADOR

¿De qué me sirve el poder
si se opone a mis intentos,
frágil valor que le vence?
Mas no será, vive el cielo,
de esta suerte. Amigo, amigo
Don Juan, esta tarde quiero
ver la beldad que me enoja,
dueño de mis ardimientos,
causa de mis precipicios,
objeto de mis deseos,
ocasión de mis locuras,
y de mis peligros centro,
cuya deidad me provoca
negada, cuyos reflejos
me incitan, cuyo esplendor
me determina. Veremos
si en los mayores peligros,
en los mayores extremos,
en las mayores grandezas,
en los mayores deseos,
las más fuertes osadías

y los más osados riesgos,
tierno valor y Flor breve
se resiste con aliento
a groserías de amor
y amorosos sentimientos.

DON JUAN

(¡Válgame Dios! ¿Quién ha visto
iguales desdichas, cielos?
¿Cómo impediré su gusto?
¿Cómo estorbaré su intento?
Amor me valga). Señor,
con personas de respeto
como doña Flor importa
más recato, porque, es cierto,
por una leve ocasión
y un inadvertido riesgo
la fama de muchos años
quitar en un hora el pueblo.
Finge ir a caza. (¡Que dé *Aparte.*
un hombre contra sí mismo
remedios que le desdoren,
que le atormenten, consejos!
¡Ah, fortuna!).

COMENDADOR

Dices bien.
Mañana, don Juan, iremos.
Ven esta noche conmigo
a rondar, y cuando Febo
vista de esplendor el orbe
y de celajes el cielo,
daré fin a mi esperanza
y ejecución a mi intento.

DON JUAN

(¡Ay, Flor, y cuánto me cuestas!). *Aparte.*

A tu gusto, estoy resuelto.

COMENDADOR

En ti estriba mi esperanza.

DON JUAN

Eres mi amigo y mi dueño.

COMENDADOR

Eres logro de mis gustos.

DON JUAN

Eres fin de mis deseos.

COMENDADOR

De ti nace mi alegría.

DON JUAN

De ti pende mi remedio.

JORNADA SEGUNDA

[ESCENA I]

[*Calle de Fuente Ovejuna*]

Salen de noche el Comendador, don Juan, Jurón, don Enrique y Sancho.

COMENDADOR

Tiénenme tan enfadado
las cosas de este lugar,
que salir quiero a cazar
por divertir mi cuidado.
Quedarse en Fuente Ovejuna
Sancho y Enrique podrán,
porque solos yo y don Juan
hemos de partir.

DON JUAN

(Fortuna,
¿hasta dónde ha de llegar
tu crueldad y mi dolor?
O suspende tu rigor
o acábame de matar).

JURÓN

En no ir yo haces desdén
a mi espada, a mi amistad,
a mi capricho y lealtad.

COMENDADOR

Tú, Jurón, irás también.

DON JUAN

A los astros esta oscura
noche sirven en el viento,
si despejó el firmamento
las nubes de sepultura,
caliginosa opresión
del regocijo.

DON ENRIQUE

(Mañana
su tiranía inhumana
vengará nuestra traición.

SANCHO

No digas tal, ni el valor
tuyo tal nombre le aplique,
porque no es traición, Enrique,
la que se hace a un traidor).

JURÓN

Esta es la casa del cura.

COMENDADOR

Pues entra, y dile, Jurón,
que luego, sin dilación,
venga a hablarme.

SANCHO

(¡Qué locura!

DON ENRIQUE

Sabiendo su enfermedad
no diera pesares tales,
ya que no alivio a sus males,
veneración a su edad).

Llama Jurón, y dice el Cura dentro.

CURA

¿Quién es?

JURÓN

Un hombre de bien
que quiere morirse ahora.

CURA

¿No sabéis que esta no es hora,
y que es notable desdén
a mis años?

JURÓN

Poco importa,
¡abra, que me estoy muriendo!
¡Confesión!

CURA

¡Caso tremendo!

JURÓN

¡Jesús, mi vida se acorta!
Bajad, aunque sea en camisa.

CURA

Ya medio desnudo voy.

[ESCENA II]

Abre una puerta y sale.

CURA

¿Quién es, quién llama?

JURÓN

Yo soy.

SANCHO

Por Dios, que provoca a risa.

CURA

Confesad.

JURÓN

No he registrado
la memoria.

CURA

¿Qué decís?

JURÓN

Que me holgara ser anís
para estar más preparado.

COMENDADOR

Curilla loco, bergante,
desvergonzado, atrevido,
¿sabéis que estoy ofendido
mucho de vuestra arrogante
libertad? ¿Pues, vos a mí
me tenéis excomulgado?

CURA

¡Señor, si no ha confesado
en año y medio...!

COMENDADOR

Es así,
mas no es causa suficiente
a tan gran atrevimiento.

CURA

Cumplir con Dios es mi intento.

COMENDADOR

Y el mío daros, valiente,
tantas coces, vive Dios...

DON JUAN

¡Señor, reporta el enojo!

COMENDADOR

¡Vive el cielo, que si os cojo,
pícaro! ¿Contra mí, vos?

CURA

Algún día pagaréis
tan inhumana osadía,
Comendador.

COMENDADOR

Y algún día
mi enojo provocaréis,
bárbaro, loco, de suerte
que a vos y a todo el lugar
entero os dé, por vengar
estos agravios, la muerte.

[ESCENA III]

Sale el Corregidor y el Alcalde.

ALCALDE

(Ya no se pueden sufrir
sus ofensas, Regidor.

REGIDOR

¡Qué siempre el Comendador
nos pretenda destruir...!)

[*Quedan a un lado de la escena*]

COMENDADOR

¿Qué gente es esta?

DON ENRIQUE

El Alcalde
y Regidor; y de vos
se están quejando, por Dios.

COMENDADOR

No les saldrá muy de balde,
pues me llegan a ofender.
¿No tiene este Regidor
una hija?

JURÓN

Sí, señor.

COMENDADOR

Pues, Jurón, hoy he de ver
tu valor. Tú has de llegar,
y has de armar una pendencia
con los dos.

JURÓN

(¡Qué impertinencia!).
Jamás pretendí arriesgar
la vida en tales locuras.

COMENDADOR

No hay peligro que temer.

JURÓN

Yo no tengo de poner
mi pescuezo en aventuras.
Uno de los tres envía.

DON JUAN

¿Qué es lo que intenta hacer
Vueseñoría?

COMENDADOR

Poner
fin a una melancolía.
El otro día pasé,
don Juan, por aquesta calle;
vi una moza de buen talle,
y de ella me enamoré.
Es hija del Regidor
que allí murmura de mí,
y aunque dilaté hasta aquí
la ejecución de mi amor,
en esta ocasión prolija
le prenderé con crueldad,
[por] poder con libertad
entrar a gozar su hija.

DON JUAN

Señor, si el considerar
un yerro...

COMENDADOR

Callad la boca,
don Juan, porque sólo os toca
obedecer y callar.

DON JUAN

¿No estabas enamorado
ahora de doña Flor?

COMENDADOR

Esto es divertir mi amor
y entretener mi cuidado.
Jurón, haz lo que te digo,
o, ¡vive Dios!, que te dé
la muerte.

JURÓN

Yo lo haré;
a obedecerte me obligo,

que en tan penoso rigor,
más quiero morir de balde
a las manos del Alcalde,
que a las de un Comendador.
Mas, dime, antes de embestir,
¿por qué no envías otro alguno?

COMENDADOR

Con los villanos, ninguno
que es noble puede reñir.

DON JUAN

Es bajeza tal intento.

JURÓN

Pues lo que en aquesta empresa
para usedes es bajeza,
para mí es atrevimiento.

COMENDADOR

Acaba, que me molesta,
bárbaro, tu cobardía.

JURÓN

Aguarde Vueseñoría,
que no es ir a alguna fiesta...

Vase.

COMENDADOR

¿Dónde vas?

JURÓN

A confesar.

COMENDADOR

Llega, villano, o por Dios
que te quite...

DON ENRIQUE

(¡Caso atroz!)

COMENDADOR

...la vida.
¡Triste pesar!

DON ENRIQUE

Las desdichas dilatadas
mayores son.

DON JUAN

Yo me espanto
de Jurón.

JURÓN

¿Hay algún Santo
abogado de estocadas?

COMENDADOR

Acaba, llega.

JURÓN

Embísteles.
(¡Ay, Dios mío!).
¡Perros, moros, luteranos,
de mi acero y de mis manos
probad el valor y brío!

ALCALDE

¡Deténgase a la justicia,
o que, vive Dios, que lo mate!

JURÓN

¿Tenerme? ¡Qué disparate!

REGIDOR

¿Hay semejante malicia?

Llega el Comendador y los demás.

COMENDADOR

¿Qué es esto?

JURÓN

El Comendador.
Yendo por este lugar
me salieron a matar,
estos dos hombres, señor.

ALCALDE

Es mentira.

REGIDOR

Es testimonio.

JURÓN

Señor, esto pasa...
Es llano.

REGIDOR

(Persuadirle será en vano).

ALCALDE

Jesús, válgaos el demonio.

COMENDADOR

Lleven Sancho y don Enrique
a la cárcel a los dos.
Soltad esa vara, y vos *A Jurón.*
sed Alcalde.

ALCALDE

¡Que publique
mi deshonor de esta suerte!

1157 Este verso está en el texto como 1161; colocándolo aquí, como dice Bem Barroca, se restituye la rima.

COMENDADOR

Llevadlos al punto.

DON ENRIQUE

Vamos.

REGIDOR

(Bien sabe el cielo, que estamos
inocentes.

SANCHO

¡Caso fuerte!).

Vanse Enrique, Sancho, el Alcalde y el Regidor.

COMENDADOR

Don Juan.

DON JUAN

Señor.

COMENDADOR

Al instante
los caballos prevenid,
porque, en saliendo de aquí,
vamos a la quinta.

DON JUAN

(Amante
tan vario jamás se ha visto).

JURÓN

Señor, velo a disponer
porque yo voy a prender
medio lugar, ¡vive Cristo!

[ESCENA IV]

Vanse don Juan, Jurón, y sale Margarita.

MARGARITA

De mi desventura vi,
ilustre Comendador,
el inhumano rigor
que usasteis ahora aquí.
Mientras la causa ignoráis
de aqueste desasosiego,
a vuestras plantas os ruego
que a mi padre me volváis.

COMENDADOR

Hermosísima señora,
en cuya soberanía
los rosicleres del día,
los candores del aurora,
los reflejos con que dora
del prado la variedad,
sintió en clara majestad,
tornasolando el zafir,
no merecen competir
con tan divina beldad.
Así que te vi, te di,
¡ay, Dios!, por la vista el alma,
quedando en tan dulce calma,
sin alma, sin mí y sin ti.
Valeroso resistí
temeridades tempranas;
fueron esperanzas vanas
en lances tan peregrinos
que, contra rayos divinos,
no hay resistencias humanas.
Por llegar a esta ocasión
el alboroto que has visto

ocasioné. ¡Vive Cristo,
que he de gozarte...!

MARGARITA

¿Hay traición
tal?

COMENDADOR

Advertí en mi pasión;
que no has de querer perder
tu honor, y por no ofender
tu hermosura, me obligo
a casar luego contigo.
No tienes ya que temer.

MARGARITA

A tan gran resolución,
a tan grande atrevimiento,
puesta el alma en un tormento
y en un riesgo el corazón,
respondo que no es razón
que con tanta tiranía
pretenda Vueseñoría
burlarse, que claro está
que casado no querrá
borrar su soberanía.

COMENDADOR

¿Cómo no? ¡Viven los cielos
que, aunque el lugar me lo impida,
les quite a todos la vida
por dar logro a mis deseos!

MARGARITA

¡Peligrosos desconsuelos,
no me aflijáis, ay de mí!

COMENDADOR

¿Hay cédula alguna? Sí.
(Para aquestas ocasiones
son famosas pretensiones).
Mis finezas advertid.

MARGARITA

"Yo os doy palabra de casarme con vos."

Lee.

Peligros de un renglón breve
mi honor atemorizaron.

COMENDADOR

Pues mi afición ostentaron
esas letras; no me niegue
tu desdén cuando se atreve
a tanto mi sentimiento.
El más debido contento
da, querida prenda mía,
fin a una melancolía
y malogros a un tormento.

MARGARITA

Si doy en esta ocasión
con precip[i]cio (?) atrevido,
¿cuándo causas a un olvido,
desdoros a una opinión
por dar muerte a una pasión?
Es temeridad villana;
y aunque se case mañana
Vueseñoría, claro está
que después le pesará
de que antes fuese liviana.
No se atreva temerario,
porque se puede inferir
que el que es fácil de rendir,
será en la ejecución vario.
Quien ama ¿ha de ser contrario

a su dama? No le obliga,
pues da causa a que se diga
de aquí, que no ha de querer
tener después por mujer
a quien antes por amiga.

COMENDADOR

Para mí no hay resistencia.
Por fuerza te gozaré.

MARGARITA

Si pudieres.

COMENDADOR

Sí podré,
atrevido.

MARGARITA

¡Qué violencia!

COMENDADOR

¡Qué disgusto!

MARGARITA

¡Qué impaciencia!

COMENDADOR

¡Qué rabia!

MARGARITA

¡Qué sentimiento!

COMENDADOR

No has de salir con tu intento.

MARGARITA

Sí saldré, porque te asombres.

COMENDADOR

Seré terror de los hombres.

MARGARITA

Yo, asombro del firmamento.

[ESCENA V]

Vanse los dos y salen Enrique y Sancho.

SANCHO

Amigo, considera atentamente
que es grande inconveniente
para facilitar nuestro deseo
ir con don Juan al campo.

DON ENRIQUE

Ya lo veo.

SANCHO

Lo que puede ofrecernos la fortuna
sin algún riesgo ni desdicha alguna,
sin poner en cuidado
un deseo enojado,
una justa esperanza,
una heroica venganza,
¿no es grande atrevimiento
quererla aventurar en un momento?
Que, aunque nuestro valor en esta parte
conoce superior en solo Marte,
es don Juan valeroso,
y viene a ser el riesgo muy forzoso.

DON ENRIQUE

A mí me dijo, Sancho, su criado,
que estaba enamorado
de doña Flor, que de don Juan es dueño,

y en este amante empeño
no se puede excusar ir muchas veces
a pretender de amar los intereses;
y para darle logro a su porfía
no llevará a don Juan por compañía
siempre.

SANCHO

Eso es cierto,

DON ENRIQUE

Y más averiguando
que a doña Flor está don Juan amando,
pues ni querrá llevarle receloso,
ni él querrá acompañarle temeroso.
Y así quedándose ausente
solo le quitaremos finalmente
la tirana garganta
que al cielo ofende y a la tierra espanta,
cuya bárbara vida,
precipitada, ciega e inadvertida,
sirve en designios ciegos y traidores
para ser ocasión de mil errores.

SANCHO

Digo que queda aquesto,
Enrique, bien dispuesto.

DON ENRIQUE

Tú verás dando logro a una esperanza
en su muerte la más justa venganza.

[ESCENA VI]

Vanse y sale Margarita, medio desnuda, suelto el cabello y llorosa.

MARGARITA

Aguarda, ingrato enemigo,
fementido amante, aguarda,
¿por qué te partes, traidor,
dejando ofendida un alma?
¿Dejando un honor sin vida,
una mujer afrentada,
ocasionando un enojo
y rompida una palabra?
¿Por qué te ausentas y das
con osadías tan claras
ocasión a tantos males,
a tantas desdichas causa?
Montes, sentid mis desdichas,
fuentes, llorad mis desgracias,
plantas, oíd mis afrentas,
aves, escuchad mis ansias.
Ayudad a llorar todos,
montes, fuentes, aves, plantas,
de la más triste mujer
la vida más desgraciada.
¿Por qué, traidor, no cortaste
esta infelice garganta?
No es vivir vivir sin honra,
que en ofensas declaradas,
más vale morir, ¡ay, cielos!,
una muerte, que no tantas.
Plegue a Dios que el animal
en que burlas mi esperanza,
si bucéfalo andaluz

1329-34 El verso tetramembre 1334 recoge sus elementos de la diseminación de los cuatro anteriores, y es el recolectivo final de la correlación.

al Betis le pareció, ¡mal va[i]s!
halle, trepando peñascos
y martillando montañas,
en su despeño su muerte,
en su muerte, su desgracia;
y tú en él pierdas altivo
el orgullo, la arrogancia,
y de las cumbres al centro
tan precipitado caigas
que, arrastrado por las flores,
lastimado por las plantas,
los matices del abril
riegues con infame grana,
disciplinando azucenas
y colorando esmeraldas,
tanto, tanto, que tu ofensa
satisfaga tu arrogancia.
¿A quién diré mil agravios?
Pero entre traiciones tantas
saldré al monte, saldré al campo,
a la selva, a la montaña,
y con quejas, con suspiros,
con pesares y con ansias,
oirán los brutos mi afrenta,
mi deshonor, las zagalas,
mi justicia, los pastores,
y los cielos, mi desgracia.
Adiós, padre, adiós, amigas,
adiós, hombre, adiós, patria,
que voy a satisfacer
furiosa y determinada
el agravio más injusto,
la cautela más tirana.
¡Traidor Comendador, aguarda, aguarda,
y verás en tu muerte mi venganza!

1379-80 Prefiero dejar estos dos endecasílabos asonantados como cierre del romance anterior, con la misma rima.

[ESCENA VII]

Vase y sale Flor y Jurón.

FLOR

¿Tan poca satisfacción
tiene tu señor de mí?

JURÓN

No, pero previene así
los riesgos de la ocasión.

FLOR

Su amor me encarga, y pudiera,
haciéndome más favor,
considerar.

JURÓN

El amor
es niño, y no considera.

FLOR

Vete a la quinta; a un criado
di que cierre, de camino.

JURÓN

Es tu ingenio peregrino,
es tu capricho extremado.

[ESCENA VIII]

[*Ante la quinta de Doña Flor. Es de noche, y la escena oscura permite el movimiento adecuado de los personajes.*]

Vanse y sale el Comendador y don Juan.

DON JUAN

Esta, señor, es la quinta.

Estampa de una villana de Castilla, según Enea Vico (1572)

Ruinas del Castillo de Belmez, que fue calatravo

La villa de Fuente Ovejuna en la actualidad

COMENDADOR

No dices, amigo, bien,
que no es sino el sacro oriente
que en lucido rosicler
los desmayados candores
del alba borra, y también
escrúpulos de la vista.
Atrevimiento cortés,
corre cortinas de grana
porque luz al campo dé
un sol, vida de las flores
y matiz de su altivez.
¿Y Jurón?

DON JUAN

Ya viene aquí.

[ESCENA IX]

Sale Jurón.

JURÓN

Señor, ya me adelanté,
pero Flor, que Dios perdone...

COMENDADOR

¿Murió Flor? ¿Murió mi bien?

JURÓN

Luego sólo a los que mueren
los perdona Dios.

DON JUAN

(Que estés *Aparte.*
siempre dándome disgusto).

JURÓN

Digo, señor, que hallé
cerrada la quinta.

DON JUAN

(Cielos,
que venga yo mismo a ser
el tercero de mi dama.
¿Hay tormento más cruel?
¡Vive Dios, que estoy sin seso!).

COMENDADOR

Pues aunque cerrada esté,
¿qué importa? Romped las puertas,

JURÓN

Rómpalas vuesa merced.

COMENDADOR

Llamemos a esta ventana,
¡Ah, Flor hermosa!

[ESCENA X]

Llama con la espada al balcón y sale Flor.

FLOR

¿Quién es?

COMENDADOR

Yo soy, bellísima Flor,
quien, viendo vuestra beldad,
os rindió la libertad,
dulces presagios de amor;
en caliginoso ardor
me intenta un fuego abrasar,
ocasionado en mirar

en vos, dando asombro al aire,
valentía en el donaire
y donaire en el mirar.
  Cuando el remedio se ordena
de tanto desasosiego,
busco alivio y hallo fuego,
busco gloria y hallo pena.
Si tal deidad me condena,
  ¿dónde iré? Mirad que ya
el alma diciendo está
que firmeza en el olvido
¿quién como vos la ha tenido?
¿Quién como vos la tendrá?
  No quiero premio mayor
que quereros y serviros;
y vengo ahora a pediros
licencia, hermosa Flor,
para teneros amor.
  Un daño se estorbará
así, pues, preguntan ya,
viendo mis pesares ciegos;
gustosos desasosiegos
en el valle ¿quién los da?
  Dadme licencia, señora,
para amaros y quereros,
porque es imposible el veros
sin amaros, dulce aurora.
Quien esta verdad no ignora
  os pone en la soledad.
¿Por qué esté con tal crueldad,
y presa como enemiga
quien la libertad cautiva,
quien roba la libertad?

FLOR

¿Ha dicho Vueseñoría?

COMENDADOR

Sí.

FLOR

Pues escúcheme atento.
Agradezco el sentimiento
y estimo la cortesía.
No es amor, sino porfía,
no es cuidado, sino error,
no es pasión, sino favor,
y se ve con evidencia,
porque quien pide licencia
para amar, no tiene amor.
Esto en cuanto a lo primero.
Y digo ahora, mi rey,
que quien quebranta la ley
del honor, no es caballero.
Servirle obediente espero,
mas hágame cortesía
de volverse Vueseñoría,
porque si no, le prometo
que lo que ha sido respeto,
pasará a ser grosería.

COMENDADOR

Don Juan.

DON JUAN

Señor.

COMENDADOR

¡Vive Dios,
que es terrible esta mujer!

DON JUAN

¿Qué responde?

COMENDADOR

Que me vaya
o que será descortés.

JURÓN

Buen remedio.

COMENDADOR

¿Qué?

JURÓN

Volvernos.

COMENDADOR

Amigo, pues que sabéis
que el amor es turbación,
y se negocia más bien
por terceros, acercaos
a esa ventana, y haced
como tan discreto amigo.

DON JUAN

(Con menos pena podré
viendo la resolución
de mi dueño).

Aparte. [*El Comendador queda a un lado de la escena, y los actores se acercan o alejan según lo requiere el diálogo.*]

COMENDADOR

Jurón

JURÓN

[¿Qué?]
¿Qué manda Vueseñoría?
¿Hay algunos que prender?

COMENDADOR

Triste estoy.

1496 [¿Qué?] Lo añado para regularizar el verso.

JURÓN

Pues alegrarse.

DON JUAN

Mi esposa, mi Flor...

FLOR

Mi bien...

DON JUAN

Habla paso, no nos oigan.

FLOR

¡Qué importa! A voces diré
que soy tuya y que te adoro.

DON JUAN

No, por tu vida.

FLOR

Un papel
tengo escrito. Toma.

Arrójalo.

COMENDADOR

(¿Cielos, qué es lo que miro? *Aparte.*
No sé si fue ilusión del sentido
o capricho, venir él
tan triste, tan pensativo,
sin hablar, sin responder,
adelantar el criado,
que no sin industria fue,
alegrarse cuando yo
envío a hablarla, y también

1505-7 El trozo está deteriorado. Falla la medida de los versos y la rima, pero no el sentido. Podría restituirse en 1506: *miré*.

hablar con tanto recelo.
¡Vive Dios!) Don Juan, ¿va bien?

DON JUAN

No, señor.

COMENDADOR

¿Pues cómo ahora
os arrojó este papel?

DON JUAN

Ese, señor, era mío.

COMENDADOR

Así, pues, don Juan, volved
a hablarla.

DON JUAN

(A un desdichado *Aparte.*
nada le sucede bien.
No quiero que mi desgracia
la llegue Flor a saber.
¡Jesús!, si el Comendador
lo sospechara, no sé...)
¡Flor!

FLOR

Mi dueño, ¿qué te dijo?

DON JUAN

Llamóme para saber
si te rindes a sus ruegos.

FLOR

A los tuyos puede ser.
¿Cómo has estado?

1520 *volved* se encuentra en 1521, y se restituye.

DON JUAN

Sin ti
¿cómo puede estar quien es
tan tuyo?

FLOR

Habla más quedo,
que quiero reñirte.

DON JUAN

¿Qué?

FLOR

La poca satisfacción.

DON JUAN

Hija de unos celos es.

COMENDADOR

Jurón podrá declararme
esta sospecha muy bien.

[*El Comendador se aparta a un lado con Jurón.*]

Jurón, si ahora me dices
lo que pretendo saber
verás el premio que doy
a tu amistad.

JURÓN

Dilo, pues.

COMENDADOR

¿Don Juan tiene amor a Flor?

JURÓN

Tú te puedes responder.

COMENDADOR

¿Cómo?

JURÓN

Quitando, señor,
la interrogación, mas es
muy secreto y me holgara
que no llegara a saber
que soy yo quien te lo ha dicho.

COMENDADOR

Eres cuerdo, dices bien.
(¡Ay más manifiesto agravio!
¡Qué presto que averigüé
mi sospecha! Mas los males
tienen alas, tienen pies
de pluma. ¡Que aqueste engaño
a mis finezas le dé
por premio don Juan! ¡Ah, cielos!
Bien dicen que el amor es
ciego, pues que no repara,
atrevido y descortés,
ni cuando llega a injuriar
ni cuando llega a ofender).
Don Juan, ¿Hay algo de nuevo?

DON JUAN

Muy constante, por Dios, es.

COMENDADOR

Siendo constante con uno,
con otro no lo ha de ser.
Despedidla.

DON JUAN

¿Pues no llega
vueseñoría?

COMENDADOR

No, que
daré celos a un amigo.

DON JUAN

(El lo sabe, cierto es).
Señora, adiós.

FLOR

El os guarde,
pues cómo, don Juan, ¿se fue
el Comendador?

DON JUAN

Los celos
son descorteses tal vez,
y sabe que os amo, adiós.

FLOR

Poco importa, adiós, mi bien.

Vase.

COMENDADOR

Don Juan, ¿habéis visto acaso
un pintor, cuyo pincel,
o rayo del sol dorado
o pluma de Flora es,
que pinta un bello retrato,
[y le da unos lejos que
le autorizan, y le forma
por sus líneas; y después,
o le enfada la pintura]
o no le parece bien,
o por algunos enojos
el cuadro rompe, cruel
y colérico? ¿Habéis visto,
don Juan, esto alguna vez?

1583-5 En el original estos cuatro versos son tres líneas:
y le da unos lejos que le autorizan,
y le forma por sus líneas;
y después, o le enfada la pintura.

DON JUAN

Sí, señor.

COMENDADOR

¿Sí? Pues adiós.

Vase.

JURÓN

No me parece esto bien,
mas ya por señas me llama
el Comendador, y me es
fuerza el seguirle. Señor,
adiós, que no quiero ser
cuadro rasgado.

Vase.

DON JUAN

¿Qué temo
si vengativo se fue?
Si mi amor averiguó,
¿ha de tener él poder
para quitarme la vida?
Tan bueno soy como él.
Quiero volverme al lugar
antes que el negro dosel,
cambie en esplendor luciente
lo que crepúsculo fue.

[ESCENA XI]

[*Calle de Fuente Ovejuna. De noche.*]

Sale el Comendador, y Jurón por otra puerta.

JURÓN

¿Soy, soy yo perro acaso?
¿Siempre me he de adelantar
caminando?

1597 El original: De qué | temo...

COMENDADOR

¡Ah, tal pesar!
De enojo y rabia me abraso.

JURÓN

Esta es muy justa querella.

COMENDADOR

Corre, dile a tu mujer
que me quiero entretener
aquesta noche con ella.

JURÓN

¿Pues, señor, soy yo casado,
por ventura? ¿En qué lo viste?

COMENDADOR

¿Ayer no me lo dijiste?

JURÓN

Así estaba trascordado.

COMENDADOR

Con algo me has de pagar
el gobierno del lugar.

JURÓN

Yo casado, loco estoy.

COMENDADOR

Restauras el beneficio
de aquesta suerte, Jurón.

JURÓN

Es común satisfacción
esa de cualquiera oficio.

1618-9 Falta un verso.

No voy a lo que ha mandado.
De esta vez me has de perder
porque ni tengo mujer
ni he sido jamás casado.
(Mas recorriendo mi idea
una traza voy a armar,
que pretendo ejecutar
antes que más tarde sea).

Vase.

COMENDADOR

Diciembre, mayo al ciprés
es con frondosa porfía.
Fía el mar de su osadía,
día que no da al través.
¿Ves la pompa descortés,
cortés sola al tiempo astuto,
pues su poder absoluto,
austro asombro singular,
no tarde ha de contrastar,
que es árbol que no da fruto?
¡Retrato de mi esperanza,
cómo distinto se ve!
¡Que en don Juan de Flor la fe
no se rinda a la mudanza,
fúnebre castigo alcanza!
Y aunque pretenda tener
lo que puede merecer,
no lo ha de poder gozar,
que es difícil restaurar
lo que es fácil de perder.
Esta es de Jurón la casa.
A semejantes peligros
es remedio el des[a]cuerdo
y medicina, el olvido.
Divertirm'é de esta suerte
mis pesares. Mas ¿qué miro?

Abierta toda la puerta
está. A entrar me determino.

Entra por una puerta y sale por otra.

¡Jurón, Jurón...! Vive el cielo, *Dentro.*
que nadie en la sala he visto.
Todo está oscuro. Mas ya
en una cuadra diviso
una luz que viva oprime
caliginosos martirios.
¿Si se ha mudado Jurón?
¿Si vive aquí? Que no miro
sino sombras, soledades,
penas, tristezas, peligros.
¿Qué es aquesto?

Sale Jurón en traje de demonio con un cohete encendido.

JURÓN

Tente, tente.

COMENDADOR

¡Jesús, Jesús sea conmigo...!
¿Pero yo temo al demonio,
si al mismo Dios no he temido?

Desnúdala.

De esta luciente cuchilla
darán los agudos filos
muerte a fantásticas sombras,
ocasión a precipicios.
Aguarda, verás mi enojo,
que aunque soberbio y altivo,
no puedes volver al cielo.
Hoy tiene de ser preciso
ir allá si de mis manos

no quieres verte oprimido,
que en el infierno no puedes
librarte.

Dale.

JURÓN

¡Pléguete, Cristo...!
¡Que me matan, que me punzan,
que me horadan! ¡Quedito!

Descúbrese.

¡Ay, que soy Jurón!

COMENDADOR

¿Pues cómo
te atreves a lo que he visto,
villano?

JURÓN

Estos son remedios
por no verme hecho signo,
Aries, Tauro o Capricornio.
Vueseñoría no ha perdido
nada en la burla, que yo
fui quien ha estado en peligro.
Lo que le quiero decir,
oiga con ambos oídos:
Había una ley en España,
y era que cuando al suplicio
llevaban al delincuente
a castigar sus delitos,
si alguna mujer ruin
le quisiera por marido,
se casaran, estorbando,
de la ocasión el designio,
la vida, de la mujer
del delincuente, el castigo,
aunque morirse y casarse

todo viene a ser lo mismo.
Llevando un día a ahorcar
a un hombre con grandes gritos
salió una mujer diciendo:
"Yo le quiero por marido".
El hombre, que iba penoso,
arrepentido y contrito,
en la garganta una soga,
en la mano un crucifijo,
así que la vio tan fea,
respondió: "Harre, borrico,
que más quiero que me ahorquen,
que casarme con quien miro".
Aquesta mujer, señor,
se casó después conmigo,
porque hay gustos estragados,
y es muy estragado el mío,
y es tan fea, que sospecho
aplacarás tus designios
si la ves. Mas ¿cómo así *Vase el Comendador.*
te vas? ¿Tiénete ofendido
aquesta burla? Otro fuera
que por hacer lo que él hizo,
de embestir con el demonio,
colérico y vengativo,
agradeciera la chanza.
Mas su corazón altivo,
su soberbia presunción,
su vanidad fue quien hizo
este desprecio. Yo quiero
desnudarme este vestido,
aunque en las obras sospecho
que soy más de lo que finjo.

[ESCENA XII]

Vase Jurón y sale el Alcalde y el Regidor.

ALCALDE

¿Qué hay, Regidor? ¿Qué os parece
semejante atrevimiento?

REGIDOR

¡Que tan grande sufrimiento
aqueste premio merece!

ALCALDE

Pues no lo mandó prender
con igual alevosía.
Alguna bellaquería
intentó, amigo, hacer.

REGIDOR

Estoy, por Dios, sospechoso
de semejante ocasión.
que es terrible su ambición,
y el honor es muy celoso.

Sale Sancho.

SANCHO

Ya manda el Comendador
que de la prisión salgáis.

ALCALDE

Por esa nueva viváis
un siglo.

SANCHO

Es tal su rigor
que ignoro cómo ha querido
perdonaros, y sospecho

por sí mismo no lo ha hecho,
sino alguno ha intercedido.

REGIDOR

¡Qué daños tan inhumanos
ha hecho al lugar entero
desde que vino!

SANCHO

(Quiero *Aparte.*
conjurar estos villanos).
Remedio habrá.

REGIDOR

¿Cómo así?

SANCHO

Si me queréis escuchar
un remedio os he de dar.

ALCALDE

Ya estamos atentos, di.

[ESCENA XIII]

Vanse y sale el Comendador y Enrique.

COMENDADOR

Mal disimulo mis penas.
Llámame, Enrique, a don Juan.

DON ENRIQUE

Ya voy.

Vase.

COMENDADOR

¡Que pretenda darle
al alma tanto pesar,
ciega, una melancolía!

Sale don Juan; y Enrique y Sancho detrás del paño los escuchan.

DON JUAN

Señor.

COMENDADOR

Yo os mandé llamar
ahora por ser forzoso.

DON ENRIQUE

(Hablando los dos están).

COMENDADOR

Para rogaros, amigo...

DON JUAN

Bien podéis, señor, mandar.

COMENDADOR

...que me deis una palabra:
de no salir del lugar
esta noche, y si salís,
que quedéis por desleal
y traidor, porque así importa
a mi honor y vida. ¿Dais
la palabra?

DON JUAN

Sí, señor

SANCHO

(Enrique, ¿qué aguardas ya?
Él pretende ir esta noche

solo a la quinta a gozar
de Flor, y así sospecho;
o celoso de don Juan,
esta palabra le pide.
Vámoslo, Enrique, a aguardar
al camino.

DON ENRIQUE

Dices bien.
Hoy su castigo verá).

Vanse.

COMENDADOR

No tengo más que deciros.
(Aguarda, Flor, que hoy irá
más segura mi esperanza
con la ausencia de don Juan).

Vase.

DON JUAN

Si en presidio poco fuerte
me tiene la confusión,
¿qué mucho que el corazón
esté temiendo la muerte?
Es mi tristeza tan fuerte,
es mi mal tan a trasmano,
que es el resistirse en vano,
considerando en mi acuerdo
la mucha opinión que pierdo
por una gloria que gano.
Arman guerra, amor y honor.
Honor presenta mis glorias;
amor con sólo memorias
pretende ser vencedor.
Fuerte es la pasión de amor;
su poder no tiene igual,
mas la del honor es tal
que, dando al alma un vaivén,

él quiere gozar el bien,
y que el amor tenga el mal.
¿Qué haré en tanta confusión?
Si vence amor, tendré gusto;
si vence el honor, disgusto.
¡Qué penosa emulación!
El blanco es mi corazón
donde tienen de tirar
las armas al pelear,
mas ya la batalla siento
y, faltándome el contento,
me está sobrando el pesar.
Una flecha amor tiró
donde dice que no pierde
nada el honor, que se acuerde
de otros lances que intentó.
Con ella se lastimó,
pero volvióle un revés.
Honor, de honroso interés,
no halló con qué reparar,
y al fin se vino a humillar,
vanaglorioso a sus pies.
Salió luego el pensamiento
galán, de verde vestido,
y opúsosele el olvido
con terrible atrevimiento.
Embistieron con aliento,
mas pensamiento es tan fuerte,
que le venció en una suerte,
y olvido dio tal caída,
que sin esperar la vida
fue despojo de la muerte.
El pensamiento al instante
al amor dio libertad,
y los dos con igualdad,
uno firme, otro constante,
se le pusieron delante

al honor. Llamó al olvido,
y como muerto lo vido,
sin libertad se ha entregado,
y si ayer se vio ganado,
hoy se contempla perdido.
Salió glorioso a triunfar
en bellos carros amor,
llevando preso al honor
con cadenas de pesar,
pero si me he [de] casar
con Flor, en no defender
mi ofensa, vengo a perder
el honor, que tal porfía
ya corre por cuenta mía
el honor de mi mujer.
Pues si quedando y partiendo
vengo a perder el honor,
aquel que nace de amor,
que alcance triunfo pretendo.
En este dudoso estruendo
muerta la voz en los labios,
pido con acuerdos sabios,
amor, pues al viento igualas,
me des tus volantes alas
para borrar mis agravios.

Vase.

[ESCENA XIV]

[En el camino de la quinta de doña Flor. De noche]

Sale el Comendador con la espada desnuda, retirándose de Enrique y Sancho que embozados le acuchillan.

COMENDADOR

¡Traidores, sabed que soy
el Comendador!

1875 En el original: *pretende*.

DON ENRIQUE

No dan
las fementidas noblezas
respetos a la lealtad.

COMENDADOR

Pues aguardad, que este acero
valiente azote será
de desleales.

SANCHO

Al mío
villano se rendirá.

Éntranse riñendo; sale don Juan y vuelven a salir riñendo, y don Juan se pone al lado del Comendador.

DON JUAN

Favorecer un rendido
y lograr una piedad
es deuda de la nobleza.
¡Al Comendador dos hombres...!
Pero lo defenderá
mi valor, aunque ofendido.

[*Los atacantes del Comendador se retiran*]

COMENDADOR

¿Quién eres, hombre, que das
restauración a mi vida?
Ya temerosos se van
los contrarios. ¿No descubres
el rostro? ¿No quiere hablar?
¿Amigo, de mí te encubres?
El que quiere hacer mal
se esconde, no quien arroja
la vida al riesgo leal.
Ya que de mí te recelas,

1893-4 Falta un verso, pero no se corta el sentido.

toma este anillo, y verás
cuando a mi mano le vuelvas,
el premio que se te da,
que hago a Dios juramento
mil veces de no negar
cosa que con él me pidas.
Algún día lo verás.

Vase.

DON JUAN

¡Vive Dios, que va a la quinta
como lo imaginé! ¡Ay,
bella Flor, por tu afición
niega el alma su lealtad!
Aguarda, traidor, aguarda,
que a robar la gloria vas
de un cielo humano que adoro,
dueño de mi libertad.
Tente, inadvertido joven,
o en tu tragedia verás
la defensa en el engaño,
el engaño en la piedad,
la piedad en el rigor,
el rigor en quien te da
la vida, noble, y al fin
la traición en la lealtad.

Vase.

[ESCENA XV]

[*Cuarto de la quinta en donde duerme doña Flor*]

Sale el Comendador tentando con la espada.

COMENDADOR

Por la pared de la huerta
pude con silencio entrar

al cuarto de doña Flor.
Durmiendo todos están.
Aun sin recelar venganzas,
temor la ocasión me da.
Esta es la cama dichosa...

Descúbrese a Flor, que estará medio desnuda, durmiendo en una silla, con luz.

...adonde suele eclipsar
sus rosicleres la aurora.
Durmiendo, durmiendo está.
¡Válgame Dios, qué belleza!
Si muerta basta a robar
las almas, ¿qué hará dispierta?
Mezclados al rostro dan
gloria corales y perlas,
en cuya lucha no hay
distinción de bizarría;
a sus labios dan beldad
grana, escarlata, carmín,
dulce fuente de cristal.
De tanto rumbo es Atlante
una mano donde están
cinco hojas de azucena,
flechas de un niño que da
desvelos a su hermosura,
cuidados a su deidad.
Mas ¿qué me detengo? Flor,
dispierta, mi bien, verás...

FLOR

¡Válgame el cielo! ¿Quién eres?

COMENDADOR

El amante más leal.
No pretendas defenderte,
porque no hay remedio ya,
que vengo determinado

de tu desdén a pesar
dar la muerte a una esperanza,
y a una alma, seguridad.

FLOR

A pretensiones tan vanas,
amores tan poco cuerdos,
a tan ciegos desacuerdos,
y a porfías tan livianas,
respondo firme, señor,
en la constancia y la fe,
que mil vidas perderé,
antes que pierda el honor.

COMENDADOR

No te podrás resistir,
que estoy resuelto a perderme.

FLOR

Cuando intentes ofenderme,
será el remedio morir.

COMENDADOR

Admírete mi poder.

FLOR

Y mi constancia te asombre.

COMENDADOR

Eres mujer y soy hombre.

FLOR

Eres hombre y yo, mujer.

COMENDADOR

Soy rayo.

FLOR

Soy confusión.

COMENDADOR

Soy muerte.

FLOR

Soy valentía.

COMENDADOR

Yo, despeño.

FLOR

Yo, osadía.

COMENDADOR

Yo, espanto.

FLOR

Yo, admiración.

COMENDADOR

Gozárete.

FLOR

No podrás.

COMENDADOR

No me resistas.

FLOR

Detente.

COMENDADOR

Soy osado.

FLOR

Soy valiente.

COMENDADOR

Yo, muy resuelto.

FLOR

Yo, más.

COMENDADOR

¿Qué intentas?

FLOR

Ser homicida.

COMENDADOR

¿De quién?

FLOR

De ti lo seré.

COMENDADOR

Yo la muerte te daré.

FLOR

Yo te quitaré la vida.
Quítale la espada.

COMENDADOR

¿La espada me quitas?

FLOR

Sí.

COMENDADOR

¿Para qué?

FLOR

Para matarte.

COMENDADOR

Eres mujer.

FLOR

Seré Marte
contra el mundo y contra ti.

COMENDADOR

Vive Dios, que pues trocar
puede el amor en rigor,
que, aunque se ofenda mi honor,
la vida te he de quitar.

[ESCENA XVI]

Embiste con Flor, apartándole la espada, échala en el suelo, y yendo a darle con la daga, sale don Juan y tiénele el brazo con la mano en que tendrá el anillo que le dio el Comendador.

FLOR

¡Válgame Dios...!

COMENDADOR

Resistillo
el mundo no ha de poder;
hoy tu castigo ha de ser.
Mas ¿quién me estorba?

DON JUAN

Este anillo.

Embozado.

COMENDADOR

¿Quién eres que a mi crueldad
en semejante ocasión
estorbas la ejecución?

DON JUAN

Soy hijo de la piedad.
Por esta quinta pasé,
gritos de mujer oí,
diome lástima, y así
a darle favor entré.
Lo que en tu anillo has jurado,
no lo tienes de negar.

COMENDADOR

No pretendo quebrantar
la palabra que te [he dado]
porque al fin me defendiste,
pero agradecido soy,
y así una vida te doy
por la otra que me diste.
Y por si en otra ocasión
que se te puede ofrecer,
amigo, me has menester
de más consideración,
y por dar premio con dos
beneficios a una vida,
de tus manos recibida,
toma el anillo, y adiós.

Vuélvele el anillo y vase.

DON JUAN

¿Hasta cuándo han de durar
tantos males? Esta es Flor,
que la lastimó el dolor
y la desmayó el pesar.
Y de su peligro cierta
dispensa los arreboles
en pálidos tornasoles,
sino bien viva, mal muerta.

2016 En el original: *di*.

A cambiar el mal se atreve
en esta triste congoja
blanca la púrpura roja,
y roja la blanca nieve.

FLOR

¡Ay!

DON JUAN

Querida prenda mía,
restituye en tus querellas
reflejos a las estrellas
y lucimientos al día.

FLOR

¿Quién es?

DON JUAN

Don Juan, mi señora.

FLOR

¿Pues quién si no tú pudiera
darme vida?

DON JUAN

No cumpliera
con mi obligación ahora.
Servirte el alma pretende,
mas cuéntame la ocasión
de esta penosa pasión,
si gustas, mi amor.

FLOR

Atiende.
Estando, dulce dueño, aquesta noche,
que, ausente el rojo coche

2045 Al final, *soy*, que suprimo para restaurar medida y rima.
2053-68 Flor expone los efectos del sueño en ella, y en esto coincide con el asunto al que Sor Juana Inés de la Cruz dio extenso

de la vida del día,
en cerúleos alcázares dormía,
cuya inquietud traviesa
baña su majestad y su grandeza
de amor, imaginando los trofeos,
y dando vanidad a mis deseos,
en máquinas distintas los sentidos
quedaron suspendidos,
extinguidas las cárceles del llanto,
muerta la libertad, vivo el encanto,
o preso el sentimiento
y grosero el aliento
y en amorosa calma,
dormido el cuerpo y desvelada el alma;
en aquesta ocasión, con osadía
y con imperiosa tiranía
la voz, ¡válgame el cielo!, me despierta
de aquel ingrato, y más que viva, muerta
las turbaciones templo,
su impiedad miro y su rigor contemplo.
¿No has visto, dueño mío,
por divertir el fuego del estío
una cierva veloz, que hizo cama
del blando césped y menuda grama,
atreguando en verdores
del padre de Faetón los esplendores,
cuando rey bruto aleve
a efectuar sus imágenes se atreve,
—león, digo, furioso—,
ligero en su alborozo,
con erizadas greñas,
rostro valiente, asombro de las peñas,
le embiste? De esta suerte
intentó, ¡ay penas!, intentó ofenderte

---

desarrollo en su silva *Primero Sueño* (impresa en sus *Obras*, II, Sevilla, 1692, págs. 247-76); véase *Obras Completas* de esta poetisa, I, México, 1951, págs. 335-359 y notas. El asunto se expresa con una manifiesta andadura gongorina.

tu bárbaro enemigo.
A resistirle su furor me obligo,
no como cierva rústica sincera,
sino con más valor que alguna fiera.
Yo osada, él impaciente,
yo firme y él valiente,
yo fuerte, él atrevido,
yo airosa y él perdido,
resistí sus pasiones,
negué sus pretensiones,
y estorbé sus locuras,
poniendo mi valor en aventuras,
arriesgada la vida,
ganado el susto, la quietud perdida.
De la suerte que un bruto apasionado,
negro en color, de cuerpo moderado,
de narices abierto, en su desvelo
con prolongada cola barre el suelo,
viéndose amenazar de algún aliento,
sobre un hijo del viento,
con crespada cola y clin rizada,
ancho de tercios, frente relevada,
que le incita veloz rayo de pluma,
bañándose los pechos con espuma,
a él le cerca y a su esfuerzo apela,
con los pies salta, con las manos vuela,
mas el bruto furioso,
colérico y brioso,
aunque el acero ve, tanto se enoja,
que a sus filos intrépido se arroja,
despreciando la muerte
inhumano, cruel, bárbaro y fuerte;
lo mesmo sucedió en aqueste trance.
Llegóse mi enemigo, echéle un lance,
y ya valiente tomo
la espada por el pomo
sácola, y él me embiste,

2109 *clin*: forma corriente de 'crin'.

su acero le resiste;
mas en penas forzosas
no todas osadías son dichosas,
pues en esta ocasión se atrevió fuerte,
y un valor le abalanzó a la muerte;
y cuando sospeché que en tantos males
empedrara la sala de corales,
fue tan grande su dicha,
que halló seguridad en la desdicha;
loco, determinado
y nada enamorado,
pone el sombrero bien, la capa embraza,
y desnuda la daga me amenaza.
Llegaste tú, mi bien, ¡ay Dios!, llegaste,
su furor estorbaste
y a mi esperanza triste
nueva vida le diste.
Al fin, yo, desmayada,
atrevida, colérica, enojada,
apasionada, triste, peligrosa,
vengativa, penosa,
muerto el aliento, la color perdida,
hallé en tus dulces brazos nueva vida.

DON JUAN

No quiero responder a tu fineza
por estar muy de priesa,
que he dado una palabra que me importa,
gloria mía, el honor; tu mal reporta.

FLOR

¡Pues tan presto me dejas,
oigan las aves mis amargas quejas!

DON JUAN

Sé yo que te está bien que quien te adora
no te cause sentimiento ahora,
porque, correspondiendo a tus amores,
soberanos favores

y finezas lucidas,
por no ofenderte perderé mil vidas.

FLOR

Yo, firme amante, de la misma suerte
mil vidas perderé por no ofenderte.

JORNADA TERCERA

[ESCENA I]

[*Sala de la casa del Comendador*]

Sale el Comendador en cuerpo sin ropilla, leyendo un papel.

COMENDADOR

"Cuando por asegurarte *Lee.*
me parto en donde el ausencia
partió al alma sin clemencia,
que sin partir llego a Marte,
hallo pena en cualquier parte,
y así apartada de ti,
lloro en mirar que partí
cuando partir no pensé,
que aunque de ti me aparté
estoy en parte sin ti".

COMENDADOR

Los celos que me atormentan [*Prosigue hablando*]
no me dejan proseguir.
Desde que amo a doña Flor
estoy sin seso y sin mí,
que no la gozé, pudiendo
quitar la vida al que allí

rémora a mi ejecución
lo pudo altivo impedir.
La memoria del suceso
más me atormenta, que si
presente estuviera ahora...
¡Hola, dadme de vestir!

Salen Enrique y Sancho en cuerpo, uno con fuente y toalla, otro con agua, y lávase, y vanle dando el vestido en fuentes de plata, y vistiéndolo, cantan los músicos.

DON ENRIQUE

Lavarte puedes, señor.

SANCHO

¿Cantarán músicos?

COMENDADOR

Sí.

[ESCENA II]

Cantan, y después sale el Regidor con estruendo, y no se alborota el Comendador, sino se acaba de vestir mientras habla.

REGIDOR

¿Por qué negáis mi pretensión valiente?
Dentro.

OTRO

Atrevido, detente...
Dentro.

REGIDOR

No me detengáis, villanos,
o despojos seréis de aquestas manos.

COMENDADOR

¿Quién es, Enrique?

DON ENRIQUE

Un viejo a quien detiene
el tropel de las guardas, que ya viene.

REGIDOR

Tirano de mi honor, ingrato dueño, *Sale.*
que en osado despeño
si tu culpa eternizas,
el sosiego de un alma tiranizas
dando, locos trofeos,
infame ejecución a tus deseos;
soberbio bruto, despeñada fiera,
no alcanza tu carrera
cuando te precipitas;
del cielo huyes, que a Faetón imitas
y en tus fieros desvelos
ni temes a los hombres ni a los cielos,
¿por qué el honor, osado, me quitaste,
mi nobleza afrentaste,
muerte a mi vida [diste]
cuando a mi triste hija ofendiste?
¿Qué altivas libertades
me hicieron blanco a mí de tus crueldades?
Sin vida, sin valor ni honor me dejas.
Ablándente mis quejas
los caducos despojos
que por ti vierten estos tristes ojos,
que en tan duro tormento,
sóbrame el llanto y fáltame el aliento.
Los montes y los brutos más feroces
lastimo con mis voces,
las fuentes más amenas

2207 En el original: *triste.*

me ayudan tiernas a llorar mis penas,
y el verde abril parece
que de escuchar mi llanto se entristece.
Las aves canorosas celebrando
la primavera, cuando
atienden advertidas
a las voces del alma producidas,
suspenden su alboroto,
y se enojan el Céfiro y el Noto.
Los montes, donde triste mi voz hiere
y en sus malezas hiere,
el eco no responden,
ni a su inclemencia dura corresponden
por no repetir tristes
la deshonra, señor, que me hicistes.
De mi voz al acento
las mesmas peñas hacen sentimiento.

Hasta ahora se ha de estar vistiendo, y ahora se acaba de vestir y dice lo siguiente:

COMENDADOR

Dad de palos a ese viejo.

DON ENRIQUE

(¿Tal crueldad y tal traición
consiente el mundo?).

REGIDOR

¡Ay de mí!

SANCHO

Noble señor, tus ahogos
tolerar y reprimir
puedes piadoso contigo.

[*Vase el Comendador*]

REGIDOR

Esta noche he de morir,
si no le quito la vida
por el honor que perdí.

DON ENRIQUE

Ya está su muerte trazada.

REGIDOR

Este es mi compadre Gil.
¿Qué hay de nuevo?

Sale el Alcalde.

ALCALDE

Vengo loco
de placer.

DON ENRIQUE

¡Qué bien! Así
se cumplen mis esperanzas.

ALCALDE

Sin acabar de decir
la traza, visto el intento,
responden todos que sí.
Ya todo el lugar está
conjurado. ¡Cómo vi
una mujer afilando
un cuchillón al venir
para quitarle la vida!

DON ENRIQUE

Partíos a prevenir
lo[s] demás, porque nosotros
le demos aviso aquí
a don Juan.

ALCALDE

Vamos.

REGIDOR

¡Ay, fiero!
¡Véngueme el cielo de ti!

Vanse.

SANCHO

No ha venido hoy a palacio
don Juan, y esperarle así,
ignorando su venida,
es desacertado; al fin,
yo voy a hablarle.

DON ENRIQUE

No,
mejor es que sin decir
nuestro intento, por escrito
lo alcance.

SANCHO

Voy a escribir.

DON ENRIQUE

Vamos.

SANCHO

Ahora restauro
la esperanza que perdí.

[ESCENA III]

[*Calle de Fuente Ovejuna*]

Vanse y sale don Juan y Jurón.

DON JUAN

¿Amigo Jurón?

JURÓN

¿Qué hay?
¿Cómo va? ¿Hay algo de nuevo?
¿Está buena doña Flor?

DON JUAN

Sí, Jurón.

JURÓN

Ya no nos vemos
con aqueste amargo oficio,
que dejar presto pretendo.

DON JUAN

¿Por qué?

JURÓN

Porque ando cansado,
y la otra noche un mozuelo,
sobre quitar[me] la espada,
me dio de palos, perdiendo
el decoro a mi persona,
y a la justicia el respeto.

DON JUAN

Muy grave, Jurón, estás.

JURÓN

¿Hago buen alcalde?

DON JUAN

Bueno.

JURÓN

Esto de mandar a voces,
ya quitando, ya pidiendo;
"Hola, pícaro, soltad

2283 En el original: *quitarle*.

la espada, llevadle preso".
"Vended a catorce cuartos
el pescado". "Le prometo
a Vuesarced que es muy poco".
"¿A cómo queréis"? "Yo quiero,
porque me sale muy caro,
a diez y seis". "Pues vendedlo
y llevadme cuatro libras
a casa luego al momento".
"No pregonéis tan a voces
que me inquietáis a este pueblo".
"Callad, porque os meteré,
jurado a Dios, en un cepo".
"Hermano, decidme, ¿sois
aguador o tabernero?".
"¡Ah, señor Corregidor!,
¿Qué hay? ¿Cómo va de gobierno?".
¿Qué te parece?

DON JUAN

Extremado.

JURÓN

Cuando la vara me dieron,
a visitar fui la cárcel,
y no hallé ningunos presos,
y aquella noche catorce
o quince en ella durmieron.

DON JUAN

¿Y por qué?

JURÓN

Porque jugaban
a la taba. ¿Qué es aquesto?

[VOZ]

Muerto soy.

Suena dentro ruido de cuchilladas.

JURÓN

Dios te perdone.

DON JUAN

¿Cómo, Jurón? ¿Te estás quedo?
¿No sabes que eres alcalde?

JURÓN

¿Y no sabes lo que temo
estas pendencias por ser
pacífico? Y fuera de eso,
a lo que estás hecho ya,
¿cómo puede haber remedio?

DON JUAN

¿Eso dices? ¡Corre, busca
al delincuente, ve presto!

JURÓN

¿Tan simple ha de ser que esté
parado habiéndole muerto?

DON JUAN

Ya me enfadas...

JURÓN

Ahora bien,
yo voy, y con menos miedo,
que todo está sosegado.

Vase, y arrojan desde dentro un papel.

DON JUAN

Un papel cayó en el suelo.
Nadie por aquí parece.
¿Quién pudo arrojarle, cielos?

Lee.

"Esta noche van todos los vecinos de Fuente Ovejuna, armados a palacio, a matar al Comendador. Si queréis ayudarles, vengaréis vuestros agravios y aseguraréis tus esperanzas".

Rómpelo.

El traidor que este papel
me arrojó ahora en el suelo,
no ignora de mi lealtad
los soberanos portentos.
¡Vive Dios, que si en la mano
me le diera, que este acero
hallara pena en su agravio,
buscando vaina en su pecho!
¿Yo, traidor contra quien es
mi señor, mi amigo y dueño?
Aunque más daños me hiciera
que tiene Apolo reflejos,
esmeraldas el abril,
y estrellas el firmamento...

JURÓN *Sale.*

Ya vengo bien despachado.

DON JUAN

¿Qué hay, Jurón? ¿Qué fue el suceso?

JURÓN

Sobre no sé qué palabras
le dieron muerte a un mozuelo
dos vengativos villanos.
Yo llegué, mas "volaverunt";
fui a sus casas y volvíme
sin buscarlos ni ofenderlos.

DON JUAN

¿Por qué causa?

JURÓN

¿Eso preguntas?
¿Eso preguntas? Por esto...

Descubre dos esportillas de dineros en la petrina.

DON JUAN

Esa, Jurón, no es justicia.

JURÓN

Míralo, señor, atento,
y verás que hice bien.
Si los mato, si los prendo,
si los ahorco, es andar
en quimeras y rodeos,
alborotando la gente
y escandalizando el pueblo.
Fuera de esto, hay pocos hombres
en el lugar, según pienso,
y si así de dos en dos
voy despachando, habrá menos.

DON JUAN

Interesado, ¿eso dices?

JURÓN

Soy Jurón, ellos conejos.
Huyen de las madrigueras,
¿cómo he de poder cogerlos?
Dijo un filósofo que era
vida del hombre el dinero,
y quien no lo poseía,
estaba entre vivos muerto.
Por él los más habladores
son mudos, linces los ciegos;
los coléricos se ablandan

y se humillan los soberbios.
Él da la fama, hermosura,
poder, honores, gobiernos;
sin él no hay hombre con gusto,
y con él todo es contento.
Bien pudiera adelantarme
en lo que te voy diciendo,
mas amargan las verdades
y no son para este tiempo.

DON ENRIQUE *Sale.*

El Comendador os llama.
Vamos a palacio.

JURÓN

Cielos,
perdonadme, pues sabéis
con la intención que lo he hecho.

[ESCENA IV]

[*El mismo lugar. De noche.*]

Vanse y sale Flor en traje de hombre de noche con espada y rodela.

FLOR

Locas temeridades,
lucidos desacuerdos,
tempranas osadías,
amorosos despeños,
raras ejecuciones,
ciegos atrevimientos,
precipicios bizarros
y valientes deseos,

¿qué intentáis, atrevidos?
¿Qué pretendéis, severos?
¿De un amor las finezas,
de una vida los riesgos,
de un traidor los castigos
y de un leal los premios?
Pero, al fin disculpados
estarán mis intentos
por ser hijos de amor,
ciego Dios, niño tierno.
Un papel he pisado,
y que está roto, pienso,
pero pues alborotos
ocasiona y recelos
al alma que le teme,
verlo a la luz pretendo
que en tres cuartos me ofrece
la querida de Erebo.

Lee.

¡Válgame Dios, qué miro!
¡Válgame Dios, qué leo!
Alegre, me alboroto,
y alborotada temo,
temerosa, me incito,
incitada, me alegro,
pues viniendo a quitarle
la vida, y el intento
hoy al Comendador,
que se levantan veo
contra él sus vasallos
negando a mis deseos
la gloria que aguardaban,
siendo término fiero
o de su libertad
o de su atrevimiento.
A don Juan enviaron

2419 *Erebo*, hijo del caos y la noche, es símbolo de las tinieblas.

el papel, y sospecho
que le rompió enojado
que, aunque con manifiestos
pesares le provoca,
es noble, y yo no tengo
la consideración
que a la ley de quien soy, debo;
mas soy mujer, bastante
disculpa de mis yerros.
Oféndeme un tirano
y matarle pretendo,
valiente, poderoso,
teniendo el noble pecho
de cólera mudado
y de venganza lleno.
Mas aquí viene gente.
Yo me voy, que pretendo
encubrir mis disfraces
a veras pensamientos.

[ESCENA V]

[*Sala de la casa del Comendador*]

Vase y sale el Comendador, y al salir cáesele la daga, tropieza sobre ella y no se hiere.

COMENDADOR

¡Jesús! De tal suerte estoy
que no sé si vivo o muero.
Milagro fue con mi acero
no matarme. ¿Dónde voy?
Triste el alma se alboroza,
y en tan peligroso mal
estoy, vive Dios, mortal;
mas una mujer hermosa
con lastimoso donaire,

sin que su consuelo ordene
por aquella sala viene
dando suspiros al aire.

Y en tan lamentable guerra
y penoso desconsuelo,
da suspensiones al cielo
y lágrimas a la tierra.

Sobre el nácar que colora,
arroja de dos en dos
las perlas. Válgame Dios,
¡qué dulcemente que llora!

Afligen la zagaleja
pesarosos desconsuelos
en pena tan triste, ¡ay cielos!,
que tiernamente se queja.

¿A quién habrá que no rinda
en su llorosa querella?
Por Dios, que no fue tan bella
la malograda Florinda.

Las piedras más duras quiebra
moviéndolas a piedad,
por su ofendida beldad
a quien España celebra.

Su mismo llanto murmura,
que al Sol con perlas lastime,
al mundo todo la estime
por primera en la hermosura.

Si mayor beldad altera,
mas la desdicha ya da

2467 Este verso y los 2471, 2475, 2479, 2483, 2487, 2491 y 2495 pertenecen al romance de la Cava, amante de don Rodrigo, llamada Florinda (2483), contenido en la *Segunda Parte de la Primavera y Flor de los mejores romances*, de Francisco de Segura, Zaragoza, 1629, y que comienza lo mismo: "Dando suspiros al aire..." (*Romancero general*, B. A. E., X, tomo I, núm. 590). Monroy lo glosa en el monólogo lírico del Comendador.

primicias de que será
en las desdichas primera.

Canta dentro la siguiente copla, y sale Margarita después suelto el cabello, llorosa, y con una fuente de plata cubierta.

Cantan.

"Pudieras, ingrato amante,
cuando intentaste mi ofensa,
medir mi honor a tu gusto,
tu traición a mi inocencia."

COMENDADOR

¿Quién eres, mujer divina?
¿Di quién eres, ninfa hermosa,
sacro prodigio del orbe,
dulce admiración de Europa?
¿Quién eres, que tan bizarra
lucidamente ocasionas
pasmo a tu soberanía,
veneración a tu pompa?
De tus ojos, de tu frente,
hurta rayos, hurta aljófar,
Cintia bella, Febo ilustre,
él brillante, ella gloriosa.

2496-9 Esta copla pertenece al romance mencionado, y es el comienzo de la imprecación de Florinda al Rey.

2500-573 La preciosista tirada de versos del Comendador acompaña una presentación escénica impresionante, formando un conjunto muy característico en el que la música (2496-9), la condición pictórica de la escena que culmina con la aparición de la calavera, y la retórica de las palabras, se compenetran para fascinar al espectador. Obsérvense las anáforas: *quién eres* (2500, 1, 4, 62); *tan* (2536-39); *qué mucho que* (2548, 54); *ni* (2583-5); la constante amplificación, acumulación de términos y la organización de éstos: en distribución semejante (2516, 7, 8, 9; 2521, 2, 3; 2564, 5, 6, 7; 2569-71); correlativa a-b+a'-b'+b''-a''+a'''-b''' (2509-11); la anadiplosis o peculiar geminación ...alma, el alma...; ...gloria, la gloria...; ...vida, la vida... (2269-71); los bimembres (2508-11; 2536-39; 2547); el trimembre (2545).

2508-11 Refiérese a los ojos (sol) y la frente (luna).

Lo luciente de tu rumbo,
¿con qué fulgores lo doras,
hijas del Etna del cielo,
si rutilantes antorchas?
Teme Júpiter en tronos,
Venus envidia en alfombras,
venera Vulcano en solios,
Neptuno admira en carrozas.
Rayos sí, cabellos no,
esplendores que te honoran,
estrellas que te fulminan,
guirnaldas que te coronan.
Céfiro y Favonio ondean
en competencia amorosa,
de cuya valiente lucha
sacras resultan victorias;
en dos hojas de escarlata
ostenta perlas y aljófar,
la emulación de Pancaya,
el asombro de Pomona,
bruñido marfil, sino
lenta plata luminosa;
divino Atlante ministra
rasgos de vida a la gloria;
tan amable, tan ilustre,
tan suave, tan hermosa,
tan valiente, tan altiva,
tan bizarra, tan heroica,

2512-5 El trozo está maltrecho; procuro sacar sentido a lo que dicen los versos del impreso, en particular los 2516 y siguientes: "con que fulgorosa doras, hijas del Tenea del cielo". El sentido es que su rumbo está rodeado de luces como estrellas fugaces (¿habría en la representación luces de cohetes para aumentar la espectacularidad?).
2519 El impreso: *Netupno.*
2520 Pasa al elogio de los cabellos.
2523 Los cabellos son movidos por los vientos.
2528-9 Las mejillas, en las que se reúnen los colores escarlata y blanco.
2530 *Pancaya*: isla o parte de la Arabia feliz, celebrada por la mirra y perfumes que producía.
2531 El impreso: *Poncona.*

te miro, mujer divina,
que a tener mil almas, todas
las condenara a tus plantas,
dulce infierno, pena honrosa,
de la ambición tributario,
cetros, laureles, coronas,
para rendir tu deseo
breve aplauso, corta pompa.
¿Qué mucho que a esplendor tanto
o lozana o envidiosa
niegue la dama de Erebo
oscuro velo, y la aurora
sí borre brújulas, tronche
crepúsculos, quiebre sombras?
¿Qué mucho que a tal deidad
canten músicas sonoras
las cítaras animadas,
si no plumosas tiorbas,
ofrezca el prado libreas,
rindan sus partos aromas,
cuajado cristal las fuentes,
que se hielan si te notan?
Dime quién eres, y estima
un alma, ninfa, que postra
la libertad más humilde
a la beldad más gloriosa,
la esperanza más sujeta
a la más cándida aurora,
la pena a un cielo con alma,
el alma a un mundo con gloria,
la gloria a un rayo con vida,
la vida a un astro sin sombras,
y la atención más constante
a la mujer más hermosa.

2550 *dama de Erebo*: la luna.

2552 *brújula*, aquí 'visión atisbada, entrevista en la lejanía de un fondo, confusa', cfr. v. 3075: *pardas brújulas*, que en este caso son como paños que cubren. Partiendo del sentido de 'brújula de navegar' y 'agujerito de la puntería de la escopeta' (Cov.), se fue usando figuradamente como 'dirección, rumbo; mira, lo que asoma o se ve en un fondo, aparición atisbada'.

Pone Margarita la fuente cubierta sobre un bufete y vase, no por la puerta que entró el Comendador, y turbado dice:

¿Hay más asombros? ¿Hay más
espantos? ¿Más prodigiosas
ocasiones? Ya se fue
triste, quiero ver ahora
el presente que me ofrece.

Alza el tafetán y descubre una muerte.

Una muerte, anunciadora
de presagios desdichados
y desdichas presagiosas,
mas ni su horror me edifica,
ni su figura me asombra,
ni su estampa me amedrenta,
ni me aflige su memoria,
que soy fiera desbocada,
ave que los vientos corta,
flecha que el eco dispara,
nave que rompe las olas,
arroyo que se despeña
y rayo que el cielo aborta.

[ESCENA VI]

Sale don Juan, triste.

DON JUAN

Dicen que vueseñoría
me llamaba, y vengo ahora
a obedecerle.

COMENDADOR

Don Juan,
¿qué pesar os apasiona?
Parece que estáis penoso.

¿Quién os aflige y enoja?
Para aquesto os he llamado;
decidme vuestras congojas,
referidme vuestras penas
y aflicciones, pues no ignora
vuestra amistad que os estimo,
y las siento como proprias.

DON JUAN

Escuche atento y sabrá
—si mi dolor se reporta
en tan públicos agravios
y en ofensas tan notorias—
el enojo que me incita,
el pesar que me provoca,
la obligación que me esfuerza,
la pasión que me apasiona
a llantos tan pesarosos
y a quejas tan lastimosas.
Apenas los tres lustros
puso el tiempo en mi persona,
señor, si barba no mucha,
consideración no poca,
cuando habiendo don Rodrigo
Téllez Girón, que es ahora
maestre de Calatrava,
dado premio a tus victorias,
que ya se extendían bizarras,
que ya volaban heroicas,
te hizo Comendador
Mayor, y yo, que no ignoras
el amor con que te quise,
entré a servirte, y me honras
con darme una clavería.
Juntos los dos a la trompa
de Marte, voz sin aliento,

2628 *clavería*, cargo de clavero, que en la Orden cuidaba del castillo; propiamente el que tiene las llaves, "y es nombre de dignidad" (Cov.).

dimos materias gloriosas;
veniste a Fuente Ovejuna,
que es de tu Encomienda, propria
villa; trujiste soldados
que en ella están hasta ahora
para sustentar la voz
del Rey de Portugal; nota
la ofensa, pues, que, soberbios,
los vecinos ocasionan,
dando logro a sus deseos,
guerras del ocio afrentosas.
Quise impedir, y no pude,
temeridades tan locas,
y por no ofender tu gusto,
disimulé mis congojas,
hipócrita de descuidos...
Pero aquesto poco importa.
Salí a caza cierto día,
y sobre bellas alfombras,
guarnecidas con arroyos
que sus márgenes adornan,
claras, de plata serpientes,
si no saetas de aljófar,
allí donde los alisos,
álamos y robles brotan
de diamantes los pimpollos
y de esmeraldas las hojas,
y haciendo de sus ramas
broqueles, la luminosa
luz del sol niegan al suelo
por concederle su sombra;
sobre los bazos de un chopo
duerme una parra frondosa
sin recordar, hasta que
el Céfiro se alborota;
arroyos corren valientes,

2639 Entiéndase [a] los vecinos.
2664 *recordar*: 'despertar'.

aves gorjean canoras,
animales saltan tristes,
flores viven olorosas.
Aquí vi a doña Flor, hija
de don Juan de Figueroa,
Comendador de Vallagas,
que en esa quinta espaciosa
entretiene sus cuidados
y su primavera goza.
Habléla, correspondióme,
visitéla, y ya me honra
tanto que a darme se obliga
palabra de ser mi esposa.
Vídola Vueseñoría;
también contóme su historia
encareciendo beldades,
sino afectando congojas.
No le declaré mi amor,
que fuera ofensa notoria
ofender y resistir
la ocasión que se enamora.
Fue Vueseñoría a la quinta;
respondió Flor desdeñosa,
volvióse a Fuente Ovejuna
y hizo extremos que asombran.
Una palabra me pide
y mi lealtad otorgóla,
mas como en cosas de honor
que por el amor se gozan
no hay traiciones que amedrenten
ni lealtades que sean sordas,
rompí la palabra, y fue
el romperla, si se nota,
para defender dos vidas,
para estorbar mi deshonra,
pues que, volviendo a la quinta,
en el camino le enojan
dos embozados, y yo
tercio la capa y con honra...

—mas ya lo vio, llego al fin.
Quiso ofender a mi esposa,
bien así como una ausente
tortolilla gemidora
que sobre un pino encumbrado
con el dulce esposo forma,
entretejido su lecho
de abrojos y espinas toscas,
aguarda a su esposo; y como
se tarda, triste y penosa,
saltando de rama en rama,
volando de copa en copa,
con vista atenta, si inquieta,
de su venida se informa;
y parece que pregunta
el ruiseñor y a la alondra
por su querido; y si mira
volando alguna paloma,
vuela, alcánzala y la dice
si ha visto a su amante; sola
vuelve a su amoroso nido,
y allí gime si no llora,
ya con los ojos le busca,
ya con arrullos le nombra,
ya con el pico las plumas
concierta, riza y adorna;
cuando de repente mira
un gavilán que alborota
sus alternantes requiebros,
pues da a entender su persona
que con el pico desgarra
y con las uñas destroza,
horrible de sus injurias,
símbolo y estampa propria,
pues determinado quiso
dar la muerte a Flor hermosa;
valerosa se resiste

2707 *esposos*: 'los que se han dado palabra de casamiento, o sea de presente o de futuro' (Cov.).

pero su constancia nota,
y en vez de premiar su fe,
su muerte pretende sola.
Llegué, detúvele el brazo
colérico, y aquí ahora
vengo a hallar tres injurias:
una, que siendo notoria
por los indicios que tuvo
mi afición a su persona,
su pretensión prosiguiera.
La segunda, que la honra
a quitarle se ponía
sabiendo que era mi esposa,
porque amores entre iguales
para este fin se ocasionan.
La tercera, que furioso
le quisiera matar, propria
traición contra mí, pues sabe
que es de mi alma custodia,
y quien la muerte le da
de la vida me despoja.
Del valeroso Alejandro
me refieren las historias
que dio su dama a un amigo;
siendo mía Flor hermosa,
fuera mucho no estorbar
mis pretensiones heroicas,
que por la amistad debía
cuando fuera suya propria,
pues no había de casarse
con ella, hacerla mi esposa.
Mas casaréme con ella,
¡vive Dios!, aunque se oponga
de la esfera tachonada
la clavazón luminosa.
Estas, señor, son las quejas
que el corazón me apasionan,
las penas que me lastiman,
los males que me congojan,

los peligros que me ofenden,
los daños que me alborotan,
los pesares que me obligan,
los agravios que me enojan,
los riesgos que me amenazan,
las traiciones que me asombran,
los disgustos que me incitan,
las causas que me provocan
a excesos tan pesarosos
y a quejas tan lastimosas.

COMENDADOR

Aunque pudiera enojarme
justamente, no me enojo,
en quejas tan engañosas
y en engaños tan notorios,
porque sé que os tiene amor
vendados, don Juan, los ojos,
y no advertís lo que yo,
que tan sin pasión os oigo.
La queja que me imputáis,
que mis vasallos destrozo,
sustentando los soldados
con que los decretos rompo
de la lealtad y modestia,
guerra afrentosa del ocio,
tiene disculpa bastante,
porque el Maestre famoso,
mi señor, sigue el partido
del de Portugal; y como
enemigos de Fernando,
en su poder recelosos
y en el riesgo prevenidos,
los Comendadores todos
de Calatrava observamos
soldados, que es lance heroico

2814 *observar soldados*: la expresión es insólita. El *Dic. Crít. Etim.* indica que *observar* es un cultismo tardío (usado por Ribadeneira, muerto en 1611); acaso pudiera haber influido alguna

anticipar las defensas
a los peligros forzosos.
Prosiguiendo en mi descargo
a las injurias que noto,
a las ofensas que advierto
y a los agravios que toco,
digo, don Juan, que una tarde
salí del mes más hermoso
—ya lo sabéis, mas es fuerza
referirlo— así al soto
a caza, y en las florestas,
donde en cristalinos toldos
los pastores y zagalas
admiran narcisos proprios,
que de serpientes de plata
mil espejos luminosos
apacientan, fabricando,
el ganado vedijoso;
allí donde a matizadas
flores —imperio vistoso,
de la que Flora los prados
viste con lucido adorno—
desperezándose el sol
por sus rutilantes solios,
de tumba iluminaciones
en brillantes líneas de oro;
allí vi a Flor, sol entonces
de los valles y los sotos,
vida luciente de flores,
muerte divina de todos.
Pretendo de su beldad
gozar divinos despojos.
Mi vencimiento os refiero,
vos lo escucháis animoso,
vais a hablarla a la quinta,

---

acepción del lenguaje militar latino (*observare ordines* (Salustio): 'mantenerse en sus filas'). El sentido queda claro: 'mantener' (¿O alguna errata?).

despedíme de sus ojos,
a verla parto una noche,
mis ardores no reporto,
respóndeme desdeñosa,
al lugar me vuelvo loco,
unos celos averiguo,
de vuestro papel me informo,
concedéisme una palabra,
pártome a la quinta solo,
resiste mi ejecución,
colérico me alboroto,
quiero quitarle la vida,
saco la daga furioso,
resiste mi valentía,
hallo en un anillo estorbo,
y si yo fui gavilán,
mal se lucen mis destrozos,
pues injuriado me ausento,
y soberbio me reporto;
y en esta pena, este susto,
este agravio, este alboroto,
halláis don Juan tres injurias,
y las mismas en vos noto:
Es vuestra injuria primera
que, siendo de Flor dichoso
amante, os galanteaba vuestra
vuestra dama; yo respondo
que vos fuisteis el culpado,
pues negasteis cauteloso
lo que decís ofendido.
Si de mi amor os informo,
y vos, don Juan, le dais alas
¿qué estáis ahora quejoso?
Cuando os declaré mi pecho,
fuera a mi intento estorbo
el decir "Señor, yo soy
de Flor amante y esposo".
Mas, ¿qué me culpáis, sabiendo
que en lances de amor heroicos

quien disimula su agravio
o no es noble o está loco?
La segunda injuria tiene
satisfacción, que es notorio
que en lances de amor un hombre
atrevido, poderoso,
mozo, valiente y travieso,
ni ha de ser cortés ni corto.
Ni os ofendí, ¡vive Dios!,
ni en querer después furioso
matarla para vengar
desprecios tan desdeñosos.
Vos sí que, habiéndome dado
palabra en un cuarto a solas
de no ir a la quinta —pena
de traidor y de alevoso—
la quebrantasteis rompiendo
a mi persona el decoro.
Si Alejandro dio su dama
a un inferior, no era poco
que a mí, que soy vuestro dueño,
y que más que vos importo,
me la diérais, no ignorando
que es menos perder del todo
la liviandad de un vasallo,
que de un señor el reposo.
Mirad quién es más culpado.
¡Ya mis agravios conozco,
ya me enfado, ya me ofendo,
ya me injurio, ya me enojo,
ya me abraso, y vive Dios
que no habéis de ser esposo
de Flor, si en vuestro favor
se mueven los cielos todos!
Tiembla el orbe, brama el cielo,
teme el mar, crujen los polos,
que en esta muerte, esta rabia,
esta pena, este alboroto,

esta venganza, este daño,
este pesar, este asombro,
esta angustia, esta fatiga,
este dolor, este ahogo,
puesta el alma en un tormento,
puesta la vida en un golfo,
será asuelo de traidores,
seré asombro de alevosos,
dilatando mi castigo
a los reinos más remotos,
a las más brutas provincias
y a los imperios más solos.

DON JUAN

¡Yo soy don Juan de Mendoza!

COMENDADOR

¡Yo don Fernando me nombro,
de Guzmán!

Tercian las espadas.

DON JUAN

De mis aceros
tiemblan los turcos y moros.

COMENDADOR

De mi espada los traidores
se estremecen.

DON JUAN

(No me arrojo
a matarle, porque he sido
su amigo.

COMENDADOR

No me provoco
a lo mismo, que me ofendo

bañando de un alevoso
en la sangre aqueste acero).
Si me incito...

DON JUAN

Si me enojo,
seré muerte...

COMENDADOR

Seré rayo...

DON JUAN

seré espanto...

COMENDADOR

seré asombro...

DON JUAN

de los brutos...

COMENDADOR

de las fieras...

DON JUAN

de los montes...

COMENDADOR

de los sotos...

DON JUAN

de las fuentes...

COMENDADOR

de los ríos...

DON JUAN

de los robles...

COMENDADOR

de los chopos...

DON JUAN

Seré desmayo de brutos.

COMENDADOR

Seré del Orbe destrozo.

[*Enfrentados los dos, espada en mano, se retiran de la escena*].

Tocan cajas, y dicen dentro.

[VOZ]

¡Al arma, Fuente Ovejuna viva!

OTRO

¡Viva, y mueran los traidores!

OTRO

¡Viva el rey Fernando
y Isabel, heroicos!

Tocan.

DON JUAN

[*Reaparece en escena*].

Ya contra su Señoría
viene armado el lugar todo
pretendiendo el darle muerte;
será su infeliz despojo,
y porque advierta que soy
leal, en este alboroto
me voy de Fuente Ovejuna;
a ayudarle no me pongo,
que no merece mi amparo
quien me desprecia furioso.

Vase.

[ESCENA VII]

Salen por el lado que está el Comendador, Enrique, Sancho y Jurón, y por el otro Flor, Margarita, el Regidor y el Alcalde con las armas desnudas, alabardas y palos.

FLOR

Amigos, yo soy don Juan,
ánimo.

TODOS

¡Muera!

COMENDADOR

¡Alevosos,
sabéis que soy don Fernando!
Escuchadme atentos todos.

TODOS

¡Muera!

Vanse del bando del Comendador al de los villanos, Sancho y Enrique.

COMENDADOR

Enrique, Sancho, amigos,
¿conocéisme?

DON ENRIQUE

Sí conozco,
mas este es justo castigo.

2977 *Conocimiento*: significaba también 'amistad, familiaridad'. 'Desconocido, el ingrato que ha perdido el conocimiento y la memoria del bien recibido' (Cov.).

JURÓN

Yo me vengo a quedar solo,
señor, mas viva quien vence.

Pásase con los demás.

COMENDADOR

No importa, que de humor rojo
he de vestir este suelo.

TODOS

¡Vivan los reyes heroicos
y mueran los desleales!

Vanse dando de cuchilladas, y dase dentro la batalla tocando al arma, y sale después el Comendador lleno de polvo y de sangre agonizando.

COMENDADOR

¡Válgame Dios, ya me ahogo
con la sangre, ya me falta
el aliento! ¡Qué penoso trance!
Ay cielos, ¿quién pudiera matarlos?
Mas ¿cómo podré si la vida es
ya de las Parcas despojo?
Jesús, Jesús...

Cae muerto.

Salen todos.

FLOR

[*Disfrazada, y a quien toman por Don Juan*].

Aquí está.

MARGARITA

Traidor, a mis pies te postro
para acabar de matarte.

2980 Es frase proverbial que recoge Correas: "Andar a *viva quien vence*".

DON ENRIQUE

Llegad y matadlo todos.

TODOS

¡Muera, muera!

FLOR

Ya está muerto.

TODOS

¡Muera, muera!

MARGARITA

No reposo
mi cólera; sus cabellos
he de arrancar.

REGIDOR

Yo me arrojo
a darle, aunque muerto esté,
mil puñaladas.

FLOR

Lloroso
espectáculo.

ALCALDE

Señores,
desde aquel castillo tosco
lo he de arrojar hasta el suelo,
porque le divida en trozos.

FLOR

Amigos, esto está hecho.
Lo que falta es que si todo
el firmamento se mueve

2994 El original dice *Llegad todos y matadlo.*
2996 Añado los gritos para completar el verso.

airado contra nosotros,
no se ha de saber quién fue
inventor de este destrozo.
¡Fuente Ovejuna lo mata!

REGIDOR

Con tu gusto, don Juan, somos
contentos.

FLOR

¿Quién dio la muerte
al Comendador penoso?

TODOS

¡Fuente Ovejuna!

Pues, ¿quién
es Fuente Ovejuna?

TODOS

¡Todos!

Vanse y llévanlo arrastrando de una pierna con voces y alaridos, y sale don Juan.

[ESCENA VIII]

[*Calle de Fuente Ovejuna*]

DON JUAN

El amistad que he tenido
desde niño a mi señor,
pudo templar mi rigor,
pudo dar muerte a mi olvido.
Parte del alma le di,
cuando su amigo le amé,
y aunque el amor eclipsé,
la amistad no la perdí.

Y ahora determinado
vuelvo a este ingrato lugar
por poder en él cobrar
la parte que le he entregado.

Sale Flor por otra parte embozada.

FLOR

Muerto queda mi enemigo.
Quiero a la quinta volverme,
pues pude satisfacerme
sin arbitrio ni testigo.

DON JUAN

¿Quién va allá?

FLOR

Gente de paz
o de guerra.

DON JUAN

¡Gran valor!
¿Quién eres?

FLOR

Marte y amor,
mira si me vencerás.

DON JUAN

Extremada impertinencia.
¿Eres poeta?

FLOR

No soy
sino el diablo, y estoy
mohino de una pendencia,
las armas alborotadas,
y así para despicarme

quisiera contigo darme
cuatrocientas cuchilladas.

Riñen.

DON JUAN

Saca el acero.

FLOR

No es
sino rayo de Vulcano,
que despide de mi mano
el enojo y la altivez.
Don Juan de Mendoza soy,
huye, cobarde.

DON JUAN

No puedo.
Flor es. A tus pies me quedo,
pues tan venturoso soy.
Quítame la vida aquí
de tu cólera ofendida,
que no es mucho dé la vida
a quien el alma le di.

FLOR

¡Don Juan!

DON JUAN

¡Mi bien!

FLOR

¡Qué portento!

DON JUAN

¿Quién te ha disfrazado?

FLOR

Amor.
¡Ya murió el Comendador!

DON JUAN

¿Qué dices?

FLOR

Escucha atento.
Apenas con la ocasión
que me dieron sus injurias,
me determiné, intentando
la venganza de las tuyas,
y castigar sus ofensas
tan osadas como injustas,
cuando mis atrevimientos
el galante traje mudan
en el que miras. Llegué,
don Juan, a Fuente Ovejuna
sin riesgo, porque la noche
la pompa del cielo oculta
en desmayados tellices,
sino aparatosas tumbas,
pardas brújulas, que cubren
oscuros palios que frustran;
y a la luz de las estrellas
y al candor de la luna,
vine cubierta a palacio
pretendiendo la desnuda
daga vestir en su pecho;
y dio logro a mis venturas
o la venganza o la rabia
o el valor o la fortuna,
porque batallando osadas
todas, en mi intento, juntas
de cólera el pecho visten,
de furor el alma inundan;
atravesando una sala
pisé un papel y confusa
vide, juntando sus piezas,

3073 *telliz*: 'la cubierta que ponen sobre silla del caballo del rey o gran señor, cuando se apea' (Cov.).

que tu brazo se promulga
al castigo de un tirano;
de él me informo que conjura
al lugar para matarle
aquella noche la turba;
y recelando el peligro
que, aunque en el valor no hay dudas,
porque no teme cobarde,
algunas veces son justas,
rondé el lugar, festejosa,
hasta hallar la conyuntura,
cuando el clamor oigo atenta
de la vengativa furia
diciendo "¡Mueran traidores
y vivan edades muchas
los reyes, el gran Fernando
y Isabel! ¡Fuente Ovejuna!".
apellidando furiosos
en su clamorosa fuga.
Mi enemigo don Fernando
de Guzmán, viendo la injuria,
a su casa se retira,
y su gente armada junta;
dos horas se defendió.
Quiere hablarles; no le escuchan.
Pide treguas; se las niegan,
y al fin la plebe confusa,
animosa en la venganza,
toda en escuadrones junta,
mató catorce soldados;
ya se embisten, ya se cruzan,
ya acometen, ya resisten,
ya se tiran, ya se ofenden,
ya se agravian, ya se injurian,
ya se hieren, ya se matan,
ya hacen rostro, ya se ofuscan;
yo entonces determinada,

3123-4 Falta un verso.
3127 *Hacer rostro*: 'o ponerse cara a cara contra otro' (Cov.).

la capa embrazo, y desnuda
la espada, al Comendador
llego y abato la suya,
animada de las voces:
"¡Al arma, Fuente Ovejuna!
¡Mueran traidores y vivan
los Reyes!".

Embiste con don Juan.

DON JUAN

Detén la furia.

FLOR

¡Jesús! La fuerza, la fuerza
de la imaginación frustra
las acciones. Dile al fin
de cuchilladas. No hay duda
sino que de esto fue causa
que, como de amor promulgan,
cuando uno ama a la persona
amada el alma se muda,
pues así estando en mi pecho,
dulce prenda, el alma tuya,
no fue mucho atrevimiento,
valentía no fue mucha,
la ostentación del valor
que el vencimiento asegura.
Todos se hieren después,
ya con dardos, ya con puntas
de acero, ya con espadas
y ya con lanzas agudas.
Por una ventana aún vivo
le arrojan, adonde juntas
tantas armas le aguardaban,
tantas cuchillas desnudas,
que, faltando en qué herir,

3134 *los Reyes* está al fin del verso, y se pasa al siguiente.

la mayor parte se excusa.
Allí, don Juan, fue la rabia,
entre tristes quejas mudas,
entre ahogos pesarosos,
entre aceros que se cruzan,
entre manos que se hieren,
entre voces que se ofuscan,
entre venganzas que duran,
entre golpes que se estorban,
entre glorias que se emulan,
entre mortales enojos,
entre fatales angustias,
ahogos, quejas, aceros,
enojos, penas, injurias,
golpes, cóleras, venganzas,
muertes, pesares, angustias.
Vistió de sangre las guijas
en crueldades tan confusas,
zafir que golpes restrañan,
rubí que heridas promulgan,
macilento el alabastro,
eclipsada la hermosura,
el rostro con mucha sangre,
los ojos sin luz alguna,
mesado cabello y barba,
—¡qué justicia!—desocupa
—¡grande rigor!—la color,
—¡terrible pena!—y se enturbian
—¡justo castigo!—las plantas
—¡qué pesar!—adonde dura
—¡grave sentencia!—su sangre.
Su muerte cruel anuncian
femeniles escuadrones
fieros; imp[ú]beres turbas
en música organizada
se celebran—¡no se vio nunca
tan viva rabia!—su muerte.

3165-6 Falta un verso.
3177 *restrañan*: la forma común es *restañar*.

Van a la mortal figura
y, mordiéndole las carnes
en galardón de sus culpas,
hacen con ronco alarido
de sus bocas sepultura,
de sus dientes fuertes armas,
y de sus pechos las tumbas,
do el espectáculo encierran
y do el cadáver sepultan.
Y en esta traición leal
se vio de Fuente Ovejuna
el castigo más debido
y la venganza más justa.

Cantan dentro.

Serranas del valle,
en sonora voz,
celebrad la muerte
del Comendador.

DON JUAN

¡Válgame Dios! ¿Yo qué miro?
¡Don Fernando...! Esta[s], fortuna,
son tus mudanzas. Al fin
es la vida flor caduca
que cadáver anochece,
cuando lozana madruga.

[ESCENA IX]

Sale don Enrique.

DON JUAN

¿Quién va?

DON ENRIQUE

¿Sois don Juan?

DON JUAN

Sí [soy], Enrique.

DON ENRIQUE

Ventura
no ha sido poca el hallaros.

DON JUAN

¿Pues qué ha pasado?

DON ENRIQUE

Como la fama promulga
la muerte de don Fernando,
justo premio de sus culpas,
un juez pesquisidor,
indicios averiguando,
hizo diligencias muchas,
dio tormento a mucha gente,
mas tanto el valor les dura,
que mueren sin descubrirse.
Escuchad, oiréis la turba.

Dentro.

VOZ

¿Quién mató al Comendador,
villanos?

TODOS

¡Fuente Ovejuna!

3220-1 El texto original dice en estos versos:

Don Juan Sí, Enrique.
Don Enrique No ha sido
poca ventura el hallaros.

Con la corrección establecida se rectifica la rima, que falta, sin embargo, entre 3126 y 3127.

3226-7 Falta un verso.

[ESCENA X]

Sale Sancho.

SANCHO

Albricias, señor don Juan.
Hoy llegó a Fuente Ovejuna
el Maestre don Rodrigo,
que vino a vengar la injuria
del Comendador Mayor.
Mas informóse de muchas
causas que le dieron muerte,
y su amistad asegura,
y a vos os da la Encomienda
Mayor de la Orden augusta
de Calatrava.

DON ENRIQUE

Feliz
la gocéis edades muchas.

DON JUAN

Toma, Sancho.

Dale una cadena.

SANCHO

El cielo os guarde.

DON ENRIQUE

Con alegría confusa
sale a celebrar la plebe
vuestro valor.

FLOR

¡Qué ventura!

DON JUAN

Claveros haré a los dos.
A ti, Flora, cuya hermosura
es prisión de mi albedrío,
es bien que te restituya
lo que es tuyo.

Dale la mano.

FLOR

Soy tu esclava,
feliz en tantas venturas.

DON JUAN

El Maestre, mi señor,
será padrino.

DON ENRIQUE

Es muy justa
merced a tanto valor
que a vuestra persona ilustra.

Salen todos cantando.

Serranas del valle,
con alegre voz,
celebrad la gala
del Comendador.

TODOS

¡Viva nuestro nuevo dueño!
¡Viva, vida edades muchas!

FLOR

Y aquí, senado famoso,
da fin de Fuente Ovejuna,
el castigo más debido
y la venganza más justa.

FIN

INTERPRETACIÓN CONJUNTA Y VARIEDAD DE LAS DOS VERSIONES DE *FUENTE OVEJUNA*

1. La entidad argumental

Conocidas estas obras de Lope y de Monroy, basadas ambas en el hecho de Fuente Obejuna, su comparación paralela en relación con determinados aspectos de la creación dramática resulta ilustradora para el juicio crítico. Por de pronto, cabe afirmar que la *Fuente Ovejuna* de Lope no está en la línea común del teatro de este autor. Esto ocurre en primer lugar porque Lope se ciñe mucho más que Monroy al argumento de la *Chrónica,* y quiere interpretar sobre la escena la parte de la historia de España que rodea como ambiente general la rebelión de Fuente Obejuna; así desarrolla el argumento ordenando la toma de Ciudad Real y el levantamiento de Fuente Obejuna como hechos conjuntos y cuya relación hemos considerado como unitaria desde el punto de vista de la constitución de la trama. Monroy prescinde también de la intervención de los Reyes en la escena, y si bien los vivas del pueblo los aclaman, [1] sin embargo es el propio Maestre (a través de don Sancho, según nos enteramos) el que nombra nuevo Comendador al imaginado don Juan, alejándose con esto de la espectacularidad en cierto modo apoteósica del fin de la comedia de Lope. Aunque pocos años posterior, la obra

[1] 2960-1, 2983, 3106-8 y 3134-5.

de Monroy, imaginada de cara a un público andaluz y sobre todo sevillano, parece que no tiene en cuenta en forma tan rigurosa el caso histórico del fondo de la obra, o por indiferencia hacia el criterio cronístico de Lope o por serle ya conocido. Por eso sitúa el núcleo argumental más sobre los personajes nobles (Comendador, doña Flor y don Juan) que sobre el caso colectivo del pueblo que le da nombre. Siendo más breve la comedia de Lope, resulta en este sentido más compleja, y su unidad requiere un más suelto dinamismo escénico que la de Monroy, que prescinde por completo del caso de Ciudad Real. El caso de la intriga secundaria fue tenido como recurso un tanto forzado en Lope, y al eliminarla Monroy contribuye a lo que Menéndez Pelayo, atendiendo a la gran fuerza que posee el criterio de la unidad del asunto, llama "regularizar algo la fábula".

La tendencia de Monroy es hacia la amplificación (aun contando con un argumento más reducido), y de ahí el contraste en la extensión de ambas obras, la de Lope con 2453 versos, y la de Monroy con 3270.

2. La condición de los personajes

En las dos obras el Comendador es la figura singular de más atractivo escénico, con su enorme furia personal que no admite límites morales y que sólo se doblega ante la figura colectiva de Fuente Obejuna. Su fuerza obliga a un desequilibrio que imprime ritmo muy diverso a las dos versiones del asunto. Ya indiqué que Lope convierte la gallardía del osado Comendador en el poder soberbio de un tirano, y lo mismo hizo Monroy, que también lo acusa varias veces, pero con menos intensidad y efecto de tirano. Lope hizo un esfuerzo por encontrar a la obra una justificación ideológica de condición filosófica, que diese una razón a la violencia de los vecinos de la villa. Por esto resulta que *Fuente Ovejuna* es una obra que queda fuera del consabido cuadro de galanes y damas que con un fondo de ciudad cortesana disputan sus amores, pero sin embargo por cauces diferentes sigue manteniendo al amor como razón sustancial de la comedia. Por la condición misma de los personajes del núcleo argumental, Lope los creó frente al Comendador como hombres y mujeres del campo, según la importante función que esta clase tuvo en su obra. El amor se encuentra en ellos, sobre todo en la pareja Frondoso y Laurencia, pero está más presente aún en el fondo de la trama en toda su complejidad. Monroy, por su parte, no se atrevió con una separación tan radical entre el Comendador y los villanos de Fuente Obejuna, y mezcló a los hidalgos, que no criados, del séquito del señor con los vecinos de la villa, tanto en los amores desordenados del Comendador como en el proceso de la rebelión vengadora. De ahí que don Enrique y don Sancho quisieran castigar su "tiranía inhumana", [2] aun sabiendo que con ello eran traidores al que era su señor: [3] si los caballeros hubiesen logrado su propósito, el Comendador hubiera muerto a manos de los de su clase, pero esto le estaba vedado al autor por el patrón histórico. Al fin de la obra de Monroy y señalando con esto su culminación, Don Juan, el único vasallo fiel que le quedaba, acaba por verse obligado a cruzar su espada con la del señor, en el punto mismo en que el pueblo, y con él los caballeros y doña Flor vestida de hombre, se acercan para la venganza, y entonces se retira y lo deja solo frente a la muerte de los que claman justicia. [4] El caso, pues, se trata en parte como un arreglo de honor entre caballeros, con el que acaba por mezclarse la furia del pueblo, removida por los motivos que Monroy señala muy claramente: uno son los tributos desmesurados que impone a la villa; [5] el escuadrón de soldados; [6] otro es el desprecio a los

[2] 1021.
[3] 1025-6.
[4] 2961-71.
[5] Los cómicos: 115-205 y 731-61.
[6] 813-6.

hombres representativos de la comunidad, al cura,[7] al Alcalde[8] al que sustituye por Jurón,[9] y el otro lo constituyen las afrentas a las mujeres, que se concentran en Margarita, la hija del Regidor en el grado de las villanas, y en doña Flor, en el grado de las hidalgas con la doble agravante de ser hija de un Comendador de la misma Orden y prometida de su servidor más fiel. La conducta del Comendador de Monroy plantea la cuestión de su posible relación con la figura del don Juan tal como aparece en *El burlador de Sevilla y convidado de piedra* de Tirso de Molina. El Comendador de Lope está entre los precedentes de este don Juan, no entendiéndolos al modo de la cerrada fuente literaria, sino en un sentido amplio, como uno de los caminos que conducen hasta la presentación escénica del caballero que corre desenfrenadamente tras el amor de las mujeres. Formulé hace tiempo mi opinión de que don Juan había de considerarse fundamentalmente como una creación literaria: "Apareció en una comedia poética y su formulación en un personaje era previsible a la manera de los eclipses por la conjunción de determinadas situaciones literarias".[10] Y de esta manera se encuentra enredado con este Comendador de Fuente Obejuna. En el caso de Monroy la semejanza con don Juan se acentúa, en particular, por la aparatosidad de la escena V de la jornada II: el aviso de la caída de la daga y el desprecio del peligro que le avisa la aparición irreal de la ofendida doncella con la presentación de la calavera. Esta escena culmina con la afirmación del Comendador en sí mismo, rasgo propio del Burlador.[11] Como es sabido, la obra de Tirso apareció impresa en las *Doze comedias nuevas de Lope de Vega y otros autores. Segunda parte,*

[7] 1035-74.

[8] 823.

[9] 1166.

[10] Francisco López Estrada, "Rebeldía y castigo del avisado don Juan", *Anales de la Universidad Hispalense*, XII, 1951, pág. 111.

[11] Por ejemplo, en el acto III, 674-85.

Barcelona, 1630. En el comienzo lleva la mención de que la representó Roque de Figueroa, actor que se encuentra mencionado desde 1623. Esto y otras observaciones hace que pueda retrotraerse la fecha de su redacción, [12] de manera que es indudable que Monroy pudo haber asistido a una representación de *El burlador* o acaso la leyese en la primera edición mencionada.

Frente al Comendador, Lope establece en el solo plano de los villanos la pareja de Laurencia y de Frondoso; y Monroy sitúa la de don Juan y doña Flor en el plano de los hidalgos. Los amores de unos y otros son diferentes, y se corresponden con sistemas de expresión que son también distintos. Lope por eso atempera la expresión entre los límites del lenguaje villanesco y el habla de condición pastoril, con un ámbito sencillo en recursos retóricos pero que puede extenderse hacia un vocabulario de resonancias humanísticas. Monroy desde un principio se atiene al lenguaje elevado de la comedia cortesana, despegándose muy pronto del habla popular pues la intervención de los villanos es mínima desde el punto de vista escénico, y aunque sea decisiva en la solución del caso, ésta queda fuera de la escena.

La función del criado o figura del donaire como personaje de la comedia también diferencia profundamente ambas obras. La obra de Lope resulta extraña a la fórmula más general del teatro por él asegurado, por cuanto no tiene una figura del donaire definida. La razón fundamental es que el criado cobra entidad al lado de su amo, el caballero, y entre los enamorados de *Fuente Ovejuna* no los hay de linaje. Menéndez Pelayo no ha calado en la complejidad de los villanos de *Fuente Ovejuna.* Y en punto a esto añade: "El elemento cómico está sabiamente distribuido". [13]

12 Véase la situación de la cuestión en la ed. de Pierre Guenoun, París, 1962, en especial págs. 294-5, que sitúa la comedia entre 1618 y 1623; más precisamente, entre 1619 y 1621. El único indicio para fechar la obra de Monroy nos sitúa alrededor de 1629.

13 M. Pelayo, *Estudios*, V, pág. 182.

Precisamente he demostrado la compleja condición teatral de estos villanos, y, sobre todo, su variable adaptación al sentido que conviene a la farsa escénica. Y en contraste, vemos en la *Fuente Ovejuna* de Monroy que la obra recupera el equilibrio de la formulación de los personajes. A don Juan, caballero enamorado, le corresponde Jurón, el criado que le sirve, es el correveydile de los amores del señor, y le da los oportunos tirones de la manga para que no se pierda en imaginaciones. En el mismo comienzo está este ilustrador diálogo, característico de la comedia española; Don Juan envió una carta a Flor por medio de Jurón, y éste trae la respuesta que da a su amo, y esto es ocasión para que los dos consideren un mismo objeto, la carta, desde dos perspectivas radicalmente distintas: para uno será lucero de su gloria y para otro papel hecho de harapos y miserias.[14]

Hay un perfecto dualismo, que se mantiene en la obra, complicándose aún más cuando el violento Comendador nombra Alcalde a Jurón.[15] Existe como una igualación de clases, que se corresponde con los estratos sociales: el criado puede ser un igual con los villanos, y pelearse con ellos cuando así lo incita (y aún más, obliga) el Comendador.[16] El sentido de la apreciación directa de la realidad, que fácilmente alcanza matices cómicos, prosigue siempre que Jurón está en escena; las funciones con que lo ensalza el Comendador lo convierten en su sombra, sólo que sus rapiñas y trapacerías son de menor escala que las de su nuevo señor, y sólo se redime porque, olvidando los beneficios y no por convicción, se pasa al bando de los rebeldes, y le dice al Comendador, cuando es el último de los que le acompañan en el levantamiento: "¡...viva quien vence!",[17] y se va de su lado dejándolo solo.

[14] 33-49.
[15] 1165-7.
[16] 1086-89.
[17] 2980; Jurón tiene conciencia de ser, al menos, un diablo de menor cuantía (1740-3).

En cambio, los graciosos de la obra de Lope no dependen de otro, y llegan a redimirse en el tormento, y participan de la voluntad de defender una honra que pronto es común de todos. Del coro de los vecinos se encuentra a Mengo como personaje cómico, de entidad diferente a la del criado.

3. El ritmo escénico

Las dos comedias de *Fuente Ovejuna* son no sólo dos versiones de dos autores con una diferente idea de lo que puede hacerse con la mezcla de la invención y la noticia histórica, sino también dos muestras de distintas situaciones de la evolución del teatro. Lope escribió su obra con un ritmo presuroso, casi atropellado; sería una de aquellas que "en horas veinte y cuatro pasaron de las musas al teatro". [18] Las escenas son cortas y se suceden casi con vértigo, sin que pudiese haber un escenario montado para cada una; las alusiones a través del diálogo de los personajes bastan para establecer una situación sobre las tablas, y el hilo de las dos acciones de Fuente Obejuna y Ciudad Real se traman con descripciones de los hechos que son noticia, valiéndose del recurso del romance. Lope lleva la acción velozmente, para acomodarse al tono rápido, que exige el llegar hasta los "apellidos", para mí tan importantes. Existe una ascensión que hace que haya escenas en que apenas se enhebra el diálogo (como la toma de Ciudad Real, que cuenta el Maestre y el Comendador, apresurada pero decisivamente), como si para seguir adelante bastase un leve empujón escénico. Como la parte de noticia es mucha, y Lope no quiere ocultarla (¿temor en un principio de quedarse corto en la dimensión de los tres actos?), prolonga el hecho de Fuente Obejuna en su antecedente más importante, Ciudad Real, y por ser éste tan amplio, le viene

[18] *Égloga a Claudio* (en *La Vega del Parnaso*) fol. 10, *Obras sueltas*, ed. facsímil A. Pérez Gómez, Cieza, 1968.

impuesto luego un ritmo veloz en la narración de los hechos principales. Pero la extensión de la fantasía cuenta también, y los personajes no pueden detenerse más que lo que resulta necesario para su conjunción con la noticia. De ahí que *Fuente Ovejuna* sea una obra que parece poco meditada en cuanto a su desarrollo, ejemplo de aquel "furor" que en la *Égloga a Claudio* se compara a los que pintan con dos manos "sin ofender el arte", pues los puede haber también diestros con dos plumas. La intuición de Lope avanza tomando sucesivamente los elementos que indiqué, y ordenándolos hacia su fin según los cauces que la comedia española —su propia invención— le imponía en cuanto a duración escénica.

La obra de Monroy requiere, por el contrario, una arquitectura de bambalinas cuyo efecto reconoció muy bien Lope a sus sesenta años: "los autores se valen de las máquinas; los poetas de los carpinteros; y los oyentes, de los ojos". [19] Monroy sigue este criterio, y esto lo hace perdiendo el apoyo musical, tan necesario y consustancial en la versión de Lope. Ya se vio cómo en Lope las músicas se encuentran en los tres actos, ilustrando con el concierto de voces e instrumentos el afán de la armonía humana. Monroy sólo hace que haya cantos en una escena de tramoya (Margarita, en una irreal aparición, como mujer ofendida), [20] y al fin de la obra. En el canto que acompaña a la entrada de Margarita, los músicos entonan una *copla*, que he identificado como perteneciente a un romance de la *Segunda Parte de la Primavera y Flor...*, de Francisco de Segura (1629). El conocimiento de la pieza es seguro, [21] y plantea un caso de la relación entre el Romancero contemporáneo y el teatro que una vez más

19 Prólogo a la Parte XVI, Madrid, 1622.

20 2496-590.

21 Véase la nota 2467; cabe preguntarse: ¿Será de Monroy el romance? En 1629 tendría diez y siete años. En todo caso sirve esta fecha de 1629 como límite para la redacción de la comedia. No he visto el romance más que en la versión del *Romancero* de la B. A. E.

acerca ambos géneros literarios en el favor de un público común. El caso es diferente a la comedia de Lope, en la que las piezas son del mismo autor, y nacen del sentido interior de la obra, no como en Monroy que constituyen un espectáculo en ella. Por otra parte, los cantos del fin de la obra son una menuda cuarteta hexasílaba con leves variaciones para expresar la muerte del Comendador tirano y la bienvenida del que será justiciero:

Serranas del valle,
en sonora voz,
celebrad la muerte
del Comendador.[22]

Serranas del valle,
con alegre voz,
celebrad la gala
del Comendador.[23]

Esto resulta pobrísimo al lado de la encendida vena de los músicos de Lope, y de los vecinos que tienen siempre una copla en los labios. Frente a la alada concepción de Lope, aparece la aplomada concepción escénica de Monroy. En éste el juego de escena está hecho a conciencia para aprovechar los recursos visuales de la acción. El violento chorro de versos, creadores de luz verbal y movimiento imaginativo, realzan la acción representada y que se evoca en las descripciones y relatos; y el autor se vale incluso de recursos de claro efecto sensual, contando con las comediantas, y pensamos que con la gracia de sus figuras: "Sale Margarita, *medio desnuda*, suelto el cabello y llorosa". "Descúbrese a Flor que estará *medio desnuda* durmiendo..." La espiritualidad ideal que mueve como resorte la obra de Lope, aun contando con el realismo naturalista de algunos trozos, resulta opuesta a esta preferencia por los efectos de la "carpintería" literaria de Monroy, por su comprometida relación con los comediantes y el público, y la ausencia procurada del aliento lírico, de condición imprecisa y de orden musical, en favor del predominio de las situaciones concretas y perfiladas

22 3209-12.
23 3261-4.

hasta su último efecto. Éste es un claro episodio de la evolución del teatro español, que aquí puede verse con detenimiento y en gran escala por razón del mismo argumento. La *Fuente Ovejuna* de Monroy transcurre con una intensidad de sucesos mucho menor, y no se requiere entonces la velocidad expositiva del caso de Lope. Los amores de don Juan y Flor van sucediéndose en el orden necesario, y las ofensas del Comendador a los de la villa y a doña Flor (y por tanto, a don Juan) siguen un proceso que se desarrolla con el ritmo más común de la comedia española: acto I: impone a los comediantes para que los pague la villa y primeros escarceos con Flor; acto II: El Comendador aprieta las ofensas: pega al cura, ofende a la hija del Corregidor y llega, aunque sin conseguir sus propósitos, al lecho de Flor; acto III: venganza de caballeros, Flor y villanos, y el buen fin de los amenazados amores de don Juan y Flor. Existe, pues, ocasión de que los parlamentos de alta retórica inmovilicen líricamente la acción en el grado necesario para que se logre el efecto que pretende Monroy hacia el público, que goza con estas exhibiciones verbales. El lenguaje formado por estas unidades complejas es de una orientación poética distinta: el sistema incorpora la experiencia lírica de los cultos por un lado, y la presencia de Jurón, que es una clara figura del donaire, ofrece el calculado contrapunto. Por tanto la obra de Monroy resulta más proporcionada en su ambientación en la escena. No requiere el esfuerzo del vuelo de Lope, y al no poseer la transcendencia que da a la otra el carácter platónico, todo se queda al ras de la escena.

4. ¿Renacimiento, Manierismo, Barroco?

El acercamiento de las grandes concepciones estéticas al caso concreto de obras célebres y representativas trae con frecuencia divergencias de criterios. Así ocurrió que se quiso ver en la *Fuente Ovejuna* de Lope una obra barroca, característica de un autor en el que el ímpetu vital sobrepasaba encasillados artísticos. Pero después del estudio realizado me inclino a ver en esta comedia una obra que encaja en el arte del Renacimiento tardío, o con más precisión, en un arte manierista; en ella se narra dramáticamente un suceso real pero no a través de una historia contemporánea o posterior, sino de una crónica de claro matiz nobiliario, que se refiere a las Órdenes más apreciadas para el lucimiento social. Es cierto que el hecho resulta violento y de sangre, pero hay una distancia en el tiempo y en la concepción de la vida, que le quita la crudeza o virulencia de cualquier orden. La comedia se acusa con un definido perfil, no espontáneo ni realista, sino artificioso a través de una expresión que tiene ya un cultivo de tradición literaria, como es la pastoril, y que se aprovecha, convenientemente adaptada al caso. He probado que Lope en *Fuente Ovejuna* partía de una experiencia poética ya en cierto modo superada (la literatura pastoril, que como libro narrativo había pasado de moda), y con ella fundía unos tipos teatrales que eran los personajes de un concreto caso pasional (realismo histórico o, al entender de Lope, cronístico).

Si la violencia de los hechos que representa y la novedad de crear el personaje colectivo del pueblo pudieran inclinar hacia la libertad del arte barroco, queda la condición humanística de la interpretación del Comendador como tirano y de la rebeldía como acto justiciero, que da una función al personaje y un sentido a la violencia. Por eso Lope no desencadena la tragedia hasta sus extremas consecuencias, sino que en último término detiene el impulso fatal de la obra con el perdón real y la felicidad de los amantes aldeanos. Hay "distorsión" manierista (aunque sólo sea en parte) en estas figuras que están a la vez en la ficción y en la historia, que son resultado de un vuelo de la imaginación alzado sobre las páginas impresas de la *Chrónica*; por esta inestabilidad, el volar y volver al suelo conviene a *Fuente Ovejuna* la indicación de arte manierista, si se quiere de medias tintas, por más que el romanticismo sólo haya querido ver la tonalidad oscura (tragedia popular); la blanca existe también, y sobre todo una matización ordenada en su desarrollo, que es demasiado para renacentista, y escasa para barroca.

La técnica artística de la *Fuente Ovejuna* de Lope resulta más bien retrasada, si se la compara sobre todo con la otra *Fuente Ovejuna* de Monroy. Asegurada la estructura dominante en el teatro español, el andaluz rebajó la realidad o noticia hasta situarla en un grado mucho menos presente en escena que Lope. Sólo se quedaba con lo menos que podía del hecho de *Fuente Ovejuna*, y le importaba más el juego dramático y su brillo poético. Por eso el anacronismo es mucho más intenso, pues apenas sabemos algo de la época en que ocurren los hechos que se representan en escena, hasta muy al fin; y muy de pasada se mencionan lugares y gentes reconocibles. La rebelión obligaba con su fuerza de "caso memorable", pero queda en Monroy mucho más al fondo, frente al desarrollo de una trama más tensa en cuanto a las situaciones pasionales, más comprometida con el público, por cuanto éste quería sobre las tablas reconocer una modalidad artística de triunfo asegurado. Búscase una impresión de efectos continuados, que golpeen al espectador, y siempre que hay ocasión, la acción se hunde en el anacronismo de los sentimientos, confundiendo los del público con los que se muestran en la escena. Por todo esto la pieza de Monroy me parece más en la línea del arte barroco. Pero que las dos indicaciones de manierista y barroco no sirvan de confusión ni para un encasillamiento inflexible. Con razón dicen L. C. Pérez y F. Sánchez Escribano: "Es un gran error pretender que cuando se dice que un autor es barroco, toda su obra ha de responder a todas las características del estilo barroco". [24]

[24] L. C. Pérez y F. Sánchez Escribano, *Afirmaciones de Lope de Vega sobre preceptiva dramática*, Madrid, 1961, pág. 118.

Lope, más pródigo en la mención de noticias, resulta, sin embargo, por su concepción dramática, movido por un ansia de universalidad; Monroy, menos pendiente de los datos, por lo mismo queda más circunstanciado. *Fuente Ovejuna* como obra de Lope, resurge en cada representación más joven y viva, probando que si un poeta es fiel a su tiempo (y en este trabajo lo he querido mostrar), puede también permanecer en el aprecio de las generaciones venideras cuando es intérprete de estas situaciones que hacen vibrar con alegría o con dolor la condición humana: por sobre la villa de Fuente Obejuna, allá en la frontera de Andalucía, por encima de lo que haya sido en la realidad histórica el hecho de la rebelión del pueblo contra el Comendador, y aun por encima también de las páginas de la *Chrónica* de Rades, Lope alzó genialmente el mito poético de su obra *Fuente Ovejuna* intuyendo lo que, con el paso del tiempo, se llegaría a considerar como la expresión más poética del afán de justicia de un pueblo frente al tirano.

Lope, más pródigo en la invención de noticias, resulta, sin embargo, por su concepción dramática, movido por un afán de universalidad. Mientras, menos pendiente de los datos, por lo mismo que es más circunstanciado, Fuente Ovejuna como obra de Lope resurge en cada representación más joven y viva, probando que si un poeta es fiel a su tiempo (y en este drama lo fue a su geografía) puede también permanecer en el aprecio de las generaciones venideras cuando es intérprete de esas situaciones que hacen vibrar con alegría o con dolor la condición humana; por sobre la villa de Fuente Ovejuna, allá en la frontera de Andalucía, por encima de lo que haya sido en la realidad histórica el hecho de la rebelión del pueblo contra el Comendador, y aun por encima también de las páginas de la Crónica de Rades, Lope alzó genialmente el mito poético de su obra: Fuente Ovejuna insurgente (y que, con el paso del tiempo, se llegaría a considerar como la expresión más poética del afán de justicia de un pueblo frente al tirano.

ÍNDICE DE LÁMINAS

Entre págs.

Portada facsímile de la *Dozena Parte* (1619) de las Comedias de Lope de Vega 36-39

Portada facsímile de la *Chronica de las tres Ordenes y Caualleries de Sanctiago, Calatraua y Alcántara.* Toledo, 1572 120-121

Escena de una representación de *Fuente Ovejuna* en el Teatro Español de Madrid 120-121

Escena de una representación de *Fuente Ovejuna* en el Teatro Español de Madrid 144-145

Velázquez: *El Conde Duque de Olivares* 144-145

Portada facsímile de *Fuente Ovejuna* de Cristóbal de Monroy 196-199

Estampa de un labrador del reino de Castilla, según Enea Vico (1572) 240-241

Casa humilde de la Villa de Fuente Ovejuna ... 240-241

Estampa de una villana de Castilla, según Enea Vico (1572) 264-265

Ruinas del Castillo de Belmez. La villa de Fuente Ovejuna en la actualidad 264-265

SE TERMINÓ DE IMPRIMIR EN LOS
TALLERES VALENCIANOS DE
ARTES GRÁFICAS SOLER, S. A.,
EL DÍA 4 DE DICIEMBRE DE 1973

clásicos castalia

TÍTULOS PUBLICADOS

1 / **Luis de Góngora**
SONETOS COMPLETOS
Edición, introducción y notas de Biruté Ciplijauskaité.

2 / **Pedro Salinas**
LA VOZ A TI DEBIDA y RAZÓN DE AMOR
Edición, introducción y notas de Joaquín González Muela.

3 / **José Martínez Ruiz, Azorín**
LA VOLUNTAD
Edición, introducción y notas de E. Inman Fox.

4 / **Nicasio Álvarez de Cienfuegos**
POESÍAS COMPLETAS
Edición, introducción y notas de José Luis Cano.

5 / **Leandro Fernández de Moratín**
LA COMEDIA NUEVA y EL SÍ DE LAS NIÑAS
Ediciones, introducciones y notas de John C. Dowling y René Andioc.

6 / **Garcilaso de la Vega**
POESÍAS CASTELLANAS COMPLETAS
Edición, introducción y notas de Elias L. Rivers.

7 / **Félix María Samaniego**
FÁBULAS
Edición, introducción y notas de Ernesto Jareño.

8 / **Villamediana**
OBRAS
Edición, introducción y notas de Juan Manuel Rozas.

9 / Don Juan Manuel
EL CONDE LUCANOR
Edición, introducción y notas de José Manuel Blecua.

10 / Lope de Vega y Cristóbal de Monroy
FUENTE OVEJUNA. Dos comedias
Edición, introducción y notas de Francisco López Estrada.

11 / Juan de Valdés
DIÁLOGO DE LA LENGUA
Edición, introducción y notas de Juan M. Lope Blanch.

12 / Miguel de Cervantes
LOS TRABAJOS DE PERSILES Y SIGISMUNDA
Edición, introducción y notas de Juan Bautista Avalle-Arce.

13 / Francisco Delicado
LA LOZANA ANDALUZA
Edición, introducción y notas de Bruno M. Damiani.

14 / Baltasar Gracián
AGUDEZA Y ARTE DE INGENIO. Tomo I
Edición, introducción y notas de Evaristo Correa Calderón.

15 / Baltasar Gracián
AGUDEZA Y ARTE DE INGENIO. Tomo II
Edición, introducción y notas de Evaristo Correa Calderón.

16 / Manuel José Quintana
POESÍAS COMPLETAS
Edición, introducción y notas de Albert Dérozier.

17 / Tirso de Molina
POESÍAS LÍRICAS
Edición, introducción y notas de Ernesto Jareño.

18 / Gaspar Melchor de Jovellanos
OBRAS EN PROSA
Edición, introducción y notas de José Caso González.

19 / Lope de Vega

EL CABALLERO DE OLMEDO

Edición, introducción y notas de Joseph Pérez.

20 / José de Espronceda

POESÍAS LÍRICAS y FRAGMENTOS ÉPICOS

Edición, introducción y notas de Robert Marrast.

21 /

RAMILLETE DE ENTREMESES Y BAILES
(Siglo XVII)

Edición, introducción y notas de Hannah E. Bergman.

22 / Diego Hurtado de Mendoza

GUERRA DE GRANADA

Edición, introducción y notas de Bernardo Blanco-González.

23 / Gonzalo de Céspedes y Meneses

HISTORIAS PEREGRINAS Y EJEMPLARES

Edición, introducción y notas de Yves-René Fonquerne.

24 / Alfonso Martínez de Toledo

ARCIPRESTE DE TALAVERA o EL CORBACHO

Edición, introducción y notas de Joaquín González Muela.

25 / Lope de Vega

EL PERRO DEL HORTELANO y EL CASTIGO SIN VENGANZA

Edición, introducción y notas de David Kossoff.

26 / Juan Valera

LAS ILUSIONES DEL DOCTOR FAUSTINO

Edición, introducción y notas de Cyrus C. DeCoster.

27 / Juan de Jáuregui

AMINTA. Traducido de Torquato Tasso

Edición, introducción y notas de Joaquín Arce

28 / Vicente García de la Huerta
RAQUEL
Edición, introducción y notas de René Andioc.

29 / Miguel de Cervantes
ENTREMESES
Edición, introducción y notas de Eugenio Asensio.

30 / Juan Timoneda
EL PATRAÑUELO
Edición, introducción y notas de Rafael Ferreres.

31 / Tirso de Molina
EL VERGONZOSO EN PALACIO
Edición, introducción y notas de Francisco Ayala.

32 / Antonio Machado
NUEVAS CANCIONES y DE UN CANCIONERO APÓCRIFO
Edición, introducción y notas de José M.ª Valverde.

33 / Agustín Moreto
EL DESDÉN, CON EL DESDÉN
Edición, introducción y notas de Francisco Rico.

34 / Benito Pérez Galdós
LO PROHIBIDO
Edición, introducción y notas de José F. Montesinos.

35 / Antonio Buero Vallejo
EL CONCIERTO DE SAN OVIDIO y EL TRAGALUZ
Edición, introducción y notas de Ricardo Doménech.

36 / Ramón Pérez de Ayala
TINIEBLAS EN LAS CUMBRES
Edición, introducción y notas de Andrés Amorós.

37 / Juan Eugenio Hartzenbusch
LOS AMANTES DE TERUEL
Edición, introducción y notas de Salvador García.

38 / Francisco de Rojas Zorrilla
DEL REY ABAJO, NINGUNO o EL LABRADOR MÁS HONRADO, GARCÍA DEL CASTAÑAR
Edición, introducción y notas de Jean Testas.

39 / Diego de San Pedro
OBRAS COMPLETAS. II
CÁRCEL DE AMOR
Edición, introducción y notas de Keith Whinnom.

40 / Juan de Arguijo
OBRA POÉTICA
Edición, introducción y notas de Stanko B. Vranich.

41 / Alonso Fernández de Avellaneda
***EL INGENIOSO HIDALGO DON QUIJOTE DE LA MANCHA, que contiene su tercera salida y es la quinta parte de sus aventuras**
Edición, introducción y notas de Fernando G. Salinero.

42 / Antonio Machado
JUAN DE MAIRENA (1936)
Edición, introducción y notas de José María Valverde.

43/Vicente Aleixandre
ESPADAS COMO LABIOS y LA DESTRUCCIÓN O EL AMOR
Edición, introducción y notas de José Luis Cano.

44/Agustín de Rojas
VIAJE ENTRETENIDO
Edición, introducción y notas de Jean Pierre Ressot.

45/Vicente Espinel
VIDA DEL ESCUDERO MARCOS DE OBREGÓN. Tomo I.
Edición, introducción y notas de Soledad Carrasco Urgoiti.

46/Vicente Espinel
VIDA DEL ESCUDERO MARCOS DE OBREGÓN. Tomo II.
Edición, introducción y notas de Soledad Carrasco Urgoiti.

47/Diego de Torres Villarroel

VIDA, ascendencia, nacimiento, crianza y aventuras

Edición, introducción y notas de Guy Mercadier.

48 / Rafael Alberti

MARINERO EN TIERRA. LA AMANTE. EL ALBA DEL ALHELÍ

Edición, introducción y notas de Robert Marrast.

49/Gonzalo de Berceo

VIDA DE SANTO DOMINGO DE SILOS

Edición, introducción y notas de Teresa Labarta de Chaves.

50/Francisco de Quevedo

LOS SUEÑOS

Edición, introducción y notas de Felipe C. R. Maldonado.

51/Bartolomé de Torres Naharro

COMEDIAS. Soldadesca, Tinelaria, Himenea

Edición, introducción y notas de D. W. McPheeters.

52/Ramón Pérez de Ayala

TROTERAS Y DANZADERAS

Edición, introducción y notas de Andrés Amorós.

53/José Martínez Ruiz, Azorín

DOÑA INÉS

Edición, introducción y notas de Elena Catena.

54/Diego de San Pedro

OBRAS COMPLETAS, I. Tractado de Amores de Arnalte y Lucenda y Sermón

Edición, introducción y notas de Keith Whinnom.

55/Lope de Vega

EL PEREGRINO EN SU PATRIA

Edición, introducción y notas de Juan Bautista Avalle-Arce.

56/Manuel Altolaguirre

LAS ISLAS INVITADAS

Edición de Margarita Smerdou Altolaguirre.